沉月之鑰

水泉——著
竹官——繪

愛藏版・第一部・卷一

U0075701

Content

〈幻世〉

〈武器〉

幻世
『我願如那西沉的月亮，投墜至你身邊……』

夕陽再怎麼美，落下山頭後，也就看不到了。

暉霞再怎麼絢麗，迎接的終究是被黑暗吞滅的命運。

黃昏不過是闇夜降臨的序曲，而夜晚則有著討厭的月亮，以及孱弱的月光無論如何也驅不去的晦暗。

我站在城門前朝遠方看著，也許我自己都不太知道正看著什麼，茫然拿出隨身的記事本，在密密麻麻的劃記下面又加上一道後，心裡的感覺，早已沒有畫下第一筆時那麼深刻了。

今天暉侍還是沒有回來。

「珞侍大人，可以出發了。」

「嗯。」

我將記事本重新收好，調整了一下自己的表情，直到我覺得與平時無異。

「出發吧。」

暉侍總是說，要我別太在意身分的問題，就像個普通的孩子一樣笑鬧也沒有關係。

我輕撫懸掛腰際的玉珮，上面刻著我的名字。再稍稍低頭，瞥見繫在身上的紅色流蘇，抿抿唇後，本來就不曾放鬆的心情，便更加緊繃了。

東方城以「侍」為名，發予玉珮的人，只有五個。

而其中只有我的流蘇還是處處可見的紅色。

「這次落月那邊派來的人似乎沒什麼，應該可以順利得手。」

跟在我左後方的人這麼說，也許他沒有什麼惡意，但還是讓我心情變糟了。

「如果是音侍、綾侍他們來，比較讓你們心安，是嗎？」

我不是故意想把話說得帶刺的。

要是能夠坦率一點就好了，說不定那樣就會有更多人喜歡我了吧？

想是這麼想，但我還是無法做到的。

「對、對不起！珞侍大人，我沒有那個意思！」

聽著那語帶惶恐的道歉，我默默繼續前進，沒有再理會那個人。

這個世界名為幻世，在我出生的時候，「沉月」已經存在這個世界上很久很久了。

「沉月」是一件我們東方城與西方城一起發現的神器，擁有不可思議的力量，它能吸引各個異世界的亡魂通過它創造的通道，來到我們的世界，並重新賦予他們軀體，讓他們如同重獲新生，而我們將接引這些人回到我們的城，讓他們以新生居民的身分，成為我們的一分子。

新生居民是十分寶貴的人力資源，近年來接引各自屬民的模式，漸漸演變成爭奪戰，沒有人會樂見自己的敵人不斷壯大，所以每當沉月傳來有新的靈魂降世的消息，無論那個靈魂應該屬於我們還是落月，我們都會派出一隊精銳部隊到通道的出口等待，因為落月那些卑鄙的人也會這麼做。

通常在爭奪靈魂時，都會打起來，而能夠將對方逼退的時間，就是靈魂在通道內塑形完成，走出來之前。

因為來進行搶人作業的隊伍，一定都備有撤離的法陣，以便直接傳送回自家城門，這一點我們東方城的術法與落月的魔法都做得到，所以當成形的新生居民走出通道，先抓到人啟動撤離法陣的那一邊就贏了。

沉月的通道，一般都是在月亮升至天頂時開啟，也只有在這段時間，通道出口附近的環境會暫時轉變為可以接近的安全狀態，因此我們才會選在黃昏出發，到的時候便剛好能夠進去。

「珞侍大人，落月的人也到了。」

我聽著同伴的報告，點了點頭，瞧往對面。

這個地方只有通道出口微弱的光線照明，但就看清敵人的數量和模樣而言，已足夠了。

我知道他們也看見了我們。那些因備戰而拔出來的劍反射出的光很刺眼，原本就低到谷底的心情又更差了。

「備陣！」

除了回去用的陣法，術法中還有攻擊或輔助用的陣，而我這次指揮的是攻擊陣形。

也許是心情上的煩躁與空洞影響，我希冀用戰鬥來發洩。

這是一種尋求毀滅般的心理，盯著對面的人，我也拿出了攻擊用的符印。

暉侍，你究竟到哪裡去了呢？

我一直在找你。一直在等你回來……

我的名字叫做范統，職業是鐵口直斷，當我擺攤做生意時會使用范太歲這個藝名，不過自從我被詛咒以後，生意就很難做下去了……不，應該說生意反而比以前更好，可是好得很莫名其妙，讓我心情非常複雜，嗯，當然不得不說說詛咒這件事。

說起被詛咒這件事啊，簡直是沒天理到極點！為什麼我會這麼倒楣啊——我只不過是叫了一位小姐一聲阿姨，她就對我下咒，詛咒我從今以後說出來的話十句有九句會出現語詞顛倒錯亂，而且還應驗了！她自己長相太成熟，看不出來她幾歲難道是我的錯嗎！

這是什麼意思？舉例來說，在中了這個詛咒後，我看到一位男性客人，想招呼他，心裡想著先生，嘴巴裡喊出來的稱呼卻變成小姐，然後我就會被他痛扁一拳。什麼，你說這也不是很嚴重？這明明就很嚴重！至於十句有九句是怎樣的狀況，我也可以整理給你知道一下沒有關係，不必客氣。

大概就是這個樣子：

「小姐。」被痛扁一拳。

「小姐，我不是故意的，這是因為……」被痛扁一拳。

「小姐，讓我解釋……」被痛扁一拳。

「小姐……」再度被痛扁。

「那個，先生……」

「死白目！老子是個男的，你到現在才看得出來嗎！」

結果還是被痛扁。

也就是說，我說話有十分之一的機率會說出正常的話，但是這有屁用啊！要是說了十次才出現，不就已經挨了九拳了嗎！

噢不，一般來說，到了後面，喊一次應該不是一拳就能了事的，我有經驗……這不是重點啦！

除了語詞錯亂，更過分的是，一句話裡面不是每個詞都會錯亂，所以在心裡想相反的意思再說出來也沒有用，我已經見識過這幾乎可說是特殊能力的詛咒展現過很多不可思議的語言功能，飽嚐過各種驚喜，更何況我本來就是個不擅長說謊，忠厚老實的好人，就算有漏洞我也不會懂得去鑽的。

還有一件事也很慘。那個潑婦在詛咒我的時候，有說這個詛咒在我和人自然交談過〇〇〇句話後才會解除，但當她說到那個關鍵數字時，附近剛好有小鬼尖叫，結果我沒聽清楚又來不及確認重點，那個潑婦就跑了……誰會曉得那個見鬼的數字是一百萬還是九千萬啊！搞不好是七十兆這種花一輩子的時間說到舌頭爛掉都未必有希望達成的數字啊！又不是一個人自言自語就算數，得跟人自然交談才可以耶！而且依照我現在的狀況，大家根本聽我說沒幾句話就跑走了！

我很冷靜在思考。我真的很冷靜在思考。

拜這詛咒所賜，我到現在還是打光棍，交不到女朋友。跟我平時的生活關係最密切、最有緣分的大概就是巴掌了，這一點也不值得高興。

沒辦法，每當我想讚美一個女孩子的時候，我說出的都是「妳真醜」、「妳長得讓我胃口全失」、「妳是我見過最好騙的女孩子」之類的話，這種情況下根本不會有女孩子理我，我也不希望有，因為會理我的一定不是正常的女孩子，寧缺勿濫！反正一個人也是可以活下去的！頂多是沒辦法傳宗接代，對不起祖宗而已！

女朋友可以不交，肚子可不能不填飽，鐵口直斷的生意只好繼續做下去，剛好也可以有與人交談的機會，實在是一舉兩得，雖然有點擔心這張嘴做這工作不知道會出什麼事，但一直以來我也只會做這個工作，為了養活自己，即使是不歸路也只能走走看了。

然後就如我之前所說，不知道為什麼，可能是我說的話變得太玄，感覺不清不楚的很有大師風範，生意反而越來越好了。說是因禍得福，我也不能接受啊！明明說出來的幾乎都是些亂七八糟的反話，生意卻變好了，這不是說我以前算的都不準嗎！混蛋！

好吧，我已經冷靜思考很久了，正常人能進行這麼清晰的思考時，都差不多該醒了不是嗎？難道這不是夢？為什麼醒不過來？這到底是什麼地方啊？

無論是現在這一片白色的通道，還是剛才那個快死的人的打扮穿著，感覺都很像是夢裡才可能會有的東西啊？

所以剛才那個人其實是真的嗎！剛才真的有個人死在我面前了嗎！說起來，對那個人還真不好意思，連作個夢嘴巴的毛病也跟著來，不肯放過我，害我拖了很久才成功答應為他完成遺願，感覺上他都快死不瞑目不得安息了……

這裡到底是什麼地方啦？

如果這不是夢，難道我又被誰詛咒了嗎？我到底招誰惹誰，最近都已經盡量不稱呼客人了啊！

我仔細觀察，發現通道看起來是有盡頭的，乾脆走出去試試看好了，都已經這麼倒楣了，再來什麼事我都不怕了啦。

走著走著，來到了出口，在我探頭出去時，我忽然發現其實我還是挺怕的。

外面正在打打殺殺的兩方人馬，使出來的攻擊完全不是開玩笑的樣子，那些聲光效果我無法理解，但人的血肉爆開我還是看得懂的，不管它是因為什麼原因爆開。

噢，神啊，我現在應該怎麼做？賭一下哪一邊會贏，賭贏了我就可以脫離這個夢境了嗎？啊哈哈哈哈。嗚哇！那邊那個人變成兩半啦！我可以直接昏倒嗎？夢裡可以昏倒嗎？

「快出來！」

兩邊廝殺得正猛烈，我看戲看得正在思考能不能退票，一個美少年突然竄出，隔著一段距離，要求我也下海入戲……不，不是，感覺越來越像夢，也越來越不像是夢了……

「不要！我手無縛雞之力啊！要我出去不是送死嗎！」

天啊！我居然中了十分之一的機率說出了一句正確的話！能正確表達出我的本意實在太讓人感動了，尤其是在這種生死交關的重要時刻……

那個美少年皺起了眉頭。奇怪，我又沒說錯話，他難道聽不懂嗎？就算聽不懂，難道還看不出我強烈的求生意志？

「你在說什麼？你已經死了，難道你不知道嗎，范統？」

啊？

什麼？

慢慢慢慢著！我可以不計較你知道我的名字是怎麼回事，但我為什麼會在我不知道的情況下就死了啊！所以這裡是天堂嗎？還是地獄？我可以懷抱幾分這裡其實是天堂的希望嗎？雖然看起來一點也不像……

「珞侍大人！小心後面！」

在我正混亂時，那個似乎名叫珞侍的美少年以令人驚嘆的輕盈動作向旁跳閃開來……而我則看到一顆巨大的火球撲面而來。

我聽到好幾聲驚呼，看見美少年以驚慌的表情朝我看來，然後……因為實在是太痛了，真的無法實況轉播，總之我覺得被三十億現金砸在身上應該差不多就是這種即將升天的感覺，當下真的很想罵髒話。你們每個人都那麼吃驚的話，就不會來個人幫我擋一下嗎——！

我都已經死了，雖然我還沒有接受這件事，也沒弄清楚自己的死因，但有必要因為這樣就再殺我一次嗎——！

不，這到底該算是死了又死，還是鞭屍，還有待商榷啊……

纖細白皙的手指在柔如緞面的黑色長髮上滑動，進行完梳理的手續，接著，就是為這美麗的頭髮結成一個適合的髮型了。

頭髮的主人正靜靜坐著，等待服侍的人完成他的工作。她是東方城最為尊貴的君主，打理身邊瑣事自然不需要自己動手。

「隨意弄個髮型嗎？」

放置飾品髮簪的托盤早已準備好在旁邊，問話的人嗓音低沉，在寂靜的室內並不會顯得突兀，而是自然地融入其中。

「你處理吧。」

女子漫不經心地回答。得到了答覆，他隨即開始動作，那雙巧手使用簪子裝飾的手法十分熟練，沒過多久，原本披散的髮絲便成了端莊亦不失華貴的模樣，於是他收拾剩下的用具，準備告退。

「綾侍，衣服。」

在他將整理好的東西歸位，正想開口告辭時，女子輕輕的一句話，讓他變更了說出口的話。

「是。」

他走向掛著華衣與配件的櫃子，開始為她挑選適合這個髮型的衣衫。

照理說，如果要更衣梳理一併進行，那應該先處理好衣服再梳理頭髮的，但女子到現在才提出要求，也只能改動順序，讓衣服來配合髮型了，妝也得重新上才行。

將一襲長袖的綢裙捧來，為站起身子的她卸下原先的衣飾，再將要換上的衣服披上她的身體，從胸口開始，仔細且一絲不苟地扣上釦子。

沒有任何情色的遐想，無論是在調整衣服時，將繫帶環過她的腰綁結時，還是執起她的手將袖套束好時。

「這次率隊去接引的人是誰？」

對城內發生的事情，她其實鮮少注意，接引儀式輪到誰去，她當然是不會曉得的，現在也不過是口頭上詢問一下而已。

「是珞侍。」

綾侍一面端來上妝的用具，一面淡淡地回答。如他所料，女子沒有進一步詢問的意思，他知道她今天的情緒不怎麼好。

也許就是因為情緒不佳，才會想隨便找個話題，跟他說說話吧。

就算知道她的感受，綾侍還是不會開口說一些安慰的話，或是做一些比平常體貼的事情。因為她不需要。比起安慰，她更需要的應該是情緒低落的事情不被察覺。

這也是長期以來不容許出現瑕疵的自尊在影響著她，讓她痛恨從別人的反應中發覺自己曾洩漏出軟弱的緣故。

室內又恢復了安靜。他以沾水的布將女子面上原本的妝拭去，然後再拿起色染的朱筆，為恢復素淨後略顯蒼白的臉點上艷色。

她的肌膚就如瓷器一般，細緻得沒有瑕疵需要上粉遮掩，頂多是用點元素讓她的氣色紅潤些，但她平時是不喜歡的，所以只須妝點眉眼與唇就夠了。

上完妝，她便又是那個傲然冷艷的東方城女王。

比誰都驕傲，比誰都高貴，比誰都決絕而不可一世。

「音侍回來了嗎？」

當他在她的唇上畫下最後一抹顏色後，她再度出聲問了這個問題。

「還沒呢，可能快了吧？」

他確實不清楚此刻她想聽到的是什麼樣的答案。

不過那個人，姑且不稱呼為那個傢伙或那個笨蛋……他就算辦完了事，也未必會立刻回來的，總是有很多地方可以拖延到他的行程，總是有很多事情可以成為他浪費時間的理由，而非藉口。

「回來了，就讓他來見我。」

「是。」

聽完她的吩咐，他點了點頭，這次他沒有再被留下，女子沒再提出任何要求，也沒再看向他，所以他安靜地出了她的寢室。

順著廊道走遠後，帶在身上的符咒通訊器突然響了起來。

帶著一種可能又有麻煩了的預感，他接起了通訊。

自從新生居民伴隨著沉月通道的開啟而出現後，東方城與西方城內都設立了新生居民的維生系統——水池。

說是水池，但其實它的面積並不小，也有一定的深度，在上面撐船都沒問題，游一圈還需要一點時間，跟個湖也差不多了，但它還是叫做水池，因為從以前開始就是這樣叫的，沒有為什麼，也從來沒有人覺得需要改變。

水池直接連結沉月的力量，擁有類似沉月通道內為靈魂塑形的能力，新生居民一旦死亡，靈魂便會被傳送至池底，重新塑形後再浮起，再度擁有一個完好健康的肉體。

此刻池底的沉月之力正運作著，一名少年靈魂的容貌體態逐漸清晰，待得靈魂與新的身體完全契合，他睜開了眼睛，那一瞬間，天空藍的眼睛內，彷彿還殘留對先前的死亡懷抱的絕望與不甘。

在發覺身處的環境是水中，且注意到無法呼吸後，他快速做出了判斷，朝水面的方向踢動雙足、划動雙手。

赤裸的身軀直接接觸冰冷的水，這樣的感覺當然稱不上舒適，說是刺骨還差不多，伴隨著一股無以名之的恐慌，讓他難以適應。

穿出水面，迎接夜晚寒冷的空氣，本應耀眼的金髮溼漉漉地服貼在臉側與頸部，他仰起清

秀俊美的臉孔，看見了懸於遠方的月亮。

在稀薄的月光下，他低頭看了看自己的十指與手臂，再看向水池岸邊的景物，既有認知判定後產生的結論，使他一下子啞然。

好半晌，他才在這空無一人的地方，以少年略顯青澀的嗓音，失神地自問了一句。

「這裡是……夜止？」

序章　新的人生

『準確來說，應該叫做新的人生與舊的人生的中途……』——范統

時間是深夜，地點是沉月通道外，情況是一群人趕走了另外一群人，然後圍著一個半死不活的人不知該如何是好。

其中半死不活的那個人叫做范統，是剛來到這個世界的新生居民，照理說應該被東方城或西方城的人穩穩當當地帶回去安置，不過他卻很悲慘地遭到戰火波及，被西方城的人發出的大火球轟中，導致東方城的人把西方城的人趕走後，仍然待在原地，面對這樣的特殊情況發愁。

「珞侍大人！他的靈魂已經脫離身體一半了啊！」

「珞侍大人！現在應該怎麼辦？要為他治療嗎？還是乾脆一刀讓他解脫？」

被眾人簇擁著詢問決定的是個貌美少年，年紀看起來很輕，此刻一向在人前表現沉著的他，難得地流露出無措。

雖然他是這群人中的領隊，但他也難以做出決定的樣子。

珞侍的為難如果是精神上的，范統的為難就是肉體上的，打從莫名其妙來到這個世界，他就不曉得這到底是怎麼一回事，先是以為在作夢，然後又被告知自己已經死了，現在看起來似

乎還要再死一次？

雖然他也不想死，但無論是被救治，還是直接進到死亡的階段，感覺上都比停留在這血肉模糊痛得要命，卻又不快一點要了他的命的狀態要好得多。

「如果他死在這裡，靈魂會被傳送去哪一邊的水池啊……」

珞侍僵著臉問出這個問題。還真的沒有剛來這個世界，沒經過任何處理的新生居民在這裡死過，死了以後會不會依照一般新生居民的模式從水池浮起來都不知道了，要是去了西方城那邊，不就便宜他們多出一個人力了嗎？他們是來搶人的，可不是來搞笑的。

范統雖然聽得懂他們的語言，但在沒有具備相關知識的情形下，還是聽不懂他在說什麼。

「殺了我吧……」

在努力擠出一句話後，范統認命地發現，自己又被這張嘴出賣了。

明明想說不要殺我，卻變成相反的意思，如果他真的因為這樣而死，他一定要回去找那個詛咒他的女人報復……

但仔細想想，人都死了，還要千里迢迢到處找人，好像挺麻煩的，他還是再考慮好了。

「你……」

珞侍遲疑了一下，面帶猶豫地開口。

「……很痛嗎？」

這不是廢話嗎！你是嬌生慣養沒被火球砸過，所以才問得出這種問題吧！

范統在內心吼著，雖然要是沒被火球砸過就叫嬌生慣養，那麼世界上實在有太多人符合這個定義，但他也沒有精力去思考自己想法的合理性。

「一點也不痛！」

這絕對不是逞強。只是詛咒又發作了而已。

這種時候不要逼我說話好嗎？說也不是，不說也不是。范統感到一股非常無奈的悲哀感。

珞侍看向他的目光變得有點詭異，大概是因為看起來完全不像不痛的樣子吧，一面叫人殺了他，一面又說不痛，這種矛盾不是他可以理解的。

范統很想問他們，如果不殺又不救，那麼有沒有止痛藥可以施捨給他，而在他思考著有沒有辦法正常表達出自己的意思時，忽然注意到大家的態度都變得很恭敬，還自動讓了一條走道出來，似乎有另外一個人來了。

「綾侍大人。」

那個人走近到珞侍身邊後，在通道出口的光照下，模樣也清楚顯露了出來，讓范統看得有點眼睛發直。

仙……仙女嗎？所以這裡還是有可能是天堂的？

「綾侍，應該怎麼處理比較好……」

珞侍抿了抿唇，有點不情願地求助著，剛才也是他使用符咒通訊器請綾侍過來的，他對於自己無法處理好所有的情況，必須依賴別人，感到有點沮喪。

而綾侍幾乎沒花上幾秒的時間猶豫，就下達了命令。

「丟回通道裡面宰掉，讓他重生。」

范統瞬間又從天堂掉入地獄了。

原來不是仙女，是魔女嗎？

「原來通道裡面也有重生的效果啊。」

珞侍鬆了一口氣，露出「原來這麼簡單啊」的表情，一面單手夾起一張符紙。

等、等一下……范統睜大了眼睛，很想叫他們住手，可是說出來有十分之九的機率會變成「快一點」、「儘管來」之類的話語，雖說賭了還是有十分之一的機率可以表達出他真正的意思，但這些人真的會理睬他說什麼嗎？

「現在的傷勢你都說不痛了，這一下應該也不會痛的。」

珞侍大概是看見了他驚恐的表情，稍微解釋了一下，想讓他安心。

但所謂的不痛根本就是個誤會。

旁邊那些跟班抬起了范統的身體，不容他抗議就往通道裡面丟，范統覺得他們根本是已經把他當成屍體一樣扔了，而他「這次」死前，最後看到的畫面，是手持一張紙片符咒的珞侍，向前躍起，再將無火自燃的符咒擲向他的漂亮動作。

「馭火咒！」

就視覺畫面跟灼燙感覺而言，跟大火球其實是差不多的，不過日後范統才知道，馭火咒只是符咒學中最初步的基礎攻擊法術而已……

雖然說這種話好像很奇怪，但是，在這個世界紀念性的第一次死亡，他還是希望，至少可以被個有聲有色的大絕招幹掉啊！這應該是不得不死的人都會有的憧憬吧！

被這種小符咒宰殺，簡直就像被宣告只能成為不起眼的小角色，永遠無法翻身了啊——

范統的事後補述

就我長年經營鐵口直斷的經驗，我敢說這絕對是個不好的開始。咦，這樣氣勢不夠啊，有沒有個碗給我敲一下？好吧，連個止痛藥都沒有了，我知道這的確是強人所難，反正我想索取個碗公，說出來搞不好會變成木魚什麼的吧？這就是我的人生了啦。

你說我的人生已經結束了？是啊，就目前聽到跟體驗到的來說，我的人生好像已經結束兩次了，似乎是在一天之內發生的事情，在原本的世界我是怎麼死的，實在是不太清楚，但是這次就很清楚是燒死的了。

至於為什麼那個美少年要選擇用燒的，依照我的聰明才智判斷，一定是他覺得被大火球燒的我說不痛，那麼用類似的火焰攻擊一定也沒有問題，可以減少我的痛苦……他真的這麼體貼嗎？人性有這麼美好嗎？怎麼想著想著突然覺得我太天真了，搞不好有千千萬萬個理由也不會是這一個啊，不過，過去就過去了，我想我還是積極面對這一次重新開始的人生好了，也許我在這個世界還是可以開個鐵口直斷的店？

這個世界真的很神奇。應該說讓人很難懂。我的身體又重新長好了，好像蛻皮一樣，至於我之前那個身體怎麼樣了……不說也罷。好吧，其實是我沒有勇氣多看它一眼，我真的沒有就近欣賞自己屍體的嗜好，真的！

還有，這個通道還挺貼心的，幫我弄出一個身體還不忘給我一套風格跟他們差不多的衣服，好讓我有臉走出去，嘖嘖。

而在我走出通道後，那個美得像是仙子，卻冷血得有點像魔女的人走到了我面前，他抬起右手，身上的衣服忽然因風而緩緩飄揚，看起來真的跟神仙似的，然後他把形狀優美的手掌懸到我面前比了個手勢，我看到一個浮水印般的東西在我眼前擴散開來，然後……

然後我好像就昏了過去，而且忘掉了很多很多的東西。

章之一

亡者未盡

『聽起來像是由我主演的恐怖片。我是演恐怖片的那塊料嗎？不，真的是我主演嗎？』——范統

龐然靜謐的東方城，在夜色之中，依然被牆頭的燈火輝耀，照出整個城門與外牆的架構。高掛在城門上方的匾額寫著「東方城」三個字，十分具有磅礡的氣勢，城的外牆用的是石磚，看來是相當堅固的石體建築，大概是時常修整的緣故，儘管它的實存時間已經很久遠了，仍給人一種乾淨穩重的感覺，而非如同風中殘燭的遺跡。

由敞開著迎接他們的大門，可以瞥見城內井然有序的街道與屋舍，這些商家民房的建設多半低矮古樸，與東方城外面的模樣很有一致性。

有的商家在這大半夜依然尚未歇業，所以某些聚集了這類商家的巷子，皆燈火通明，熱鬧不下白日，與平民住居的寧靜形成對比。

在一路走回來的途中，范統已經被灌輸了很多這個世界的知識。

按照他們的說法，這個世界有個叫「沉月」的寶物，具體來說到底是什麼東西，他們沒說得很清楚，范統認為大概是跟人造衛星差不多的東西，不過從服裝看到建築，這個世界都是一副古色古香的樣子，大概也不會知道人造衛星是什麼，他也就無法跟他們溝通確認一下是否類

似了。

他們說，沉月是很久很久以前由當時的東方城女王和西方城皇帝一起發現的，范統聽了一陣子才聽出來「落月」這個稱呼指的就是西方城，因為月亮落下的地方就是西方城那邊，才有此稱呼，而西方城那邊的人，多半喊東方城為「夜止」，原因則是晨光由東方城這邊升起。

沉月擁有極為強大的法力，能夠吸引各個世界的亡者靈魂通過它製造出的通道來到這個世界，並讓這些靈魂重新獲得軀體，得以在這個世界過活，而會被吸引來的靈魂也有一定的條件，像是意外死亡、帶著遺憾而死，或是尚未長大就死去的孩童，這些靈魂才比較有可能被吸引過來。

對這個說法范統抱持懷疑。他實在有點質疑沉月這鬼東西是不是連活人的靈魂也會吸引，不然他怎麼會對自己的死亡毫無印象，就這麼被吸到這個世界來了呢？

此外，為了方便他們這些透過通道來的異世界人盡快適應學習這裡的一切，成為這塊土地的新生居民，他們會對這些新成員施以記憶封印術，封住這些新成員的部分原有記憶，這就是綾侍剛剛對范統做的事情，范統接觸封印時的昏迷也只有一下子而已。

而在這一下子的時間裡，綾侍就自己先回去了，珞侍則跟他們一起走回來，據說他們有準備可以一瞬間就回到城門口的法陣，但因為沒有緊急逃離的必要，使用法陣很浪費，所以就變成徒步回家，順便給他講講基礎知識了。

進了東方城，成為他們的一分子後，如果努力提升自己的實力階級，就可以得到每次恢復部分記憶的獎勵。范統對於自己到底哪些記憶被封住了倒不是很在意，反正被封住了就想不起來了，想不起來了當然也不會知道那是什麼東西或者跟什麼相關，那麼就一點探知的動力都沒有了啊。

他不曉得綾侍到底給他封了哪些記憶，重點是他現在也沒覺得哪裡不好，那麼就是沒問題了嘛。

「回城後我們會給你安排臨時住處，剩下的等明天，會有專人過去跟你說明。」

「喔。」

從黃昏出發，戰鬥，到現在都大半夜了，他們的臉上都看得見疲色，范統也覺得很疲憊，不過，他是光走回來就累了。

直到現在看見東方城的城門為止，珞侍都沒再跟他交談。范統雖然也有一些想問的事情，但在狀況未明之下，別亂開口才是聰明的做法。

光是聽人講解說明很簡單，只要一路「喔」、「嗯」、「喔喔」下去就可以了，這種詞畢竟沒得做什麼替換顛倒，頂多就是偶爾變成「咦」，但這也不會造成太大的困擾，頂多是讓對方再多補充一句說明，他就可以繼續喔喔喔下去了，十分方便。

眼看家就在眼前，這個小隊的人也很高興，大家都想趕快回自己的地方去休息，不過這個時候，突然又出現了狀況。

他們聽到遠方傳來有點狂亂的腳步聲，不，說是遠方，但一下子也變得不遠了，也就是說接近得十分快速，大家不由得回頭看了看是什麼狀況，而在看見朝城門疾馳而來的魔獸與上面騎乘的人後，范統以外的所有人都臉色一僵，很有默契地立即退開空出空間，以免遭到波及。

范統承認他的反應有點慢，視力也不是很好，但……

「啊啊啊啊！為什麼路中間會有人啊！」

但……這個世界原來是個只要反應有點慢，視力差了點，就會隨時遭遇死亡的危險世界嗎？

當范統聽見那個人的叫喊，然後魔獸還是義無反顧地把他踐踏輾平過去時，他心中一面產生這個疑惑，一面也很想問一下這是不是就叫做無照駕駛？

至於痛覺這種東西，搞不好久了就會習慣了？到底該說是習慣了，還是疲乏了呢？

「范統！你怎麼又死了啊？」

在他靈魂還沒完全分離出來的時候，珞侍以一種難以言喻的聲音對他喊了這麼一句。

上一次就是你殺的，你應該沒資格說這句話吧——！

儘管范統很想吶喊出來，但這也得等到他再度重生才辦得到了。

❀

有人說，光聽理論，不如實際操作，有了經驗就會了解，也順便可以熟記在心。身歷其境就是最好的學習，發生在你身上的時候想不記住都難。本公司招收新人，聘用後須先實習受訓一個月熟悉工作環境，不發予薪水……反正這些話就差不多是這個意思：你懂不懂沒人曉得，搞不好你自己也不曉得，所以讓你體驗一下，你就知道了。

而范統正在充分實行著這條準則——用死亡來了解所謂沉月力量影響下，東方城偉大的新生居民維生系統：水池。

新生居民死亡後，身上如果有東方城的印記，靈魂就會被傳送回東方城水池的底部，沉月的力量會讓靈魂得以重新塑造出軀體，保證跟死前一模一樣，原本已經學會的技術和記住的知識，樣樣都不會少。

可是水池維生系統沒有來這個世界的通道那麼貼心，所以他還是少掉了衣服，這讓他有點想抱怨「樣樣都不會少」是廣告不實。

而這個水池實在深得有點不像話，也寬得跟湖沒兩樣，所以他差點因為不諳水性變成一具新鮮的浮屍，幸好珞侍很有良心，又帶了那批人來划船打撈他，不然他可能就得不斷經歷重生溺斃重生溺斃的過程，直到被人發現為止。

這猶如強迫人成為游泳好手的設計，讓范統覺得實在很不人性化。萬一發生那種狀況，那池面上就會有很多他的屍體耶！而且浮腫程度還不一，這不是很噁心嗎？難道都沒有人這樣死過嗎？接下來別的在這裡重生的人不會被嚇到嗎？

范統總覺得這樣的對話是有可能發生的：「啊啊，初次見面，你好」、「不，我見過你的屍體！你是怎麼搞的？池子上漂浮了一堆，我仔細算算你總共死了三十八次！這是公共汙染耶！你上岸之後也不清理一下嗎？」、「噢……可是……自己清理自己的屍體，那感覺很奇怪耶……」、「那我們這些游上岸途中一直撞到你的屍體的人該怎麼辦啊！那天死掉重生的人一共一百零八個，每個都認得你的臉了」、「真是不好意思，不過屍體都浮腫得面目全非了，你們居然還能認出是我的屍體啊」……

搞不好會因為在水池內留下大量屍體而成為名人。用想的就覺得實在太恐怖了。

雖然有人來打撈他，他照理說該心懷感激，但是被人用撒漁網的方式拉上船，那感覺還是很難跟愉悅扯上什麼關係的……

再加上上船獲得一件衣服後，珞侍嚴肅著臉孔跟他說的話，他的心情就更加沉重了。

「我想你也知道了，新生居民只要死亡就會在這裡重生，可以說是不滅的，但是你也別因為這樣就覺得隨便去死沒關係，我現在先告訴你一些事情。」

聽到這裡的時候，范統就很想反駁了，怎麼可能隨便去死沒關係！他很怕痛的！

「你們所使用的軀體，正常不損壞的話可以用十年。十年內死掉都是浪費資源，必須自己支付更換軀體的費用，不要以為偷偷死掉不會有人知道，水池都會留下紀錄的。不過，體諒剛來的人可能還沒適應這邊的環境，最初的三次死亡不必付錢，之後就不是免費了，你已經用掉了兩次機會，自己注意。」

「什麼！為什麼！我明明還沒踏入西方城，這樣也算？」

「這裡是東方城！你腦袋還沒重生完畢嗎？」

面對珞侍的疾言厲色，范統再度有苦難言。他當然知道這裡是東方城，就是因為他知道這裡是東方城，講出來才會變成西方城嘛。

「更換軀體的費用並不便宜，新生居民很容易因為這樣而負債，如果還不出錢來，也不至於讓你無法再復活，只是為了避免有人負債的數字太龐大，根本還不起，就不工作賺錢，也不好好保護自己，有恃無恐地亂死，凡是負債的人死掉被送回水池底部重新塑形，都會產生強烈的疼痛，疼痛會隨著負債的數字等比增加，作為懲罰。」

珞侍每說一句，范統的臉色就難看一分，當他說完的時候，范統的臉色已經可以用悽慘來形容了。

一直死掉就已經很慘了，還會大量負債？一直死掉造成大量負債就已經夠慘了，還會導致重生的時候有可能比死掉的時候還痛？

這裡果然不是天堂而是地獄。但他是做了什麼才被抓到地獄來呀？鐵口直斷造了太多口業嗎？

像這樣在水池上划船，頗有一種渡冥河的感覺，這樣的話，珞侍他們就是鬼卒了……范統甩掉這個胡思亂想，決定在靠岸前把腦袋放空。

東方城的維生水池，並不是處在密閉空間中。儘管四面都被天然的土牆包覆，僅留通往城內的出口在東面，不過上方卻是開通的，能看見廣大的清朗天空與白雲。

這個時間已經看不到月亮了，因為月亮差不多快從西方城的所在位置沉到地平線下了，由此可知他們搞了多久，幾乎可說是一夜通宵到天亮。

呼吸著不同的空氣，感受與原本世界相異的氛圍，在這池面上看著天頂，吹吹略顯寒冷的風，范統此刻才覺得身體放鬆了下來，情緒也趨向舒緩平靜。

……如果今晚他沒死了兩次的話，或許一切感覺起來會更美好。

「我第一次看到有人死這麼快的，恐怕破紀錄了。」

船上的路人甲這麼說。

「是啊，上次那個進城時匾額剛好掉下來砸死的，本來以為已經是最快紀錄了，沒想到還有個還沒進城就死的！」

路人乙這麼接口。

你們這樣把快樂建築在別人的痛苦上幸災樂禍不太對吧？就算身為這種紀錄的保持人，我也絲毫高興不起來啊！范統的眼角抽搐著。

「好好划你們的船，聊什麼天！」

珞侍冷著臉讓這個話題瞬間終止，路人甲乙兩人立即噤聲，老實做他們該做的工作。

池岸邊還有好幾艘差不多大小的空船，划槳漁網一應俱全，看來應該是讓大家隨時可以利用來救援重生的親朋好友的便民措施，范統看了實在不知道該作何感想。

走過一條有點曲折的地穴小徑後，范統總算正式進到了東方城內，真正貼近了東方城的景物。

走在灰白石磚鋪成的道路上，范統一面覺得踏實，一面東張西望，覺得一切都很新奇。

東邊曙光已初露，這個時間街上自然是不會有什麼行人的，而在他遠遠望向北面時，便被那座雄偉氣派的建築物吸引了注意力。

建築物的本體是一種夢幻般的冰冷藍色，那些許的透明感大概是光線使他產生的錯覺，獨獨高起來的地形似乎也昭示了其超然的地位，那樣肅穆之感，單是望著，都會令人心生崇敬。

「那是……」

范統指著那座建築物向旁邊的人詢問，那人打了個呵欠，語帶疲倦地回答他。

「那是神王殿，女王陛下和五位侍大人的居處。」

簡單來說，應該就是東方城最高統治階層住的地方吧？范統明白了。

不過，五位侍大人……？

范統用可疑的目光瞥向一旁的珞侍，留意到他的目光，珞侍略感不快地皺起眉頭。

「那是我家，你有意見嗎？」

「有。」

……

我真的不是有心找碴的……

「你有什麼意見？」

珞侍那張秀氣的臉彷彿籠罩上了一層陰影，范統的記性沒有爛到一天以內的事情都會忘記，他確實還記得自己第一次是怎麼死的，也還記得馭火咒把他人生燒成黑白的滋味……

怎麼辦？范統有點害怕，就算他想說一些類似「我只是不知道來迎接我的居然是僅次於女王的大人物」的話，說出來有很高的機率會變成很藐視女王或者對方的話，想找死也不是這麼找的吧。

他努力想找出就算顛倒了聽起來也不會太奇怪的話來回答。其實剛才搖頭就沒事了嘛！不知道在鬼迷心竅個什麼勁，怎麼會想到用言語回答這個問題？

「珞侍大人，我們到了。」

一起送他過來的路人乙及時插了一句話緩衝了一下氣氛，珞侍這才移開眼神，范統有種被救了一命的感覺，跟著看向他在東方城臨時的家。

是並排屋舍中的一戶，房子看起來簡陋但是很正常，似乎沒什麼好不滿意的，在可以接受的範圍。

「在負責告訴你相關知識的人員過來前，不要私自外出離開這裡。」

珞侍冷著臉交代，順便提醒了一句。

「這只是臨時借給你的屋子，雖然是沒有人住的房屋，依然是屬於東方城的財產，如果破壞了任何一處，一樣必須賠償。」

賠償賠償賠償賠償。范統覺得東方城實在很小氣，復活的皮囊要錢，提供的住處也要宣示所有權，還是他還沒拿到公民證，待遇才會這麼差呢？

「聽清楚了嗎？」

這次范統記得用點頭的。

❀

范統是在天亮的時候睡著的，但要來指導他生活知識的導覽員可不是，這也就造成他才睡下去沒多久，正要進入好眠階段的時候，就被前來拜訪的導覽員吵醒了，睡眠嚴重不足。

人如果命賤就是這樣，連想好好睡個覺的權利都沒有……頂著昏沉的腦袋，范統看著這個帶著職業性笑容的男子。

「你好，我叫米重，負責教導你一些在幻世與東方城的必須知識，你直接稱呼我的名字就可以了。」

米蟲？范統在內心直譯。

「真是個好名字。」

不，我想說的是真是個奇怪的名字。怎麼會有人取這種名字？世界上真是無奇不有。

這麼想著的范統，完全不反省一下自己的名字也很奇怪，而且跟這個名字還挺配的。

「感謝你的讚美。那麼在帶你認識一些重要地點前，我們先把可以交代的事交代完吧。」

米重說著，從口袋裡掏出了一個白色的物體。范統看過這東西，通常是掛在衣服上的配飾，好像叫做流蘇的樣子。

「這個白色流蘇是你的，然後我跟你解釋一下這個東西的意義。」

米重清了清喉嚨，十分流利專業地解說了起來。

「流蘇的顏色是我們東方城用以判別實力階級高低的東西，從強到弱的代表顏色分別是黑、紫、紅、藍、綠，白色則是剛來的人會領到的，也就是還沒有經過任何考試鑑定的意思，東方城的薪俸是照流蘇的顏色發放的，階級越高月俸就越高，然後同一種顏色裡面，深色的月俸也比淺色的高，例如深藍色就比淺藍色高級，另外，白色是沒有任何薪俸的，大家都從零開始，請好好提升你的階級。」

東方城對錢的問題真的很重視的樣子，范統黑著臉接過了這象徵他沒什麼用的白色流蘇。

米重掛在腰間的流蘇是淺綠色，而根據腦中的印象，珞侍的流蘇似乎是鮮紅色，他帶著的那些人則是有紅有藍，至於只出現了一下子的綾侍掛的是什麼顏色的流蘇，他就沒有注意了。

「別看啦，我淺綠色流蘇一個月能領的錢很少的，幸好總是有新人進來，讓我還有導覽員的工作可以擔任，不然意外死亡的話還真是沒錢能夠還債呢……」

看他抓頭感嘆的樣子，范統也不知道說什麼安慰他好。畢竟他自己目前的狀況好像還比他更慘，剛來就用掉了兩次免費重生的機會，這實在讓他沒有餘力同情別人啊。

「然後呢，既然來到了東方城，那麼也該知道位居高位的是哪些人，以免不小心得罪……」

我昨天好像已經不小心得罪一個了。范統心情有點悲慘黯淡地想著。

「我們東方城最尊貴偉大的，是統治我們的矽櫻女王，女王的年紀不重要，反正她外表年輕貌美。不過你大概只有遠遠看到她的機會，女王陛下通常只有在一些公開場合才會露面，但半個月後就是紀念啟動沉月的沉月節，女王陛下和幾位大人會一同乘車到沉月祭壇去進行祭禮，到時候你可以出來跟著車隊瞻仰一下這些大人物的手采。」

范統點點頭，米重就說了下去。

「地位僅次於女王陛下的，是五位『侍』大人，其中綾侍大人你應該見過了，他掌管新生居民的記憶封印與解封，剛來這裡的人都會由他親自進行封印記憶的儀式，從此也就被綾侍大人的美麗所俘虜，提升階級時也是由綾侍大人執行解封部分記憶的獎勵，唉，為什麼我不能趕快升級呢，好想再見綾侍大人一面啊……」

講到後來根本都是你的心聲和私人怨念了吧？你這導覽員的專業程度這樣是可以的嗎？

范統不否認綾侍很美，但是有過被綾侍下令處死的經驗後，那感覺又是另外一回事了。

「綾侍大人兼任女王陛下的近侍，據說換裝梳頭沐浴等女王陛下身邊的大小事都是綾侍大人服務的，女王陛下真是讓人羨慕啊——」

怎麼還沒完啊？還有，一般來說應該是羨慕能夠貼身服侍女王才對吧？怎麼相反了？換裝梳頭沐浴都包了，那有沒有侍寢？

「至於音侍大人呢，怎麼說……應該說很率直沒架子吧，是個很奇妙的人。可能是因為太奇妙的緣故，明明看起來一表人才，長得英俊又帥氣，卻到現在都還沒有交往的對象，算是挺不可思議的一件事。」

「奇妙？」

「嗯啊，聽說音侍大人出去辦事辦了一個月，昨天深夜的時候終於回城了，駕著一頭他一時興起抓來騎騎看的魔獸，不過根本無法控制，衝撞進城門後波及了好些商家，最後還驚擾了女王陛下，被訓斥了一頓的樣子……」

……

范統總算知道昨天晚上無照駕駛撞死他的凶手是誰了，而且看來這輩子無望討回公道。

「昨天去接你回來的是珞侍大人，五位大人裡面，珞侍大人的年紀最小，今年才十四歲，人不太好相處……對了，珞侍大人是女王陛下的兒子，本來就不好相處了，加上這層身分，就更有距離感了。」

范統大驚失色。

要死！什麼人不好得罪，居然去得罪個王子！

「你臉色好差，怎麼了嗎？」

范統頹喪地搖搖頭。當真是一失言成千古恨，再回首已經死了一百次了。

「違侍大人比較少出來活動，今年三十幾歲了吧，關於違侍大人的情報不是很多，但女王陛下似乎對他的話言聽計從，很多命令都是因為違侍大人提出來才推行的，對了，違侍大人很偏袒原生居民，總是提一些欺壓新生居民，對新生居民不公的意見，所以新生居民普遍挺討厭他的。」

這個人范統也記下了，接著便看著米重，等他再繼續介紹。

「最後是暉侍大人……呃，這個還是先別提好了，我給你講講落月那邊的事情吧。」

「耶？」

明明有五位侍，卻只介紹四個，岔開話題也做得太明顯了，范統不禁困惑，這實在讓人很在意。

「難道這位暉侍大人比違侍大人還惹人厭嗎？」

話說完，范統也有點想哭了。為什麼十分之一的正確機率總是發生在無關緊要的話上呢？

「才不是！暉侍大人是很好的人，大家都很喜歡他的！只是……唉……」

米重很激動地否定後，人跟著哀愁了起來。

「算了，跟你說說也無所謂，暉侍大人已經失蹤兩年了，到現在都沒有任何消息，他失蹤的時候十七歲，那時就已經拿到了淺黑色流蘇的實力證明了，可說是資質奇佳的人才，所以當初才會被女王陛下收為義子啊，如今這個樣子，說他死了的也有，說他叛逃的也有，實在很讓人難過……這些話可千萬不能讓女王陛下和珞侍大人聽到啊，很忌諱的。」

范統畢竟還沒在這裡生活過，也不認得暉侍這個人，聽了這些話是沒什麼感覺的，他只有對其中一點疑惑。

「原生居民活了不是都會從水池死掉嗎？」

他話語顛倒的功能又恢復正常了，果然福無雙至。而且這詛咒還真是智慧型感應式自動學習的，這麼快就自己學會新生居民的相對詞是原生居民了……

「你在說什麼啊？你是說新生居民死掉可以一直復活這件事嗎？女王陛下跟五位侍大人都是原生居民啊，死了就是死了，不會復活的。新生居民之所以可以一直復活，是因為我們來這裡的時候就是靈魂型態了，本來就是死的，只是跟沉月借了軀殼活動而已，但沉月的恩澤並沒有降臨到原生居民身上，說起來也很諷刺吧，明明就是這個世界的東西。」

范統覺得更諷刺的是他到現在還是不知道自己是如何死到這個世界來的，只要想到這件事，他就覺得很悶。

「當然這些狀況不是絕對，我們的女王和落月的少帝繼承下來的王血之力，只要一滴血就可以讓一個死亡六小時內的原生居民復活，一個月可以用一次，只是用過這能力後，會有一整天的時間處於虛弱狀態，我們的女王似乎就是因為這個原因不太喜歡動用這個能力吧。每個原生居民一輩子只能被復活一次，所以違侍大人就認為原生居民的命比較珍貴，都不把新生居民的命放在心上。」

王血有這麼神奇的功能，不曉得是否就是他們可以當上王的原因？一個月只能用一次的話，似乎就真的得慎選對象了，萬一復活了無關緊要的人，結果另一個重要的人在一個月內死了，那還真是很糟糕的狀況呢。

想到這裡，因為米重又繼續解說了，范統便停下思考，專心聽他說話。

「新生居民也不是絕對不死的喔，幻世的武器分為普通武器和噬魂武器，新生居民只要被噬魂武器殺死，就會魂飛魄散，無法再進行重生。違侍大人認為新生居民擁有可以重生的優勢，為了保護原生居民不被新生居民加害，給每個原生居民都發了一把噬魂武器，還訂下法規，只要新生居民殺傷原生居民，沒有充分的理由，一律以噬魂武器處死——所以，你可要小心別惹到原生居民，東方城是很保護原生居民的。」

可惜他已經惹到了，還是惹到大尾的。范統只希望珞侍不要太小心眼，別跟他斤斤計較那種小事情。

「這裡的武器都會說話，你碰到的時候不要太吃驚，然後武器也需要認主才能使用，除非你拿的是菜刀之類的器具，不過不需要認主的武器效果都不怎麼好。等一下我在路上會教你怎麼分辨原生居民……對了，我剛剛說要講落月的事嘛，差點忘了。」

這時候米重先把身上背著的袋子放下來，說是東方城分配給他的衣物和日用品，范統又把謝謝說成了不客氣，無言了一番後，米重才接續著說下去。

「落月——也就是西方城的代稱，大家幾乎都是這麼喊的，你應該知道吧？落月的少帝恩格萊爾，具體年齡不清楚，有人說十八歲，也有人說還不滿十歲，反正二十歲成年之前，按落月的規定是不能公開現身的，聽說出席重要場合的常常也是替身，他本人一向按照規定遮面，在他成年前恐怕不會有人看過他的模樣，那邊的情勢好像很複雜吧……你要記得，落月那邊的人是我們的敵人，未來外出有機會碰到，動手時不要客氣就是了。」

一口氣說了這麼多，米重喝了口水喘口氣，歇息了一下。

「他們的實力階級是用腰帶上的繡線分的，銅線五條後換成銀線，銀線五條後換成金線，金線最高到三條，就跟我們的純黑色流蘇一樣，擁有的人極為稀少。好啦，就這樣了，我們出發吧，嘴巴都累了。」

現在出發范統是沒什麼意見，除了他很想睡以外。不過米重瞧了瞧他剛掛上的白色流蘇，若有所思地補了一段。

「還有一件事得告訴你，階級低的人可以透過提出與階級高的人對決並獲勝來提升等級，輸了沒事。但階級高的輸了可是會被降階的，一次都是一小階，例如深綠色降一次就是草綠色。你現在是白色，還不用擔心，對決是不能拒絕的，所以平常要做好人際關係，以免一直被找麻煩……你可千萬別找我對決喔！」

有沒有這麼競爭激烈又殘酷啊，王八蛋。

❀

離開住處後，米重說要先帶他去學苑報到，他才知道原來還必須上課修行。而路上只要經過比較重要的地方，米重就會指給他看，同時進行說明。

「你看，西邊那裡就是維生水池，要是不小心死了，就是從那裡重生再出來的。」

我知道，昨天就從那裡出來過了。范統默默地感到悲哀。

「那邊那個醒目的建築物看到了嗎？那是神王殿，也就是矽櫻女王和五位侍大人住的地方。」

我知道，昨天就因為這座建築物而遭人怨恨了。

「主城門在最南邊，很雄偉壯觀喔！」

我都知道，昨天就在那裡死了一次。

范統一面在內心回答，一面覺得來到這異世界的體驗，目前真是充滿了糟糕，完全找不出好事。

白天街上的行人就多了，頻繁的活動和大量的人潮，充分顯現了大城該有的氣氛，范統也藉此機會觀察每個人的流蘇，發現都以藍色綠色居多，紅色稍微少見一點，但還是找得到，紫色和黑色則是完全沒看見。

「來，你看看那邊，那些人就是原生居民。」

米重忽然拉了他一把，指指街旁的一群人要他看。范統盯著那些人好一陣子，結論是看不出個所以然來。

「看不出來嗎？原生居民身上沒有印記啊。」

「喔！」

范統這才恍然大悟。

東方城會在迎來的新生居民身上以法術做上印記，身上有了這個印記後，死亡時便會被傳送到東方城的水池，西方城也是一樣的做法。而原生居民死了也不會在水池重生，自然沒有標記的必要。

所謂印記，是種在體內的，身上有相同印記就會讀到相同的波長，原生居民身上沒有波長，西方城的新生居民波長不同，分辨起來其實很容易。

「學苑就在前面了，我們過去吧。」

其實范統已經有種邊走邊睡的衝動了，不過聽到這句話，他只好勉強提振精神向前邁進。

「對了，你的死前遺憾或執念是什麼？可以好奇一下嗎？」

忽然被問到這個問題，范統感到有點困擾。

「我不知道我怎麼活的，我一直不覺得我活過。」

「咦？所以你想重新來過嗎？真是光明正向的願望啊。」

我想你誤解我的意思了。那兩個死字都被顛倒成活了，這樣意思也能通到別的地方去，還真神奇。

「照理說有深重的遺憾或執念才會被吸引來呢，有的人甚至執念大到無法重新開始，噢，你看那邊那個人就是。」

范統順著他手指的方向看過去，只看到一個男人伏在地上，面孔扭曲地不斷重複唸著「我是新世界之神！」這句意義不明的話。

「他是怎麼死的啊？」

「據說是被開了兩千多槍死的。」

哇，兩千多槍！超人？

「來這個世界的人死法無奇不有啊，我還聽說落月那邊有個女人吃蘋果噎死的，但沒過幾天人就消失了，好像是蘋果咳出來人又活了，很神奇吧？」

這當然是比較極端的例子，聽了這種例子以後，范統也努力開始回想自己來這個世界之前有沒有吃過什麼會噎死自己的東西，這樣搞不好還有機會死而復生……

很可惜的，他實在想不起自己最後的晚餐是什麼。唉。

學苑位在東方城的東邊，東方城的重要地點總括來說，還挺好記的，東邊學苑，西邊水池，南邊主城門，北邊神王殿，正好東西南北，互相相對。

因為城的面積很大，如果真的要從最西走到最東，要花的時間十分可觀，所以他們中間有利用幾個傳送點。范統沒有一次就把路線記下來的能力，等一下只怕還得倚靠米重帶他回去。

希望米重回去能幫忙畫張地圖。范統祈禱著。

作為訓練整個東方城人才的所在地，學苑的規模自然也相當恢弘壯麗，從高大的苑門進去後，可以看到三棟主建築物，分別是術法軒、符咒軒和武術軒，亭台樓閣各具風格，裝飾亦極為講究。米重帶他到處理總務的部門，登記學籍並領了一套衣服，再開始跟他說明。

「新生一般都先三種兼修，如果哪一種特別有才華再精研也不遲。順帶一提，新生居民和原生居民是分開上課的，然後跟你說一下，術法軒的掌院是音侍大人，符咒軒的掌院是綾侍大人，武術軒的掌院是暉侍大人……現在由違侍大人暫管。」

范統對自己的書法還算有自信，如果符咒需要畫符，搞不好挺適合他的，而術法是沒接觸過的新奇玩意兒，碰碰看也不賴，至於武術他就興趣缺缺了，反正他就是那種會被自己的腳絆倒的笨蛋，他是不指望武術方面能有什麼好成績了。

「還有啊，關於你現在住的臨時住所……」

米重猛然想起這件事還沒交代，連忙開口。

「那是因為你的床位還沒確定，基本上白色流蘇和綠色流蘇都是三個人住一間房，空間會比現在狹小很多，要有心理準備。」

果然是無法期待在這個世界聽到什麼好消息的。

報到手續進行完畢後，米重給了他一份課表，叮嚀他要準時上課，然後就帶他回去了。

「等到你的床位確定，我會再來帶你搬過去的，這是我的聯絡方式，有事可以問我，不過這可能要等你學會基本符咒學才能使用……啊，對了，這個。」

看米重在身上東掏西掏的，范統還以為他有什麼見面禮要送自己，結果卻是一張問卷。

「我的導覽還算詳盡吧？麻煩意見表幫我填一下，這可以加薪，給點面子，都幫我填『非常滿意』吧。」

「……」

范統無話可說。就在他與問卷奮鬥的時候，隔壁那一戶的門忽然開了，走出一個人來。

「呦，米重，帶新人啊？」

「是啊，你也是？這裡有人住啊？」

「這個嘛，這裡一直都有人住，只是負責帶他的人辭職的時候沒交代，大家就一直忽略了他的存在，他也一直沒去學苑上課，剛好昨天有新人進來嘛，編錄名冊的時候才注意到他的狀況，就派我來看看。」

那個人說完，嘴裡又唸了一句「不過人好像跟資料上不太一樣」……

「噢，范統，你有鄰居呢，看來到時候很有機會編在同一個房間，要跟人家好好相處啊。」

米重拍了拍范統的肩膀，恰好范統問卷也寫完了，米重便收過來看了看。

「……范統，你寫錯我的名字了，是米重，不是米蟲啦……」

由於近午時送走米重後，范統就直接倒到床上補眠去了，所以當他醒過來的時候，正是月亮高掛天空中的半夜。

他不想、也不能當夜行性動物，學苑是白天上課的，可沒有夜間部，這不正常的作息時間得調一調，否則他在東方城的新人生恐怕堪憂。

這時候他才發現肚子很餓。畢竟他已經一天沒吃東西了，米重有告訴他，每天三餐的固定時間街頭會有公家提供的「很難吃不營養」基本糧食，如果想吃好一點的食物可以上館子，但那當然是要花錢的。

范統才剛來這裡一天，身上當然不會有錢，就算等到發薪日，白色流蘇這個階級也是沒錢可以領的。

可是肚子餓很難過，肚子餓待在屋子裡發呆也很難過，因此，雖然口袋空空逛街很空虛，范統還是出門前往夜間營業的商家了。

然後很快他就知道，肚子餓很難過，肚子餓待在屋子裡發呆也很難過，但肚子餓站在商店前面盯著食物流口水更難過……

一串錢是一百錢，而這裡最便宜的食物也要三串錢……米重告訴他，淺綠色流蘇一個月可以領到兩串錢，而復活一次要支付的軀殼費用是一百串錢，所以低階級的人很容易會因為死亡而負債，升到藍色階級月俸才從十串錢起跳，單靠領月俸是不太好過活的，大家多半都會找個工作出賣勞力，導覽就是簡單工作中的一種。

以他這種嘴巴是沒指望當導覽員的，真的當了搞不好還會因為被投訴誤導新人而賠款。要是誤把恩格萊爾講成東方城少帝，說不定賠款還不能了事……

在這裡繼續看下去也不會有人賞他食物的，范統有點沒趣地離開，打算隨意在附近走走，散步一下，看能不能暫時忽略肚子餓的事實。

范統漫無目的地走來走去時，無意間路過了主城門。主城門夜裡也是開的，這麼大方的作風跟他的認知不太一樣，他因而多看了幾眼，然後發現了那個站在城門邊的人影。

那個側影看起來有點熟悉，范統又走近了幾步，才認出人來。

是珞侍。

在認出是珞侍後，范統就想轉身逃跑了，但他對珞侍半夜不睡跑來城門口的原因又有點好奇，本欲往反方向逃跑的腳，便這麼縮了回來。

柔和薄弱的月光下，少年的側影看起來有點虛幻，甚至帶有一種脆弱感。

他看起來像是在等什麼人，望著城外動也不動，秀美的臉孔染有憂傷的色彩。

現在的季節，晚上其實是很冷的，米重說新生居民的身體耐熱抗寒的功能不錯，但當冷風吹上臉時，范統都還是會覺得痛，就可以知道那是什麼樣的溫度了。

然而珞侍站在那裡，卻恍若毫無知覺，不會想找個遮蔽物讓自己好過一點。

那樣的身影，瞧來十分孤單。

一時之間，范統忽然很想叫他測個字，給他算命一下，這不知道算不算是職業病發作。

只是啊，心裡如果有什麼事情鬱結著，終究是不健康的，不管他算得準不準，如果能排解掉對方心中的結，總是好的嘛。

「誰？」

范統生前的職業是鐵口直斷，可不是什麼私家偵探，跟蹤偷窺這種事情當然是不擅長中的不擅長，況且以他的情況來說，應該叫做路過碰巧看見，能到現在才被珞侍察覺也很不簡單了。

當珞侍發覺有人而轉過身來時，態度是很戒備且不友善的，而在他發現這個人是范統後，似乎僵了一下，然後挑起了眉頭。

「范統，怎麼又是你？」

「路過……」

「路過停留在這裡做什麼？」

真的是硬逼他講話就對了，范統正自暴自棄地打算解釋，聽天由命看會說出什麼來，忽然寧靜的環境出現了一串咕嚕嚕嚕的聲音，來源是他的肚子。

珞侍盯著他看的表情很微妙，范統頓了半天，最後說出來的是這樣一句話。

「我只是在想，能不能跟你借個三串錢吃飯……」

冷風吹過。

范統覺得，這時候就算有烏鴉飛過叫幾聲，他大概也不會覺得奇怪。

范統的事後補述

雖然一波三折，經歷了一些想都沒想過的事，但我總算是正式在東方城的臨時住所定居下來了。又正式又臨時，說臨時又說定居，我知道這很難懂，但反正就是這樣，我又餓又累，你不懂就算了啦。

說到經歷想都沒想過的事，我這輩子真的沒想過我會被魔獸踐踏而死。我連被馬、被牛、被貓狗踐踏而死都沒想過了……什麼，你以為貓狗踩不死人嗎？瞧不起貓狗的人遲早有一天會被貓狗踩死我告訴你，如果怕了可以來找我消災解厄，做一次五百元，價錢公道……鐵口直斷經營太久了，忘記現在已經不做了，當我沒說過吧。是怎樣啦！鐵口直斷幫人消災解厄很奇怪嗎！我天縱英才萬事皆通不行嗎？計較這麼多做什麼！

真是糟糕呢，肚子餓了腦袋就空了，今天米蟲給我介紹的東西都快忘光了，一次要塞那麼多資料進腦袋很難的，如果有錄音機可以記下來複習就好了，不過這地方看起來就是不會有那種東西的樣子，只能依靠我不可靠的腦袋，這實在讓人很不安。

……？什麼？名字弄錯了？米蟲比較好記，反正音都一樣，他也不會知道，我這樣喊是幫助我記憶，有什麼關係。你說我為什麼不叫自己飯桶？開玩笑！天底下有哪個正常人活了這麼多年還不記得自己的名字嗎！如果你找一……百二十個出來，我名字就倒過來寫！

一百二十這個數字有什麼意義？當然沒什麼意義。一百二十這個數字很沒誠意？沒誠意就沒誠意。我的名字倒過來寫還比較好聽？不要欺人太甚。

好了，我要吃飯了，雖然餓死這種死法在我鐵口直斷的店開張的時候我有想過，但我覺得餓死還要付錢復活實在太愚蠢了，難得有個好心的金主在這裡，偶爾當一下飯桶也不錯。

……不，還是吃少一點吧，借錢還是要還的。

章之二
人還是應該敦親睦鄰
『不要過來。』——鄰居

剛才只能站在門外流口水，現在卻可以堂堂正正進來吃飯，范統覺得還挺高興的，雖然花的是未來得賺來還的錢，但至少可以擺脫現在肚子餓的窘境。

不過一開始就吃了比較好的飯菜，明天開始要去吃統一發放的「超難吃不營養」基本糧食，不知道會不會適應不良，由奢入儉難這句話絕對是有其道理的，若是為了未來的生活著想，就該別養成挑剔的口味，現在應該點一些看起來很難吃的東西填飽肚子才對。

對個頭，當然一點也不對。

口味這種東西，根本早在他來這個世界之前就已經定型了吧？他又不是這輩子還沒吃過東西，現在吃什麼根本不會有影響的，在原本的世界，他也不是很挑嘴的人，雖然受到詛咒後來因緣際會成為鐵口直斷大師後，確實賺了不少錢，但因為懶惰，他常常吃一堆自己弄出來的不健康速成食物，例如「梅子粉番薯稀飯」、「水是飯的四倍的稀飯」、「很多罐頭加在一起攪拌的稀飯」、「昨天沒吃完在桌上放了十五個小時的稀飯」……諸如此類，不勝枚舉。

雖然他舉的例子都是稀飯，但這不代表他很喜歡吃稀飯，只是他的手藝不佳，只能做出這種讓人覺得吃的人很有挑戰未知事物精神的食物罷了，就算長期吃這些東西，他也不覺得有什麼，就算長期吃這些東西，他也還是活下來了……范統忽然覺得，他搞不好找到了自己的死因。應該不是吧？應該不會是營養失調食物中毒吧？

總之，范統還是點了特大號招牌飯。一樣是要花錢，投資在難吃的食物上，感覺很吃虧。

「……你是被餓死的嗎？」

珞侍坐在對面看著他的吃相，范統覺得，這一定就是四周那些夜貓子一直看他們這一桌議論紛紛的主因。

范統沒有能聽清別人在一段距離外竊竊私語的特異功能，但那種音量克制失敗，根本就聽得很清楚的，他當然也不會聽不見。

「珞侍大人，是珞侍大人耶」、「珞侍大人居然會踏入這種普通的店，居然會陪一個掛白色流蘇的新人吃飯」……大概是因為震驚的緣故，那些人有的話說得真的不夠小聲。

看起來珞侍會在這裡出現，還帶著同伴，應該是一件很稀奇的事情。想想也沒錯，珞侍不只是五侍之一，還是女王的兒子，也就是出身高貴，感覺非常不貼近平民生活的那種人吧？

但是他肯答應他的請求，借他錢吃飯，人還是挺好的。

如果不是他身上總帶有一種排拒他人的氣息，像這樣的美少年照理說會很有人氣吧？

「是啊，我不知道自己是怎麼死的。」

「不是」被顛倒成「是」之後，就形成這種前後矛盾的話了。

珞侍的眼神又冷淡了下來，而即使在這樣冷淡的目光注視下，范統依然沒有食不下咽的感覺，照樣扒飯扒得很勤快。

說真的，珞侍借他錢吃飯就好了，也不必跟他一起來啊，難道是要監視他有沒有真的把錢用在吃飯上面嗎？

「你不覺得你說話很奇怪嗎？而且你的反應好像也跟說出來的話不一致。」

珞侍挑眉質疑著他，他的觀察力倒是挺好的，也挺細心的，范統一時有點感動，雖然內心還是有點意見。

所謂的反應不一致，難道是指他被大火球砸了說不痛，被馭火咒燒卻慘叫著打滾到死這件事嗎……

不過，難得珞侍都問了，范統也決定解釋一下，看看能不能讓他了解，化解一下誤會，以免讓他覺得自己是個口是心非的彆扭人士。

「事實上，因為我死後被一個凶悍的好女人祝福的關係，我說出來的話十句有九句沒問題，裡面的語詞會隨機錯亂，對這種狀況我覺得還挺高興的，我一直很希望遇到這麼倒楣的事情。」

范統在講完話之後，回溯一下自己的話被修改的詞句，再研判對方聽懂的可能性。

聽不懂吧。應該是聽不懂的吧。絕對聽不懂的吧……

雖然重點有點到二分之一，但要從裡面抓出來也太困難了吧……

「……」

路侍盯著他睜大了眼睛沉默，這種態度讓人很忐忑不安。

范統一面想著路侍會不會翻臉兼翻桌，一面趕著在他做出反應之前多吃幾口，要死也要吃飽再上路，最後一餐是很重要的。

沒想到，路侍最後居然噗哧一聲笑了出來。

「范統，你到底在說什麼啊？」

范統本來以為路侍從裡到外都是個認真嚴肅的人，因為他呈現出來的就是這樣的面孔，沒想到他也有做出符合年齡的舉動的時候，這似乎也使他看起來人性化了些。

笑起來很可愛啊，如果常常笑的話，一定會是個人見人愛的美少年呢，真是可惜。

范統左右瞧瞧，發現四周那些議論紛紛的人群好像也有點傻眼，而路侍似乎根本沒注意周圍氣氛的變化，收起笑容後還是盯著他看。

「你是刻意耍寶的嗎？還真沒看過有人可以把邏輯如此不通的話說得這麼順，你生前是做什麼的？」

看來他的解釋是失敗了，不過卻讓路侍對他起了點興趣，這應該算是好事嗎？

「鐵口直斷。」

范統吃完最後一口飯，肚子總算有了飽足感，很充實。

「鐵口直斷？」

珞侍的神情又怪異了起來。

「你該不會真的是沒錢被餓死的吧？」

沒禮貌！想我被詛咒之後，可是生意蓬勃人人口口聲聲稱我為大師的耶！

「紙筆……」

范統終於決定無論如何也要說明清楚了，再這樣下去不只人格被懷疑，專業不被肯定，還要被安上一個可恥的死法，這實在是他無法接受的事。

雖然在他搞不清楚自己是怎麼死的情況下，也沒有證據能顯示他的死法不比餓死可恥，但這還是無法改變賺不到錢餓死很可恥的事實。

珞侍不明白范統想做什麼，但基於好奇，他還是招呼店裡的人拿來了紙筆墨台。東方城的文字跟范統原來世界所使用的文字一樣，用寫的也不會有語詞顛倒的問題，於是他洋洋灑灑把自己說話的毛病與詛咒的原因交代清楚再落款，便將寫好的紙拿給珞侍。

「范統，你的字倒是挺好看的。」

這是珞侍看第一眼的感想，讓范統有點無力。字寫得怎麼樣，根本不是這張紙的重點啊。

「不過，你說的事情聽起來實在很像是騙人的……」

我也希望這是騙人的。不管是被詛咒，還是來到這個世界。

范統垮著臉無奈著。他可以用寫的說明自己的狀況，但這狀況他可無法提出什麼有力的證明啊。

「我爸爸說，隨便說謊是很好的美德，所以我一向說話都很不老實。」

其實每次說話說到一半，覺得已經苗頭不對，繼續說下去只會更糟糕的時候，范統都很想停下來，可是這該死的詛咒還有個附加功能，就是強制他把話講完，除非遭到外力強迫停止。

「這是什麼樣的父親啊……不，你說你有語詞顛倒的毛病，如果是這樣的話……聽你說話怎麼這麼累？還得自己校正？」

珞侍似乎也沒有完全不信的意思，但就算他信了，還是得自己揣摩范統想說的話到底是什麼，就麻煩程度來說，直接當作沒聽過解釋，然後在范統說出糟糕的話時就把他痛扁一頓，好像還比較輕鬆。

「噢……」

事實上如果隨身攜帶紙筆，通通用筆談的話，也就不會造成誤會了。可是他又不是啞巴，更重要的是，他要是一直用筆談，不跟人說話，這個詛咒就永遠不可能有解開的一天了啊！

雖然不知道人死了那個解咒條件還算不算數，但人死了詛咒還是跟著來，那麼那個「說了○○○句話後詛咒自解」的附加條件應該還是存在吧？難得現在在這個世界看起來只要十年換一次軀體就可以一直活下去，那麼就算○○○這個數字其實是三百億，還是有機會可以達成的呀！

「算了。你有這種毛病，在這裡生活只怕會有很多麻煩吧，我會注意看看你的情況，畢竟你是我接引來的。」

路侍的好意，范統十分感激，可以化解誤會順便結交真是太好了，話說回來，詛咒的事情，這也是他第一次跟人說明，就連在他原本生活的世界，也沒有人知道他說話的困擾。

一方面是沒什麼親近的人可以透露，一方面必須保持鐵口直斷大師的形象，說起來還挺悲哀的。

范統又提筆在第二張紙上寫下一個問題：我可以直接叫你珞侍，不要喊珞侍大人嗎？

「是沒什麼不可以，不過為什麼？」

范統在紙張空白的地方寫下一行字。

『因為怎麼想都覺得有很高的機率會變成小人。』

「……」

❀

吃飽喝足，接下來就是回家休息，不過范統躺在床上一直沒有睡意，翻來覆去折騰了很久才睡著，結果隔天醒來的時候，已經中午了。

「你在搞什麼啊，范統？」

中午還是米重把他叫醒的，他也才知道，自己居然就這麼錯過了早上的課。

「第一天上課就缺席！你還是白色流蘇耶！難道你想一輩子吃東方城發放的糧食過日子

嗎？」

范統深切地反省著。昨晚的特大招牌飯花了五串錢，也就是說，他現在其實已經是負債狀態了，照理說應該積極上進一點，努力修行提升等級才是，但他居然上課第一天就睡過頭。

「你隔壁那個鄰居早上也沒去上課的樣子……真是的，兩個人都在想什麼啊？下午的課記得去，聽到了沒？」

無論如何米重還是好意的，范統點點頭。

可惜不夠貼心。要是能順便幫他領一份東方城發的糧食來就好了……這下子，他又得餓到晚上才有東西吃了。

范統比較有興趣的是符咒與術法的課程，但很不幸的，這兩門課都在上午被他睡掉了，而下午是他還沒開始就已經有放棄的念頭的武術課。

昨天米重帶他來只有辦理入學手續，並沒有帶他進去裡面參觀，不過武術軒的格局很簡明易懂，教室也十分好找，所以他沒有遇到任何問題就準時抵達了教室。

其實范統不太希望這麼簡單就找到教室的，畢竟這是他打從心底排斥的課，其實范統也很希望在他進入教室的時候，負責授課的老師立即瞥他一眼，然後對他說「你不是可造之材，這輩子是沒希望了，你可以回去了」，但這些事情都沒有發生，他現在只能安分地坐在自己的座位上，等待課程開始。

想要出人頭地提升等級，也不一定要靠武術嘛！范統在內心吶喊著，話雖如此，他還是沒有直接撇下一句「老子不上了」就離開教室的勇氣，既然來了，還是姑且聽聽吧，反正只是上個課，即使沒有才能也不會怎麼樣吧。

坐在教室裡的同學們都是新生居民，米重說過，原生居民不會跟新生居民一起上課。而這個班級的學生一眼看過去，通通都是白色流蘇，這實在令人有點不安。

所謂有點不安的原因就是，范統無法肯定東方城到底多久迎接一次新生居民。如果這裡的同學裡面有些人已經來一兩年了，不就代表不少人在一兩年內還是停留在白色流蘇階段上初階武術課，是很有可能的事嗎？

武術能力沒有提升還不打緊，持續那麼久的時間都是白色流蘇比較要命。只要拿著白色流蘇一天，就等於沒有任何收入，這無論怎麼想都是一件非常恐怖的事情啊。

雖然珞侍借他錢沒說要跟他收利息，但借錢不還，再借很難，他還是得維持良好信譽才行……

初階班的教室稱得上寬闊，所謂的座位，其實就是一人一個坐墊，席地而坐。位子是固定的，范統的位子在最後面的角落，感覺是很適合上課打瞌睡的地方，而他旁邊的那個位子直到課程開始都沒有人出現，他想，說不定就是那個沒有出門上課的鄰居的位子吧，沒想到他早上不上課，下午也不出現。

……會不會那個鄰居有什麼不方便無法出門呢？如果他一直沒出門的話，那他已經待在屋子裡很久了耶，都吃些什麼？那應該是久到可以餓死人的時間了吧？

范統想起米重說的，有的人歷經的死亡打擊，可能會讓他無法重新在這個世界開始，如果是這樣，那真的挺可憐的，他想，今天放學回去領晚上的糧食時，就順便給那個鄰居領一份，帶去探望他好了。

老師進入教室後，便要開始上課了，居然連老師也是新生居民，到底是原生居民人太少，還是原生居民不和新生居民一起上課這一點落實得太確實啊？

從這個老師的外表來看，他死的時候年紀應該也很大了，這種情況下還會成為執念深重的靈魂被吸引來這個世界，總讓人覺得很恐怖。老人家的執念都是很強烈可怕的，范統在過去的工作上碰到很多這樣的客戶，所以他對這種人物都有點敏感。

再看看老師的流蘇，只是藍色而已。藍色流蘇不是都滿街跑的嗎？他本來以為老師應該很強的，至少也該是紅色流蘇吧……雖然白色流蘇似乎沒有什麼資格挑剔藍色流蘇，但現實與幻想的落差還是讓人很沮喪啊。

不過當老師開始上課時，他就明白為什麼藍色流蘇也可以當老師了。

「要認識武術，與武術相輔相成的武器也是必須熟悉的，大家翻開課本第七十四頁，我們看一下武器的部分……」

這老師根本是來教書的。只是教課本的話，就算武術差也無所謂是吧？

不，應該說，武術真的很好的人，根本不會想來教課本吧？

還有為什麼已經上到七十四頁了，不從頭教起嗎？沒在一個學期剛開學就死來這個世界的人比較倒楣，前面的只能自己摸索吸收？去找誰要求公平合理的對待跟權益啊！

慢著，課本……？

「角落那個新來的同學，你的課本呢？」

在范統才剛意識到這個問題時，這個問題就已經迫不及待地浮上檯面了。

老師老歸老，眼睛倒是挺利的。

「課本……」

范統用詢問的眼光向隔壁的空位的隔壁的同學求助，對方則不解地看著他。

「你是新生？第一天上課，導覽員應該會把課本拿給你啊，沒有嗎？」

好啊，這樣看來他是被米重陰了。只不過是問卷寫錯了一下名字有必要這樣嗎！

「沒帶課本，去旁邊罰站。」

老師懶得理他，很隨性地給了個處分。

「學武術要有一顆堅毅謹慎的心啊，怎麼可以因為課本很重就不帶呢，這是不值得效法的行為。好了，來看看第七十四頁……」

他根本就沒有說話，所謂課本很重就不帶的結論到底是哪來的？范統也不想辯解了，跟老師爭論不是聰明的行為，反正就乖乖罰站吧。

「目前矽櫻女王持有的武器——月牙刃希克艾斯，和落月少帝恩格萊爾的四弦劍天羅炎齊名，都可謂為神器，與武器一同從以前傳下來的，是屬於東方城的玄冑千幻華和屬於落月的月袍愛菲羅爾。在武器與護甲的加持下，繼承了它們的王都擁有非常強大的戰力……」

只是聽聽介紹，范統還不至於覺得有什麼困難，雖然站著聽有點累，但老師現在說的東西也還算有趣。

東方城女王的武器名字好像西方了點，西方城少帝的武器名字則是東方了些……是他的錯覺嗎？

「月牙刃希克艾斯的可怕在於它極其銳利的刀鋒，四弦劍天羅炎的可怕之處則是其上的弦，每一條弦都有其恐怖之處。」

雖然老師正在說的東西范統很感興趣，但是內容也太少了。

這算是資料收集不全嗎？就連什麼「沉月本體是一面寶鏡，據說還有與之相對應的神器，但是不知道是什麼」這種話都說得出來，專業的程度似乎待質疑啊……

范統再度在內心修改評價。他不是來教課本的老師，他只是來唸課本的老師罷了。

「那麼祝福各位早日得到適合自己的武器，今天的課上到這裡。」

罰站完整堂課，接著下一堂課還是武術軒的。

上完這堂課就可以回家了，但很不幸的，這堂課似乎是實戰實習，才剛站到雙腿疲憊，又要上不得休息的課，這就是所謂的流年不利嗎？

而當課程開始，范統才知道什麼叫做流年不利。

上課的老師佩帶的是深紅色流蘇，也就是比珞侍高一小階，他在發現課堂上有新面孔時，露出了發現獵物……露出了十分高興的表情，然後走到范統的面前來，非常親切地開了口。

「今天有新來的同學呢！原則上新同學第一堂課是不必上課的，只要進行完一個手續就可以了。」

這是要讓他早退，放他回家的意思嗎？范統心想著。但依照他目前為止的衰運，似乎不應該這麼樂觀，而且周圍的同學臉上的笑容看起來都有點古怪。

「學習武術呢，就要先學習不怕痛，以及克服對死亡的恐懼！所以每位新同學第一次上課，都要先經．歷．死．亡。」

當老師微笑著說完這段話時，范統當場傻眼。

等、等一下……

「同學們期待很久了嗎？三、二、一，大家上喔——」

我早就已經有兩次死亡的經驗了啊！還用那種帶動氣氛的語氣是怎麼樣？住手啊啊啊啊啊啊——

在這些過去都被洗禮過的同學面前，范統當然是沒有逃生機會的，這瞬間一人一招秒殺的過程也讓他體會到會來這個世界的新生居民其實都是內心夾帶有凶殘的怨鬼。

根本連他們怎麼發招的都沒看見！范統很想吼出來，但這時候，他已經被傳送往水池重生去了。

沒機會看到自己的屍體變成什麼德性，好像勉強算是好事。如果成了肉泥，看了可是會吃不下飯的。

結果，三次免費重生的機會就這麼用完了。范統在水池內等待塑形好變成浮屍的期間，內心比他想像的還要平靜。

才怪！根本平靜不下來啊！萬一這三次重生機會其實是分別要給武術軒符咒軒術法軒各殺一次的話怎麼辦！再去上完符咒軒術法軒的課馬上就負債兩百串錢了啊！

在范統亂七八糟煩惱這個煩惱那個的期間，他的重生也已經完成了，當下就是面臨氣氣即將不夠的問題，這真的只能說是拿命相搏，好不容易浮上了水面，卻發現距離岸邊有夠遙遠。

武術軒的人把他做掉之後也沒有人要來救他上岸的嗎——

范統奮力在池中掙扎著，前進了少許距離，也吃了幾口水。

不是吧，難道之前在腦裡開的玩笑要成真了嗎？他可不想真的搞到整個水池都是他的屍體啊，況且那不知道有多貴——

在死亡可能會是家常便飯的世界，范統首先注重的也變成是錢了。

救命啊！救命——救命——！

他現在可真的萬分後悔早上沒去上符咒軒的課了，如果去了搞不好就學會用符咒聯絡人的方法了，那至少現在還可以求救一下。

四下無人，求助無門，以范統的持續力，當然是很快地嗆到、灌水、滅頂。

這之後，范統又溺死了兩次，才抓到一點長泳的要訣，勉強爬到岸邊，看著池中自己殘留下來的屍體，他一方面驚魂未定，一方面也有點欲哭無淚。

兩百串錢啊……加上借的五串錢，負債兩百零五串錢了啊……

所謂的強制勞動服務工作還債是怎麼樣他不清楚，但死亡後要重生的時候會隨著負債多寡施加痛楚，這點倒是十分明確的。

死的時候就已經不好受了，重生還得再痛一次？

有沒有地方可以快速賺到很多錢？就算是出賣色相我也願意啊——

❀

在范統從水池出來時，一度還煩惱是不是得赤身裸體出去求助了，幸好東方城的政策還不是那麼不人道，儘管池子太深太廣，但在接近出口的地方還是放了很陽春的衣袍供人穿上，也就是說，只要忍受從池子上岸走到出口這一小段路的裸體狀態就可以了，這讓范統著實鬆了一口氣。

不過放袍子的架子只剩下三件了，不知道這袍子多久補充一次？要是沒什麼來巡，拿走最後一件的人又沒什麼良心，那下一個人不就倒楣了？

這個問題范統也只是想想罷了，反正倒楣的不是他就好，他今天已經夠倒楣了，相較之下出來找不到衣服這種事似乎還輕微得多。

而當他注意到現在的時間，也不得不認為自己真是死得恰到好處，要是再多死一次，就又要錯過晚餐發放的時間了，剛好可以趕上領晚餐，可能算是唯一值得慶幸的事情了吧？人總是得找些事情安慰自己，才能說服自己還沒衰到極點。

街頭發放糧食的攤子，在范統到達時已經排了長長一列了，所幸發放的速度很快，也沒有發生「不好意思到你的時候剛好發完了」這種事情，所以范統沒有等多少時間就拿到了公家糧食，順便還幫他的隔壁鄰居領了一份。

話說幫人領糧食也不需要什麼證明之類的，是不是太隨便了？這樣不是說個謊開心領幾份就有幾份？還是因為這麼難吃的東西多給人幾份也不可惜啊？

范統回到自己家後，一面吃著剛領來的公家糧食，一面生出這樣的感想。

要說很難吃，倒也不是刻意做得難吃，只是用的料差，又完全不調味，製作自然也不講究的，如此一來就形成了純粹只有填飽肚子功效的乾糧，讓他有種自己是被飼養的牲口的感覺。

填飽了自己的肚子，那麼接下來就是把另外那一份送去給鄰居，順便慰問一下聯絡一下感情的時候了，范統把那份乾糧打包好，便出去走到隔壁敲了敲門。

敲了一次，沒有反應，再敲一次，還是沒有反應。

范統覺得很奇怪。雖然隔壁這兩天都沒傳出什麼聲音，但那天從這屋子裡出來的導覽員確實是說裡面有人啊。

「沒有人在嗎？」

喊出口的同時，范統慶幸了一下「有人在嗎」跟「沒有人在嗎」聽起來意思差不多，而在他這麼喊過後，裡面總算傳出一個因為小聲而顯得模糊的聲音。

「……有事嗎？」

對方也只是出聲回應了一下，看來沒有幫他開門的意思。

「我是你的鄰居，我想你好像一直沒出來吃東西，所以給你送吃的來。」

每次詛咒讓他講出正確的話時，他都會處於感動跟悲哀的複雜心情中，講出正確的話當然是好事，但每次總發生在比較無關緊要的話上，實在令人哭笑不得。

「謝謝。放在門口就好了。」

那聲音清楚了些，聽起來十分年輕，聲音的主人多半還是個少年，他說出來的話給人一種禮貌性的淡漠感。

這個鄰居沒有拒絕他送糧的意思，卻也不親自開門來拿，只要他放在門口，看起來就是一副很不想跟人接觸的樣子啊？

「你不開門拿嗎？」

「不……我有點不方便，很抱歉。我知道這樣很失禮，真的謝謝你的好意。」

聽這些話，應該是受過教育，有教養的孩子吧，只是所謂的有點不方便是怎麼回事，范統實在想不出來。

殘障？身體不舒服？長太醜見不得人？

想到這裡，范統也疑惑了一下。如果生前缺手斷腳的，來到這個世界後會變成四肢完好嗎？還是一樣呢？

連面都還沒見過，根本稱不上熟的人，當然不太可能去打探人家的隱私、打擾人家的生活什麼的，所以范統就照他的意思，把食物放在門前，然後又問了幾句話。

「聽說你一年來都沒去學苑報到，明天也不去學苑上課嗎？」

雖然他是想問明天要不要去，但這種小變更就算了，聽得懂就好。

「呃……一年？學苑？」

范統的話似乎讓少年稍微驚慌或者是錯亂了起來，對於這樣的反應，范統也深感同情。該不會真的受生前死因影響到連導覽員做過的介紹都難以收進腦袋的地步吧？不過是個孩子，也真是辛苦他了。

「白色流蘇很好，不，我是說很好，不是，是很差，還是不要上學才不能提升等級……我是說要上學。既然來了這個世界就放棄生活吧。請忽略上一句話。我是說，不如明天一起去學苑？」

因為他覺得，如果有個伴，少年可能可以考慮踏出這個家吧，但是話語顛三倒四的特性讓他越說越不知所云，雖然關鍵的最後一句是對的，不過少年到底有沒有聽懂，他還是很擔心。

「……嗯？」

大概是沒聽懂吧。

「總之就是明天早上我來找你一起上學，不要拒絕。」

……他本來是想說「你考慮一下」的，變成不要拒絕是不是太強硬了點啊？

「……好的，我知道了。還是謝謝你。」

對方有察覺他是友善的，真是太好了，今天拜訪鄰居的目的算是勉強達成一半了，只差最後一件事要問。

「你叫什麼名字？」

本來他以為這應該是最容易得到回答的問題，但對方卻沉默了好一陣子，直到他有點想打退堂鼓了，才聽到他低低地回應。

「月退。就叫我月退吧。」

「嗯。」

雖然也是個特殊的名字，但總比米蟲之類的好些。

而在他問了少年的名字後，少年並沒有反問他的姓名，就此安靜了下來，像是對他的事情並不感興趣一樣，這樣的交流互動到底算不算失敗，范統目前也無法下定論。

經營人際關係這回事，范統還是覺得很重要的。

只有自己一個人獨來獨往，不只是在一個社會很難生存下去，還會有無聊寂寞的問題。如果沒有家人，就要有朋友，至於敵人可以不用沒關係，那個基本上是來降低自己生還機率的。

他在自己本來的世界，人際關係就沒有好好經營……不，應該是說，人際關係太複雜，因為在鐵口直斷的店裡出入的人太多……

總之，光看他可以吃「梅子粉番薯稀飯」、「水是飯的四倍的稀飯」、「很多罐頭加在一起攪拌的稀飯」、「昨天沒吃完在桌上放了十五個小時的稀飯」這類的食品吃那麼多年也沒有人關心阻止，就可以知道他的人際關係怎麼樣了。

要交到朋友！要有同伴！要有可以一起行動的人！還有，要有可以分享一下他被詛咒的牢騷的人！

范統在心裡打著這樣的口號，珞侍現在算不算朋友，他還沒什麼自信肯定，而米重嘛……他如果把課本交出來再好好道歉的話再考慮。

隔壁鄰居有地緣關係，加上又是還沒在這個世界混熟，拿著白色流蘇的新生居民，感覺應該會是比較容易拉近關係的對象，再說以後也可能住在同一間寢室，友善相處還是比當陌生人或者敵人來得好的。

上次他聽說這個鄰居來了以後就一直住在這裡沒接觸東方城的一切，那麼這是不是代表他還有三次可以免費重生的機會？畢竟如果一直住在裡面，應該是不會遭遇什麼生命危險吧。

忽然想到這件事，范統頓時又羨慕又悲哀。

不，搞不好他就是進城的時候被掉下來的匾額砸死的那一個啊，這樣造成心裡的陰影，導致不敢出門，也很正常啊？

還有，他都不出門的話根本沒食物，搞不好他就放任自己餓死，重生後再回來住，然後一直重複餓死重生餓死重生的過程，早就負債累累了呢？

考慮到在這裡胡亂猜測人家的事情實在很不道德，范統總算停止了思考，乖乖上床睡覺。

次日早晨，范統都還沒起床，米重就先來拜訪了。

「范統——！我昨天居然忘了把你的課本給你，真是太不好意思了！」

當米重用極度誇張的聲音和表情闖入他家時，范統是被嚇醒的，看米重驚慌的模樣，范統本來打算就這麼原諒他的，但當看到他拿出來的課本不只武術軒的，還有術法軒跟符咒軒的課本時，他當下只想好好揍他一頓。

居然把所有的課本都忘了啊——！要不是他昨天睡掉了術法軒跟符咒軒的課，不就更加倒楣了嗎！

「范統，昨天上課還好吧？應該就死實戰教學那一次而已吧？」

范統的臉孔扭曲了起來。

「你知道會死居然不跟我說——」

生氣的時候要是說錯話，氣勢就沒了，這詛咒可還真貼心沒惡整他。

「這是慣例！是傳統啊！每個人去上課都要死過一次的，更何況——」

米重拉長了語尾，然後激動地接著說下去。

「我也這樣死過一次怎麼可以有人例外不死！」

感覺這句話才是重點啊。

「問題是我因為會游泳，所以多溺死了兩次啊！」

「會游泳還溺死？你真強。」

不是啦！

「好啦，你的課本已經交給你了，趕快學好符咒通訊以後就可以聯絡我了，我去上我的課……」

「等等，隔壁那個人有沒有課本？」

「唔？他剛來的時候就領過了吧？這就要看他收到哪裡去了。」

噢，所以他得用他破爛的口語系統，去誘導月退找到他的課本？

「好好上學，好好加強跟同學之間的關係，最好找個靠山什麼的，設法讓老師欣賞你也可以。」

米重拍拍范統的肩膀，感覺有點敷衍地交代。

這個不用你說我也知道。范統心想著。雖然靠他這張嘴，要做到這些事好像有點艱難。

只是有點嗎？確定只是有點而已嗎？

「那我走了，記得別遲到啊……」

「等一下！」

「又怎麼了？」

「符咒軒跟術法軒的課該不會也要活一次吧？」

死了總是得去水池活過來，這樣意思倒也沒有錯。

「你放心啦，只有武術軒這麼暴力……不過經過剛才的交談，你難道還不明白，就算會死我也不會跟你說的嗎？」

「……」

范統暗暗決定，要是他學業有成，一定要在擺脫白色流蘇之前找米重對決。

距離范統的上課時間，還有一陣子可以東摸西摸再悠悠哉哉地走過來，照理說他是可以上街領份早餐回來吃完再去的，但那種食物少吃一次他也不會覺得可惜——不，應該說一天要照三餐吃他還嫌多，所以他便研究了一下課本，然後在時間還充裕的時候到隔壁去敲月退的門。

「啊，抱歉，請再等我一下好嗎？我還沒好……」

在他敲門後，裡面傳出了少年微帶歉意的聲音，不知道他究竟還在準備些什麼。

如果是可愛的女孩子在化妝，等個幾分鐘是沒有關係啦，但是男孩子的話……范統想歸想，挑剔歸挑剔，仍是老實站在門外等他。

一分鐘過去了，五分鐘過去了，好像十分鐘也過去了。

到底在做什麼……

「月退，還沒好嗎？」

「……對不起，我遭遇了一點困難。」

少年的聲音聽起來有點灰心，甚至是絕望，范統也不禁好奇一個人早上在自己家裡能夠遭遇什麼困難。

腿軟下不了床？戀家出不了門？

「我不能幫忙嗎？」

在話語顛倒後如果還能勉強符合原意，范統就不會太介意。

「我不太明白這衣服要怎麼穿……」

范統一時之間有種無話可說的感覺。

「衣服不就隨便脫脫就好了，這麼認真做什麼……」

……隨便穿穿變成隨便脫脫，這樣感覺好像有點像是變態。

「不，衣衫不整怎麼能出去見人？這是不對的。」

少年似乎對這種事情異常堅持的樣子，問題是繼續任他自己搞下去的話，兩個人都不用上學了。

為什麼不會穿衣服啊？難道他生前是個大少爺，衣服都是下人幫忙穿的嗎？可是要怎麼好好把衣服穿在身上這種事，不是每個人都該有慧根的嗎？

「月退，我開門了。」

「呃……」

大概是想阻止卻已經太慢，只來得及發出一聲短促的聲音，少年索性就不說下去了，在范統推開本來就沒上鎖的門後，他總算看到了對方的模樣，也因而呆滯了幾秒。

少年其實是已經把衣服穿到身上了，只是似乎拿衣帶釦子等物沒輒，手抓著帶子有點不知所措，看見范統進來後，朝他含蓄尷尬地笑了笑。

范統之所以呆滯，不是因為對方那藝術品般的精緻美貌，也不是因為少年的年紀比自己想像得還小了些，他呆滯的原因是少年那頭金色的頭髮，以及他天空般清藍的眼睛。

雖然聽聞了兩邊會搶奪新生居民，但這還是他第一次在東方城看見西方人。

他的年齡感覺比珞侍大些，珞侍是十四歲，他也不過就十五、十六歲吧，這也讓范統有點感嘆，一個感覺上出身良好的美少年，居然會在這種年紀就死了，還會符合沉月的篩選條件被吸引來這個世界，他身上到底發生過什麼事呢？

「不好意思，你可以告訴我這帶子該綁哪裡嗎？」

月退開口詢問。這次沒有隔著一個門，聲音比較清楚了，范統也不由得認為神在造物的時候是不太公平的，有些人就是會同時擁有許多美好的條件，有了長相還有氣質，有了氣質還有嗓音……

「腰。」

「綁在腰上嗎？」

「不是。」

范統下意識又用嘴巴來回答了，這使月退本來正要把帶子往腰束的手停了下來。

「不是？那麼是哪裡呢？」

「腰。」

范統覺得這幾句對話挺像在耍人的，月退的神情也困擾了起來，像是不知道該說什麼。

這樣誤會下去不是辦法，剛好范統還把之前寫給珞侍看，解釋自己說話毛病的紙帶在身上，便拿了出來遞給月退，月退不明所以地接過後看了看，面上的笑容依舊困擾。

「我……東方城的文字還不太精通，有點看不懂……」

失策。

看他一副西方人的長相，范統就該想到文字不能溝通的……聽說對話可以溝通是沉月的力量影響，而他是剛好原本使用的文字跟東方城的相同……

那麼月退用的是什麼文字？英文嗎？該不會剛好來自同一個世界吧？

但是要他用英文寫說他中詛咒的前因後果與影響，也太為難他了點，他的英文程度大概是停留在會把「How are you」翻成怎麼是你，把「How old are you」翻成怎麼老是你的程度，話說回來這好像是某個笑話，那個時候他還聽不懂這個笑話到底哪裡好笑……

「你就照我穿的這樣綁就可以了。」
「嗯……謝謝。」
看來月退的修養不錯，也沒追究剛才那幾句對話是怎麼回事，便自行將衣服整理好了。
「課本……」
范統指了指自己的課本，提醒月退要攜帶，而在看了月退當下的表情後，他判定他已經把課本收在哪裡忘了。
「我就算帶了，也看不懂的。」
最後月退說了這麼一句，看似有點沮喪。
「可是不帶會被罰坐。」
罰坐是什麼玩意兒啊？虧這詛咒說得出來……
「沒關係，再想辦法好了，還得問問看有沒有教東方城文字的課……」
會想學習東方城的文字，應該也是想積極開始之後的人生，好好在東方城過活的跡象吧？
這當然是好事情，在范統努力正確詢問了要不要吃早餐的問題，然後從對方僵硬的臉色得到了他也覺得公家糧食很難吃的答案後，他們就一起出了屋子，朝學苑前進。
剛才在屋內，清晨又沒點燈，現在走在陽光下，范統就更加能感受到月退的耀眼了。
這絕對不是他一個人主觀的認知，走在路上也一堆人回頭看月退，范統悄悄數了一下，剛剛到現在這一段路，碰到三十個人有二十八個回頭，回頭率超過了百分之九十。

同樣是外表纖細的少年，月退卻和珞侍有很大的不同。范統很難說明不同之處在哪裡，但光看月退安靜走路時表現出的沉穩與無意間流露的氣質，要不是他頂著這副尚未成熟的外表，范統實在不覺得他是個少年。

雖說珞侍也有一種因為身分強迫自己早熟而形成的形象，但那又是不一樣的感覺了。

「月退，你幾歲了？」

「十五快十六了。」

月退在回答過後，才想起一件事情。

「我一直忘記請問你的名字……」

「我叫范統。」

「嗯，你好，范統。」

他果然不熟悉東方城的文字，完全不會產生任何聯想。

走進學苑大門後，經過簡單的詢問，學苑的人表示一樣是白色流蘇，月退跟他上一樣的課就可以了，至於東方城文字惡補這件事，對方表示會發予教材讓月退自行研讀，有什麼不懂的地方自己找東方城的朋友問。

有種把人擄來之後就放給你自生自滅的感覺。但月退也沒說什麼，似乎可以接受這樣的安排，那范統自然沒意見了。

到了該進教室了，范統才想到該看看課表，一看之下，眼睛差點沒凸出來，今天跟昨天不一樣，一大早就是要命的武術實戰課。

說要命可不是誇張的形容詞，而是貼切的描述，畢竟范統昨天就被要了命，而今天換月退是新來的，要是他就這麼帶著他去上課，恐怕也凶多吉少。

「那個，月退，第一堂課你就別去了吧？我是說，武術軒的課都要上吧？」

就算今天不去，明天去了也還是新生，最好的辦法似乎還是通通放棄掉比較安全，可是范統又把第二句話講顛倒了，所以月退不能了解他的意思。

「……？自然是都要上的啊。」

「不，我的意思是，同學跟老師都很友善，去了會死人的。」

越是緊張就越辭不達意，友善個屁啊，被改這個詞真是讓人不痛快。

「……？范統，我真的不太能了解你在說什麼……」

這是我的錯你不必感到抱歉。重點是你不要踏進那間教室啊，我可不是米重那沒良心的傢伙，我也沒有看美少年被虐殺的嗜好啊！

「總之要去上課！」

「嗯，我知道啊，教室是這一間吧？」

范統對自己的無能為力感到絕望了。

是不是應該直接拖著他遠離教室呢？反正他也不想上武術課，這麼做好像一舉兩得？

「哦——今天又有新同學了？來了就進教室啊。」

很可惜，那個人面獸心的老師已經開了門，用無害的笑容要月退往陷阱裡跳了，眼看月退進了教室，范統只好跟進去，對於接下來會發生什麼事，他真的覺得頭皮發麻了起來。

范統的事後補述

我覺得我才剛來這個世界幾天，就已經發生了很多事情。

嗯——我才剛成為東方城的人民沒多久，就已經成了負債階級。我覺得這是東方城的陰謀，是東方城的蓄意陷害，因為讓新生居民負債才可以理所當然地指使新生居民從事額外的工作，東方城是這樣利用制度來獲得勞力的吧！

儘管我如此敏銳地洞悉了東方城的陰謀，但事實上我還是不能怎麼樣。我覺得我的未來一片黑暗，而且我很擔心下次死亡的時候，負債兩百串錢等級的重生痛楚會是什麼程度……我可以再跟珞侍借兩百串錢嗎？可是那五串錢都還沒還，一下子要借四十倍，我覺得他會翻臉……

唉，現在我對東方城的一切都還不熟悉，可以一起行動的鄰居看起來比我更不熟悉，那個看起來很熟悉的導覽員，又不是那麼可以信任的樣子，我在這裡到底該找誰靠啊？

至少也要有個可以在我死掉的時候去打撈我送衣服給我的人才行！

我也會回報的！在對方死掉的時候我也會去打撈他的！不過划船的技術還得練練……可是

我很有誠意的！如果划到翻船，我也會陪他一起溺死！這就是朋友之間的義氣！

如果可以的話，還是希望這愚蠢的工作不是只能委託給珞侍……人家好歹也是東方城五侍之一，平時應該很忙吧，而且珞侍是原生居民，也就是說他是不會死也不能死的，死了也不會從水池浮上來，我也就沒有機會禮尚往來划船去打撈他了，這樣人情會越欠越多，到時候都不知道怎麼還了。

……嗯？我想這麼多，只是為了逃避接下來的事實吧？

月退，我應該先為你祈禱冥福嗎？現在練划船技術會不會太遲？

章之三 白色流蘇不等於弱者

『但是，白色流蘇就是等於沒有錢拿，你還是認清現實吧，范統。』——珞侍

「大家今天又有新同學可以歡迎了，是不是覺得很開心？」

武術實戰課的老師一樣維持著笑笑的臉孔，這樣問著大家。

什麼歡迎，你就老實說是有新同學可以讓大家紓壓吧，而且看起來就你最開心。

范統在心裡偷偷決定要喊他機車老師。

「那麼，我再來為新同學說明一下第一堂課的規矩吧，還是隔壁的范統同學已經為他說明過了？」

范統搖搖頭，擔心地看向月退，月退這個時候也覺得氣氛有點詭異，因而微微皺眉。

他也很想救他啊，可是他無力抵抗這種集體暴力……

「新同學第一堂課要學習的就是習慣死亡，有了不畏死的精神後，學起武術來就會特別容易的。」

機車老師笑咪咪地說，在范統聽來這只是歪理，月退則是不太接受這樣的論調。

「每個人在成為新生居民的時候就已經死過一次了，老師。」

一般來說，新生在聽到這番話後都是錯愕而反應不過來，像他這樣會立即反駁的很少見，但這並不構成不進行「新生歡迎儀式」的理由。

「多來幾次經驗才會習慣，況且這也是同學們難得一次的娛樂啊。」

說出來了，結果你還是說出來了嘛！

在范統正為了機車老師居然光明正大說出了真心話而憤慨的時候，機車老師已經不打算再跟月退爭辯下去，他直接揮揮手，進入昨天對待范統的模式。

「我想就別浪費時間了吧，這次也不倒數了，同學們直接上囉——」

范統還是對這帶動氣氛的語氣心懷不滿，然後他反射性地閉上眼睛，不太想看集體暴力的場面。

他當然是不可能加入施暴的，他能做的也只有不看而已，雖然如此那些武器揮擊的聲音、打在身體上的聲音、各人發出的慘叫聲他還是不得不接收……咦？

各人發出的慘叫聲？好像哪裡不對？

范統張開眼睛，只見機車老師目瞪口呆，教室地板上倒了一片無法站起、只能哀號呻吟的學生……

月退則是好好地站在那裡，連衣服都沒破一角。

戰局與眾人所想像的完全顛倒。

「下一次……」

他沒做出什麼特別的表情，只是斂起笑容而已。

「我會通通殺掉。」

就只是斂起笑容而已。說話的聲音也不輕不重。

但就連那個機車老師也大氣都不敢呼一個，所有人看著這少年的眼神明顯不同了。

打贏了一堆白色流蘇還不見得能看出什麼實力，但讓一個紅色流蘇的老師感到畏懼，那個意義可是不一樣的。

「老師，今天還上課嗎？」

一轉眼的時間，月退又恢復成之前那個看似柔和有禮的少年了，好像剛才那奇妙的壓迫感與氣勢都是幻覺，不曾存在過一般。

可是倒在地上需要救治的那些同學們是事情發生過的鐵證。

「……不，還教你什麼啊？下課了下課了，你有空去提升階級順便轉個班吧，真是的……」

下課啦？我也一起嗎？

機車老師看來已經失去了玩弄菜鳥的興致，擺手表示要他自便，接著就用符咒通訊器開始通知人來處理這些倒在地上的傢伙。

至於他的處理方法會是醫療還是直接殺掉重生比較快，范統也不曉得了。

武術實戰課提早下課，武術課本課又還沒開始，這時間自然得自己打發掉，月退在武術軒中庭停下了腳步，跟著月退出來的范統也就跟著停了下來。

范統的心中其實已經轉過了很多念頭，包含「早知道昨天就應該拖著月退來上學，就不會遭遇被殺還溺死兩次的慘劇」之類的懊悔，直到月退喊了他的名字，他才回神過來。

「范統，其實你剛剛是想叫我不要去上課吧，謝謝你。」

唔，你是怎麼領悟的啊？

看月退這樣誠心地向自己道謝，范統覺得還挺彆扭的。

「你是……緊張就會說錯話的那種人嗎？我大概可以理解了。」

月退接下來說的這句話，讓范統睜大了眼睛。

好吧，這當然是個誤會，但是他現在也無法澄清這個誤會。有這個誤會在，至少月退可以減少誤解他說出來的話，可是依照這個邏輯，他豈不是一天二十四小時都處在緊張狀態下？

「月退，你好弱啊，是從小就訓練起的嗎？」

反正月退都認為他緊張就會說錯話了，那他盡情說錯話也沒關係，交給對方去翻譯就好。

明明還是白色流蘇，也還沒接觸過東方城的技藝，卻可以打退那一幫同學，這樣的實力是生前就有，死後帶來的吧。

奇怪，月退不是連衣服都不會穿的大少爺嗎？怎麼這年頭大少爺這種人物也要習武？原本待的是什麼樣的世界啊？他這個開鐵口直斷店的都沒有練兩招防身防砸店了，那個應該有很多人保護的大少爺卻練有一身高強武藝，是他太不用心了嗎？

「嗯。是啊……」

月退在回答他的時候，神情顯得有幾分落寞，不知是否想起了什麼往事。

「月退，請你以後都不要跟我一起上課！」

范統拍著月退的肩膀，非常認真地說出了錯誤的台詞。

「……你想說的是『要』一起上課嗎？不然跟表情動作實在不太搭配……」

這個時候要是再補一句「不是」，月退可能就要混亂了，所以范統老實地點了頭。

「好啊，我也想問你一些這裡的事情……我很需要了解。」

聽了月退這句話，范統一方面疑惑，一方面也頭大。

當初月退來到東方城的時候，導覽員不就應該已經跟他講過了？怎麼他是現在才醒嗎？說要問他……也就是說他真的得充當一下導覽員啦？這有點難度吧？月退要倚靠他這張嘴說出來的不可理解話語當作生活知識過活嗎？

「嗯，有一件事很不重要，不一定要先說。」

范統會想先說的，當然是他認為最嚴重的事情，至於話語中又出現的錯誤，他已經決定無視了。

「軀體沒用到使用年限就死掉的話，超過三次是要付費的，白色流蘇沒有錢拿，所以會導致負債，負債就得強迫工作勞動還債，死掉重生的時候還會被處以疼痛的處罰，我因為明天死了三次，已經負債五百串錢了！」

本來連接著說下來都沒有錯誤，范統正暗自竊喜，沒想到最後詛咒還是不放過他，還很智慧地當作他是明天要死三次，自動幫他把死三次的費用加了上去，讓人哭笑不得。

「范統，別緊張，有話慢慢說。」

變成月退反過來拍他肩膀了。他到底該怎麼讓他知道這完全不是緊張的問題？

「還有希望你死掉的時候，我可以去水池幫忙打撈你。」

你跟我完全錯掉了。這可真的成為另外一句話了。

「嗯？我自己游上岸沒有問題，不過如果你要去接我也沒有關係……」

我是要求你去打撈我啦——你死亡的機率應該沒有我高吧——

「認識你真好，你真是個好人。我一個人在東方城，其實一直不知道該怎麼辦……」

當月退用柔和的表情對范統說出這句話時，范統也沒話好說了。

爸爸、媽媽，我被發好人卡了。對象就不能是可愛的女生嗎？而且我根本沒有告白啊……

❀

下堂課開始的時候，范統跟月退準時進了教室坐好。

因為月退沒有帶課本的關係，范統有點擔心他會變成老師的眼中釘，可是事實證明，這只是他白操心了。

「那位同學，你沒有帶課本嗎？」

奇怪，明明是同一個老師，怎麼聲音變得這麼和藹可親？

「老師，我的課本弄丟了，還沒申請到新的。」

找不到跟弄丟了其實是一樣的，所以月退這麼說。

「這樣啊……隔壁那個昨天沒帶課本的同學借他看吧，要好好照顧新同學。」

……喂。

這算什麼差別待遇？人長得好看就是比較佔優勢嗎？可是老師你是男的吧？男人看到長相比自己好看的男人不是應該會興起敵意，明明彼此之間沒發生過糾紛也宛如有不共戴天之仇嗎？為什麼會跟一般情況差這麼遠啊？從今天開始你就叫做偏心老師了啦！

雖然心裡有不平衡跟抗議，但月退挪了挪坐墊到他身邊一起看課本時，他還是沒感到不愉快就是了。

根據他以前沒事亂看的糟糕小說上的說法，這似乎叫做口嫌體正直。如果說錯了就算了，反正這根本不是重點。

「今天來上武器講解好了，大家翻到七十四頁……」

偏心老師，七十四頁昨天不是就上過了？你想改名叫健忘老師嗎？還是摸魚老師？

「目前矽櫻女王持有的武器——月牙刃希克艾斯，和落月少帝恩格萊爾的四弦劍天羅炎齊名，都可謂為神器，與武器一同從以前傳下來的，是屬於東方城的玄青千幻華和屬於落月的月袍愛菲羅爾。在武器與護軀的加持下，繼承了它們的王都擁有非常強大的戰力，我們東方城矽櫻女王佩帶的就是純黑色流蘇，是實力最高的階級……」

范統左顧右盼著，這些同學明明都是昨天那些人，並不是他跑錯教室，沒有甲班乙班的問題呀？

那為什麼沒有人要出聲糾正老師上過了啊？

「月牙刃希克艾斯的可怕在於它極其銳利的刀鋒，四弦劍天羅炎的可怕之處則是其上的弦，每一條弦都有其恐怖之處，而玄青千幻華……」

同樣的課聽兩遍，而且同樣都只是唸課文，都不會有人覺得無聊嗎？

「范統，怎麼了嗎？」

月退注意到他奇怪的神情，故低聲問著。

「這段昨天下過了啦。」

范統也低聲回答他，他已經決定無論自己說出什麼來，都靠月退自行去領悟了。

「咦？」

月退還沒說什麼，偏心老師就先開口說話了。

「同學們不要講話。新同學沒聽過，聽過的同學就再聽一次，大家進度還是要一樣比較好，懂了嗎？」

這又是什麼偏心的言論了，況且真的要照顧新同學的話，應該從第一頁開始上吧？

范統不由得好奇翻到了前面看看內容，一翻之下，居然看到第一頁有額外寫上來的字。

『七十三頁以前都是課本共同作者的生平介紹啦，還有，只要有新同學就會從七十四頁重新開始上課，想唸這個科目還是自己預習課本吧。』

後面的署名是米重。還真是貼心啊……

午餐這種東西，如果他們兩個想吃的話，唯一的選擇就是去領那公家糧食。

「我不是很餓，晚上再吃也沒什麼關係。」

月退這麼說。范統總覺得這是逞強，不過他自己也想這樣逞強。

想到就會沒有食慾的食物，一天吃一次就可以了……

沒吃午餐就要接著上課，雖然肚子有點不踏實，但想到要上的是從來沒接觸過的術法，范統就能打起精神暫時當作自己狀況良好。

術法軒的建築風格偏華麗，教室的分布較武術軒複雜一點，但花點時間也能找出個規則來，在他們找教室的期間，遇到的學生一樣一概盯著月退瞧，范統想，這大概是會一直發生的事情了。

月退似乎對被眾人投以關注的目光這種事情十分習慣，沒有任何不適的反應，而在術法軒內，范統也看到不少練習術法的學生使出一些神奇的奇術，想到經過學習後自己可能也可以辦到這些事，他的心情就不由自主地興奮了起來。

「唉……」

第一堂術法課，上課的老師看了他一眼後，嘆了一口氣。

「你不是可造之材，這輩子是沒希望了，你可以回去了。」

「……」

心心念念希望在武術軒聽到這句話的願望，居然是在術法軒實現，這實在讓人一點也高興不起來。

特別是老師在對他搖頭嘆氣完後，立即熱切地轉向他身邊的月退，以萬分的熱情握住月退的雙手時，他內心的淒涼就更增了。

「噢！百年難得一見的奇才！東方城能得到你這樣的新生居民真是不知道幾代修來的福氣！你一定可以在術法上大放異彩的！到時候一定要記得我這個老師啊！」

人比人氣死人。為什麼月退是寶貝，他就一定得是朽木啊？

看一眼就能看出才華？范統才不相信。他一定也可以學術法的！就算可能沒有月退學得快，只要肯投注心血，一定還是會有收穫的！

於是這個老師就被他封為沒眼光老師，雖然這其實有幾分賭氣的成分在。

「同學們，看看你們手中的課本，你們在上面看到術法氣息的流動了嗎？」

全教室的同學都低頭看課本，包含范統在內。

……很好，什麼都看不到。不就是一本平凡無奇的書嗎？其實這是一個惡質的玩笑吧？就好像國王的新衣那樣，說什麼聰明人才看得到，結果大家都說有看到衣服，但分明就是沒穿……

「月退，什麼氣息的流動啊？」

「嗯？在這裡啊。」

月退指了指范統手上的課本。

「從這裡開始蔓延過來到這裡，整條氣息流動寫出來的……應該是文字吧？可是我看不懂東方城的文字，寫出來大概是這樣。」

月退按照他看到的痕跡以手指在課本封面上依樣畫著，范統再度沉默了。

『看見一行可入門，看見兩行你真棒，看見三行是天才，通通沒有快回家。』

連課本都歧視他。但這不是重點，把那句話擺在第四行是什麼意思？是因為一般來說沒有人看得到第四行所以可以開玩笑嗎？看見三行就是天才了，那看見四行是什麼？還是其實開他玩笑的是月退？可是月退不懂東方城的文字啊！

「范統，這些字是什麼意思？」

月退也挺想知道術法軒的課本上有什麼樣的隱藏文字，所以開口問他。

明明是不帶惡意的詢問，怎麼他還是覺得內心被刺了一下啊……

「他只是說看得到的人很笨而已，哇哈哈哈。」

這種時候還因為詛咒效果導致說出來的話像是故意說的反話，感覺很像酸葡萄心理的自暴自棄耶。

「范統……放輕鬆。」

月退又拍了拍他的肩膀，並小聲嘆氣，雖然很小聲他還是有聽到。

放輕鬆也看不到啊！我不甘心啦——

一堂術法課後，一旁的月退已經可以隔空抓物，范統則還是維持「我是普通人」的狀態。

難道他生前是個平凡的人，死後還是只能當個平凡的鬼嗎？

不，重點是，武術上他已經不指望得到成就了，術法又被說沒有才能，也就是說他只剩下符咒軒這個希望了嗎！如果再不行，他就得因為實力無法提升而一輩子停留在白色流蘇，永遠領不到錢嗎！

在遭遇了術法軒的挫敗後，范統整個很灰心也很緊張，只剩下最後希望這個事實讓他在踏入符咒軒的時候更為不安了，當然逃避現實是沒有幫助的，他總得去上課才知道自己究竟行不行，前提是他到得了教室。

武術軒的格局簡單大方，術法軒的格局繁複精巧，符咒軒則是……大迷宮。

是的，不是迷宮而已，是大迷宮。而且還是四處貼滿正規符咒與學生實驗用符咒，看起來簡直就是正在進行驅邪儀式的大迷宮。

之所以大，是因為整個符咒軒充滿了符咒做出來的空間，以及符咒製造的幻影，比如前面明明有路，走過去卻會撞牆，而看見的明明是牆壁，其實卻可以穿越過去……

第一次要在這種虛虛實實真假不明的地方找到自己的教室，還真是不容易。范統對搞懂這些符咒的把戲不在行，月退則連標示與符咒上寫什麼都看不懂，在迷路一段時間後，眼見也快要遲到了。

當自己無能為力的時候，就是該求助於人，不過范統的運氣一向很差，想問人居然也問到不會回答的符咒假人，這或許可以算是一種才能。

是時候該放棄符咒軒的課了，接受命運吧。

不，哪能這樣就放棄啊！

他們已經迷路迷到一個看不到任何行人的地方了，要怎麼走到有人會經過的地方也是個謎，現在的煩惱似乎從「上課會不會遲到」轉成「該不會就這麼走不出去都沒有人發現死在這裡」了，重點是月退也在這裡，到時候還是沒有人可以去打撈他，這實在是……

然後范統也突然靈機一動有所領悟。會把重生的規矩定這麼多，就是不希望新生居民對死亡這件事太隨便吧？

要是迷路的時候就靠自殺回水池出來，那感覺也太糟糕了些。

這些念頭想歸想，事實上他還真的挺希望現在可以靠自殺出去，再從學苑廣場進符咒軒的門，重新來過……不過即使他狠心再負一百串錢的債，也果敢願意忍受現在負債兩百串錢重生時會有的痛楚，等他重生完，這邊也下課了啦。

就在這個時候，他忽然聽到一個熟悉而讓他感到無比親切的聲音。

「范統？你怎麼會走到這裡來？」

珞侍帶著訝異的表情出現在他面前。

「還有，你昨天做了什麼？我看了紀錄，為什麼你一下子就負債兩百串錢了？你死了三次？」

珞侍還真是關心他，居然會去調閱紀錄看他的狀況，范統感到受寵若驚。

「我只是沒來學校上課而已。」

「要解讀你的話真的很麻煩……咦？」

在珞侍露出不耐煩的表情抱怨時，他忽然注意到了范統身後的月退，瞬間臉色大變。

范統才眨了一下眼睛，珞侍就已經閃身到月退前面，激動地抓住他的手臂了。

「暉侍！」

嗯？

范統傻了一下。

他是不是聽到什麼不可思議的名字了？

在范統正傻住還沒回神，月退也有點被嚇到，不知該做何反應時，珞侍卻又呆了幾秒，然後很失望地鬆開了手。

「不是……」

不是。不是暉侍。只是長得很像，但他不是暉侍。

暉侍沒有回來。暉侍還是沒有回來。

其實暉侍是不會回來了吧？也許發生了什麼意外，也許因為什麼事情。

大家早就這麼認為了，只有剩下他還一直不死心而已。

「珞侍，你還好嗎？」

范統關心了一句，因為珞侍的臉色變化，從剛才的激動到現在的死寂，看起來實在不像是沒事的樣子。

「……沒什麼，你是？」

珞侍應了范統一聲後，便看著月退詢問起他的身分。

「我叫月退，是范統的朋友。」

月退微微一笑，這麼回答他，在旁邊聽的范統則一時有點感動。

范統的朋友范統的朋友范統的朋友。

這是他這輩子生平第一次聽到有人自稱是他的朋友耶！

噢，他已經從原本的世界死到這個幻世來了，也就是說，應該是上輩子加上這輩子，第一次聽到有人自稱是他的朋友才對……

「范統的朋友？」

珞侍皺了眉，用有點懷疑的眼光看向范統。

「你什麼時候交到朋友了？你這種語言障礙的狀況也交得到朋友？怎麼騙來的？」

也不用質疑得這麼用力吧，我們有仇嗎？還是你這麼想當我唯一的朋友？

「呃，月退，他是……」

想起月退對東方城的知識似乎是一片空白，范統便想為他介紹一下，但是在還沒決定好要怎麼介紹時，他就住了口。

幸好他還沒想好說什麼，不然詛咒就會強迫他說下去，那說出來一定是很可怕的介紹。像是如果他要說「珞侍是東方城五侍之一，東方城女王的兒子」，搞不好就會變成「珞侍是東方城五侍之一，東方城女王的老爸」或者「珞侍是東方城五侍之一，西方城少帝的兒子」這種不敬加上汙衊，就算珞侍知道他的毛病也不會原諒他的話，這記恨可是可以記一輩子的……

「我知道，他是珞侍。」

月退笑了笑。

「東方城女王的兒子。」

雖然他沒有加上敬稱，但也許是他面上溫和的笑意，也許是他自然不帶惡意的態度，也許是那張跟暉侍有六七分相似的臉孔，珞侍並不在意。

暉侍是如同他兄長一樣的人。

暉侍是不會喊他珞侍大人的。

「為什麼這個你就不知道……」

難道你特別去調查過美少年？

范統覺得自己的思想有點糟糕。

等一下，我們要上課啊。

「珞侍，術法軒的課快要早到了，你可不可以帶我們去教室，我們搞不懂這個地方……」

「是符咒軒。」

月退糾正著。

「你們迷路走到這種地方來？算了，我帶你們過去吧，范統你這個人根本不是常理可以解釋的。」

珞侍一副對范統很無奈的樣子，然後他拿出了一張空白符紙，以手指在符咒上迅速地書寫出咒令，在他手指滑過的地方，符紙上便會留下光芒痕跡，形成完整的符咒後，他將符咒往上一擲。

「傳送咒！」

符咒上的光芒在他們眼前爆開，只一眨眼的時間，眼前的空間就轉換成另一個地方了，符咒術的神奇讓范統十分驚奇，這麼說來，第一次見面時，珞侍也是拿符咒戰鬥的樣子，看來符咒應該是他的強項。

「你們這堂上完就下課了吧？正常來說應該沒有課了。」

「不是，上完就放學了。」

「是的。」

很容易就可以辨別出哪一句是范統回答的。

「一起吃晚餐吧？下課在學苑門口等我。」

「好！」

就算詛咒再怎麼強力，范統還是憑著堅定的意志吶喊出了好。

嗚喔喔喔，今天可以不用吃公家糧食當晚餐了嗎？真是感謝您的大恩大德，珞侍大人——

雖然范統內心覺得珞侍大概有百分之七十以上的動機是因為月退的緣故才會邀他們一起吃飯的，但是誰管他那麼多，有順風車可以搭又有什麼不好？

「你們的教室是左邊那一間，待會見。」

由於晚餐可以擺脫公家糧食的夢魘，范統就暫時忘記了術法軒的不愉快，跟月退一起去上課了。

當范統跟月退走進教室時，已經在教室內的同學們都用異樣的眼神盯著他們，現在范統大致可以了解，大家會盯著月退看不只是因為他長相漂亮，還有一個很大的因素是他有一張跟失蹤的暉侍很像的臉。

不過現在這些人盯著他們看的原因還有別的。

「珞侍大人送他們到教室……」

「不也只是白色流蘇嗎？」

「那個人是誰啊？暉侍大人的親人嗎？」

「可是他是西方人耶！是邪惡的西方人耶！」

不是范統要說，這些同學的竊竊私語根本就太大聲了，連他這個普通人都可以聽得一清二楚的竊竊私語絕對是太大聲沒有錯，應該說根本就不想遮掩，或者根本是說給他們聽的吧？

「范統，同學們好像不太友善。」

月退轉向他說著。

……月退，你這句話以低聲交談的等級來說也太大聲了。你也太大聲了。你也太大聲了啦！你也是故意說給他們聽的嗎？還是你是無意識這麼做的啊？沒看他們瞪過來了嗎！

要跟大家維持良好友善的互動與人際關係！不是樹敵啊！雖然跟武術軒那幫傢伙已經不可能了就是……

「友不友善其實也不用你說……」

以他長年經營鐵口直斷店培養出來的靈敏直覺，不友善的氣息他難道還會感覺不出來嗎？

「不過是被術法軒的老師誇了幾句，就覺得自己很了不起嗎？」

有人爆發了。

話說，范統上這三個部門的課，裡面重複的同學倒是不多，只是不多就代表還是有重複。在范統來看，會說出這種話的人，多半是逼近『看見一行可入門，看見兩行你真棒，看見三行是天才，通通沒有快回家。』中的快回家等級吧，不是說他看得到四行，是他大概第一行都未必看得見……

所以，是看不見的同胞嗎？范統心中閃過淡淡的悲哀。

對於那位發言的同學，月退只瞧過去一眼表示關注，接著沒有回應就將目光轉回來了，這種漠視人的態度自然激起了對方更大的憤怒。

那名學生大步走過來在月退的桌子上拍了一掌，對他怒目而視，范統忽然很想問他是不是武術軒那個機車老師的得意門生，看起來就是比較擅長暴力的樣子。

月退抬起頭看向他，在視線相對時，他那雙天空色的清藍眼睛十分地靜。

那是一種靜到完全無法揣摩他在想什麼的靜。

「挪開你的手，回你的位子去，要上課了，同學。」

他命令句的句子用得十分順暢流利，而在被他這樣盯著瞧，聽了他說的話後，那名同學居然真的作罷，腳步略顯虛浮地回位子去了，他位子附近頓時傳來一些「你搞什麼啊」、「為什麼要聽他的話」、「不過是長得跟暉侍大人有點像你還真的怕了喔」之類的言論，范統也覺得這發展很離奇。

好吧，月退盯的人不是他，說話的對象也不是他，所以他無法對這樣的情況感同身受。

「月退，你……」

范統正想跟月退說點什麼，月退倒是先用有點緊張的表情看了過來。

「我處理得不好嗎？因為我沒有受過要怎麼處理這種狀況的教育，只能臨時判斷，你覺得呢？」

……你這麼說，我還真不知道該接什麼話好。而且你這句話就有達到竊竊私語的標準了，所以你明明還是會放低聲音講話嘛，剛剛果然是故意的嗎？是故意的嗎？

這時候老師也進教室了，當然不宜再交頭接耳下去，范統乖乖坐直了身子，等待符咒學宣判他的命運。

但符咒學的老師好像沒有看人資質天賦的嗜好，沒辦法讓他在第一堂課的第一瞬間就定生死，也就是說，得學了才知道。

老師在發給新生必需用品後，便規規矩矩開始講課做介紹了，符咒學的主要訓練項目分為兩種：使符的能力和畫符的能力。

要成為一個成功的符咒師，當然得兩種能力都兼備，否則就只是符使或者畫符師，符使必須仰賴別人畫出來的符咒才能戰鬥，畫符師則是只能提供符咒給別人使用或者賣著賺錢，這兩種都不是理想的狀況。

如果使用符咒的能力不足，高等的符咒就無法觸發效果，低等的符咒使用出來的效果也不完全。

而畫符的能力不足的話，嚴重點是根本畫不出可以使用的符來，輕微些的情況則有畫錯符、畫出功能扭曲的符跟畫符太慢這幾種。

看珞侍可以直接畫符使用的樣子，他應該是兩種能力都具備吧。

這個老師教學教得中規中矩，也沒什麼特殊的習性，范統就決定叫他普通老師了。

第一堂課不會教什麼精深的東西，大概就是說明符紙的使用方式，與初步的畫符技巧，要畫出可以生效的符，必須讓寫在符紙上的每個咒連結正確，這點跟范統想像的差不多，具備書法能力果然派得上用場，在嘗試了幾張後寫出第一張有效符咒後，他滿足地露出了笑容。

再看月退那邊，好像遭遇了一些困難。

「月退，你會嗎？」

「唔……」

月退深感頭痛地看了看他，似乎終於決定向他求助。

「范統，這個軟軟的筆到底該怎麼寫字啊？」

范統無能為力。

西方人沒看過毛筆，他都忘了……但這種地方也弄不到什麼鵝毛筆、鋼筆之類的啊，還有，不是用毛筆寫的，行嗎？

剛才珞侍是用手指寫的，也許有別的辦法吧？可是這就得問老師了，他哪會懂得這些啊。

「書法要學，快不起來的，回去我不教你。」

這種說話方式真的很彆扭。月退一定會誤以為他是悶騷的人啦……

下課之前，普通老師要大家把練習的成品交上來給他評斷，在看到范統的符咒時，普通老師欣賞地點了點頭。

「不錯，這張符的完成度很高了，雖然只是最簡單的符咒，第一次上課能有這種成果，畫符的能力應該可以期待。」

范統覺得自己在符咒學的課得到了成就感。人果然還是需要讚美的，被誇獎是一件多麼美妙的事情啊！

「老師，請問這是什麼符？」

因為完全是照老師提供的文字圖示畫的，范統並不清楚這張符的功效。作為他第一張畫出來的有效符咒，基於紀念價值，他還是想知道一下名字。

「這是火系的初級攻擊法術——馭火咒。」

「……」

第一次畫出來的符咒，就是他死第一次時中的符咒。

真是有紀念價值……

符咒軒的課下課後，范統跟月退依約到學苑門口等珞侍，沒有多久，珞侍那略顯嬌小的身影就出現了，當他跟他們打招呼時，理所當然的，他們又成了眾人注目的焦點。

約在這種人來人往的地方本來就很容易被關注，但以珞侍的身分大概也不會注意這種事情，身為東方城五侍之一，一舉一動本來就會有很多人看的。

「范統，符咒學上得怎麼樣？」

「很慘。」

唉，讓他表達一下內心的喜悅都不行嗎？這該死的詛咒。

「范統真謙虛，明明符畫得很好。」

月退在旁邊笑著這麼說。結果他居然因為話語的誤會而被讚美了，這就好像被詛咒了以後鐵口直斷的生意反而更好一樣，實在令人心情複雜到不知道該說什麼。

「我第一次看到你寫的字就覺得你畫符應該會很拿手。月退呢？順利嗎？」

珞侍還不太習慣跟月退說話的樣子，在轉向他發問時，看起來有點不自在。

明明在跟他說話的時候就很順啊。范統不解。

難道他很有親和力嗎？還是很沒有需要人尊重的氣質啊……

「我不太擅長。」

月退苦笑著，今天他可是手忙腳亂到墨汁都抹到臉上去了，還清洗了一番才出來的。

還沒學會東方城的文字，也可以依樣畫葫蘆按照老師給的筆畫臨摹，但毛筆不會用就真的沒有辦法了，對於他的障礙，范統倒是不覺得需要同情。

反正他都是術法學百年難得一見的奇才了，武術看起來原本就很強的樣子，那麼符咒不擅長也沒什麼關係吧？生活都有保障了。況且，人還是要有一點缺點比較可愛啊，像是不曉得怎麼穿衣服也還可以啦，要是完美得像個聖人，那就難以拉近距離了。

「是這樣嗎……」

珞侍有點訝異，然後他再度看向范統。

「范統，你說話的毛病他知道嗎？」

「他看得懂西方城的文字……」

這句話珞侍勉強還能解讀出原來的意思：他看不懂東方城的文字。

言下之意也就是無法跟他說明。

「那你們是怎麼溝通的……」

珞侍看了看他們兩個，覺得這世界上果然是有奇蹟的。

「范統他說話怎麼了嗎？」

月退不太能明白他們聊的是什麼樣的話題，故而發問。

「你難道覺得他說話很正常嗎？」

如果這樣的話，不正常的就是月退了。

「是不太正常……我以為他很容易緊張，也很容易說錯話，不是嗎？」

看著月退那清澈的眼神，珞侍還真開不了口說不是。

「……你認為這樣就這樣好了。」

范統瞪大了眼睛。

珞侍！幫我解釋啊！你可以正常說話不是嗎？

「范統，你就暫時當作是歷練吧，不然就趕快教會他東方城的文字。」

「不幫我……」

「我為什麼要幫你啊？五串錢都還沒還我，而且看起來要等你還款是遙遙無期。」

是啊。他想先還也不行，在負債狀態下，所有薪俸跟公家分配的工作該給的收入，全部都會直接先拿去抵債，除非他自己私下打工賺錢。

「好了，我們走吧，帶你們去吃好吃的。」

珞侍笑著對他們這麼說。嗯，往他們身上聚集的路人目光似乎更多了……

「你們找不到教室，卻可以從教室走到學苑門口啊？」

「跟著同學走總是可以走出來的。」

當大家都要離開的時候，跟著走就對了，群眾的力量是強大的，他們就是這樣跟著群眾一起走到校門口，但是到底該怎麼走出來，實際上他們也沒記下來。

下次要去上課，找教室只怕還是有困難。

「符咒軒的教室乍看之下十分雜亂，但其實還是有其規律的，在學得更多符咒之後，那些路跟空間就算不上什麼了。」

珞侍一面說，一面交給他們一張符咒軒的地圖，有這張地圖，至少可以判斷出自己迷路迷到了什麼地方。

「不客氣，那術法軒跟武術軒的地圖是不是也順便一下……」

「術法軒跟武術軒也需要地圖的話，乾脆重新投胎算了。」

也不用說得這麼狠吧？

這個時候，餐館服務的侍者送上了蒸騰著熱氣的茶水，並擺上了製作精美的菜單。月退連東方城的文字都看不懂，自然是無法自己點菜的，就算他看得懂，恐怕也不曉得這些菜名代表的是什麼樣的內容。而范統雖然看得懂菜名，但他也看得懂後面的價錢，雖然這一餐好像是珞侍要請客，他不必擔心繼續欠債，然而讓人家破費也很不好意思，於是兩個人都看向了珞侍。

「想吃什麼就點呀。」

珞侍奇怪地看著他們。

這間餐館跟上次范統借五串錢吃飯的地方不一樣，連個小菜也是十串錢起跳，而且為了不想被周圍的人打擾，他們現在是在獨立的包廂中，如果這並非餐館對珞侍的禮遇，那大概也是得另外花錢的……這大概就是珞侍平時生活的水準跟品味吧？畢竟也是個王子，擁有的消費能力不能單單用紅色流蘇來看。

「我看不懂菜單，可以幫我決定嗎？」

月退放棄了研究這些對他來說根本無法理解的文字，這麼表示，范統也連忙跟進。

「畢竟沒有來過，可以推薦點難吃的嗎？」

他是想說能不能推薦他好吃的……相信珞侍會明白他的意思吧。

「既然如此，那就我決定了。」

結果珞侍給三個人都點了一樣的餐點。

在食物出現之前，理所當然的就是聊天時間，聊天有助於增進對彼此的了解，所以找點話題來說說，是必要的。

「珞侍有在符咒軒當老師嗎？」

目前為止看到的老師，四個有三個是紅色流蘇，那麼佩帶鮮紅色流蘇的珞侍應該也有當老師的資格，只是珞侍是原生居民，按照規定，他就算當老師，教的也是原生居民。

「不，我……還在進修。」

珞侍這麼回答時，面上似乎出現了一層陰影。范統不太了解他的心結，只接著問了下去。

「哇，紅色流蘇不是很弱小了嗎？那你的老師是誰啊？」

雖然明白范統是因為詛咒才會說出這種話，但珞侍還是覺得被刺到了，因而有點不悅。

「音侍、綾侍算是我的老師，雖然指導我的時間不多。」

居然是由兩大掌院負責教導的……果然是王子才有的待遇。基本上掌院是掛名的最高負責人，不開班授課的，可以讓他們指導，絕對是另眼相看的吧。

那麼違侍呢？聽說他暫代武術軒掌院，沒有一起拉來教嗎？

「你想問違侍跟暉侍嗎？」

珞侍哼了一聲，雖然看起來不太高興的樣子，但也沒有拒絕提起。

范統都不知道自己的表情原來這麼好懂。

「我們五侍裡面，違侍的行為作風比較偏激，大家都不是很喜歡他，跟他也稱不上親近。至於暉侍……」

講到暉侍的時候，珞侍還是停頓了一下，似是有點不知道該用什麼樣的話語跟態度來談暉侍的事情。

「我沒聽說暉侍失蹤兩年了。」

有聽說變成沒聽說，感覺還真像此地無銀三百兩……

「是啊。」

珞侍移開了眼睛，彷彿心不在焉地看向了別的角落。

「兩年前的某一天，他忽然就消失了。從此再也沒有回來過。」

說到這裡他便停了下來，沒再說下去。因為那似有若無的憂傷引發出來的氣氛，讓三個人之間忽然一片靜默。

結果對於暉侍，他還是等於沒講什麼。兩年消失這件事他早就知道了啊，珞侍根本只是重複一次他早就知道的事實嘛……

「看淡一點吧。」

一直在旁邊聽著的月退忽然說了一句話。

「新生居民來到幻世，也都從此與過去的親人無緣的，如果心裡願意接受了，就能好過一點的。」

范統倒是覺得還好。畢竟他的親人早就不在了，他頂多是與他的鐵口直斷店絕緣而已，但他對那家店其實也沒有那麼深厚的情感啦。

「暉侍也不一定死了啊！」

珞侍對這樣的話語似乎很敏感，立即就出聲反駁了。

「他只是沒有回來而已，他只是……」

說到這裡，珞侍又止住了聲音。這些話都像是在找藉口，是為了消失的暉侍找藉口，還是為了還不死心的他自己呢？

他一直還在等暉侍回來。這句話他沒有辦法對哪個人說出口。

好像說出口就會被嘲笑諷刺，然後他也會受到影響，覺得暉侍真的不會回來了一樣。

每天每天，夜裡總是到城門口朝遠方遙望，收在懷裡的記事本，天數畫了一道又一道。

任誰知道了都會覺得他很蠢的。

他之所以會這麼想，也許是因為，他內心深處也覺得這樣的自己很蠢吧。

「……」

看了他表現出來的態度後，月退沒有再說話，只安靜地啜著茶。

「呃……」

實在不應該提到暉侍這個話題的。范統想著。

提起暉侍，根本只是讓場面僵硬而已嘛……

這個時候他們的餐點送來了，剛好讓他們轉移一下注意力。不過這種氣氛下，不管是什麼樣好吃的食物，吃起來也覺得食不知味，這實在是有點浪費啊。

「東方城五侍，平常都很閒嗎？」

轉移話題是必要的。范統只聽過女王之下就是五位侍，地位崇高，但是實際上是做什麼的，有什麼日常職務，他都不清楚。

至於很忙講成很閒，他已經不在乎了。東方城沒講成西方城或者落月就該謝天謝地了。

「才不告訴你。」

珞侍賭氣地回答。大概是心情還受到前面的話題影響的樣子，不過這種感覺有點任性的話，怎麼好像還挺可愛的……一定是因為說這話的人是美少年的緣故。要是米重說這種話，范統可能會忍不住一拳打過去。

「喔……好吧。」

「什麼啊，才被拒絕一次，這樣就不問了嗎？」

珞侍又不滿意了。

「如果你多問幾次說不定我還是會說的啊。」

……現在又是怎麼樣了？多問幾次？是沒問題，但要是下次問的時候，東方城就說成西方城了怎麼辦？

「可以告訴我們五侍平常工作的內容嗎？」

月退代替他發問了，真是個好人。

「嗯……目前比較統一的工作，就是輪流去沉月通道那裡搶人。另外還有一些各自負責的事情，像音侍、綾侍跟違侍他們有兼任掌院，綾侍還負責新生居民記憶封鎖與解鎖的事宜，像是這類的。」

珞侍平淡的語氣中，不知道為什麼，范統好像可以聽出一種自卑感。

唔，是因為不被重用嗎？不過紅色流蘇的確是不可能當掌院啊……

「我的實力只能拿鮮紅色流蘇。原生居民又是死了也不會被傳送到水池復生的，所以一些比較重大或危險的事情都不會讓我參與。」

好吧，范統大概可以明白他自卑感來自何處了。可是也不需要太勉強自己吧？如果是他的話，危險的事情能不參與，那可是再好不過了。

「你才十四歲，拿到紅色流蘇已經很厲害了啊。」鼓勵人的話說出來剛好是正確的，真是太好了。范統正高興著，沒想到珞侍的眼神變得很險惡。

「你說很厲害……其實是想說很差勁的意思嗎？」

真糟糕，他還是當成反話來聽。

「十分之一……你記得有十分之一的機率嗎？」

若這樣誤會下去，那可是百口莫辯吃不完兜著走，范統極力想解釋，月退則還是用聽不懂的表情看著他們。

「算了。同樣年紀輕，暉侍十七歲就拿到淺黑色流蘇了啊。」

怎麼苦心經營，話題還是又回到暉侍身上了？這就是所謂義兄的陰影嗎？還有，跟上面的人比是很辛苦的，你要不要考慮看一下那些不如你的人啊？

「你也還沒有十七歲啊。」

月退又插了一句話，聽起來好像有點道理。嗯，不，邏輯好像挺微妙的。

「暉侍十四歲的時候也已經拿紫色流蘇了。」

珞侍皺著眉頭反駁。

「暉侍是暉侍，你是你，為什麼要跟暉侍一樣呢？」

「但我是女王的兒子！」

哎，你就聽聽月退的話嘛，我覺得挺有思考空間的啊……

「女王的兒子，所以一定得背負眾人期待，一定得比誰都厲害？」

月退輕聲詢問，然後又自己答覆了自己的問題。

「我想……無論是東方城還是西方城，無論是新生居民還是原生居民，最重要的還是不要忘記如何『笑』，不要一直處於不開心的情緒中才對啊……」

珞侍僵了一下，沒再說話，范統則是非常苦惱。

喔喔喔喔喔！可不可以不要再維持這種憂傷的氣氛了！我不喜歡這樣子啊！

「……這是這一餐的飯錢。」

珞侍掏出了錢放在桌上，然後站起身子。

「我先走了。你們可以再坐一會兒。」

這就是傳說中的不歡而散嗎——

「謝謝你請的這一餐。」

月退還是很有禮貌地道謝，范統也只能跟著說句場面話。

「不客氣，快走。」

「……范統，你這言語毛病真的很糟糕。」

珞侍留下這句話，便自行下了樓。

這又不是我願意的——！

范統的事後補述

認識越多人，就越能感受到我的平凡。當個平凡人也沒什麼不好，只要能交得到不平凡的朋友，基本上就還可以忍受啦。

你說我說過自己天縱英才，還不只一次？那是指在鐵口直斷方面相關的天縱英才啊，不然你叫月退跟我比算命，一定是我贏。怎麼比？當然是路過抓一個人來看他的面相掌紋什麼的啊，而且月退還不會寫書法，我根本是贏定了嘛，唉唷。有意見嗎？人有自信是壞事嗎？不要再拿受到詛咒後生意反而更好這件事來刺激我了！我已經免疫了！免疫了！聽到沒有！

東方城三大部門的課都上過一次後，我也發現我的新才能啦。武術軒的課不上也罷，術法軒，哼，術法沒資質就沒資質，誰稀罕？我只要符咒學得好就行了！

不過使符的能力畢竟還沒有開始教，萬一我就是只會畫符怎麼辦……你說什麼，畫符給月退用就可以了？我才不要淪落這種悲慘的下場！為什麼我一定要退居幕後當默默無名的功臣，然後功勞跟耍帥都是別人的啊！我也想正面跟敵人對決啊！當然如果太危險的話，還是交給別人就好……

我覺得悶著不把話攤開來說清楚的人，真的會生病的。不過以我的口才，要開導珞侍好像難了一點，雖然我知道，半夜去主城門口，多半就可以堵到他的人，可是沒準備好台詞，堵到人也沒有用啊。

說起來，我還沒問過月退是怎麼死的呢。也沒問過他的身世。他到底是不是跟我想的一樣，是個貴族大少爺啊？

才認識一天就打探人家的私事，這樣似乎做得不太漂亮，我想還是等我們交情更堅定更穩固再說好了，交情可以從一起上學、互相幫忙打撈身體做起，我相信撈過幾次之後我們就會是彼此無可取代的好朋友了，噢，對了，我還可以教他書法。

不知道，可不可以請他代替我去跟米重提出對決？

我只是說說，男子漢大丈夫，有什麼不愉快的事情想報復，還是該自己來嘛！啊哈哈哈！

✣ 章之四

新居落成

『只是床位終於確定了，有必要說得像是新婚買房子嗎？』——范統

「范統、范統！」

連續三天沒上課後，這天早上，米重又跑來拜訪他了。

之所以連續三天沒上課，是因為「沉月節」即將到來，為了準備相關事宜，並讓大家全心迎接這個重要節日，整個東方城會提早約十二天放假，一直放到沉月節當天，既然是整個東方城，學苑當然也是放假的，學生就算想上課也沒得上。

這段期間，月退努力研讀著東方城文字的教學書，范統也很好心地協助他，並同時教他毛筆的握筆方式以及書寫方法。

雖然月退是個很聰明的人，通常很聰明的人對各種技藝都會有一些天生的慧根，即使不見得能精通，也可以快速學到一定程度，但月退學習書法的速度實在只能用慘不忍睹來形容，他學東方城的文字反倒還快一點，現在街上的招牌已經五個字可以認出兩個字了，雖然這種程度還是沒什麼幫助就是了。

范統覺得練武的人，應該很會拿捏力道才對，所以他對月退拿著毛筆無所適從的樣子也覺

得很神奇，難道這是心理上的排斥導致無法適應嗎？

當他問月退要不要放棄算了的時候，月退很認真地回答「既然都已經要在東方城住下來了，就該融入東方城的風土民情，過跟正常東方城的人一樣的生活，東方城的人既然都用毛筆寫字，我就得用毛筆才行」……這樣的決心是很令人佩服啦，但既然都有這種覺悟了，還學不好又是怎麼回事呢……

總之他們已經在家裡習字了三天，也吃了公家糧食三天。公家糧食是一種越吃會越想提升階級好領薪水去買正常食物的東西，就連本來對白色流蘇不怎麼在意的月退，也開始考慮去混個綠色流蘇來騙騙薪俸了。

不過，先不說他們還沒研究升級該找誰考試，現在這舉國放假的情況會持續到沉月節，這之前大概都不用想了。

除非採取向人挑戰對決的方式升級……但月退說他不考慮這個方法，因為他不喜歡這種踩著別人的屍骨踐踏人家的努力造就自己的方式，范統只能說他果然是個好人。

對決又不一定要把對方殺死。雖然贏了會害對方掉階級，有點損人利己的味道，但就當作弱肉強食，這不是社會生存法則嗎？有什麼關係嘛。

「范統，你的床位確定了喔！你終於可以搬到正式的住處了！」

米重今天來這裡找他，主要就是要通知他這個消息。

為什麼他覺得一點也不值得高興啊？

只不過是必須搬去比較狹小的空間罷了，就算加上正式兩個字，也令人興奮不起來啊。
「你說我的床位確定了，那我的鄰居呢？」
范統指了指正在他身旁練字的月退，月退也看向了米重。
如果可以跟月退住一起，一起行動方便的話，那倒是還比較有理由高興。
「喔，你的鄰居也分配好了，跟你同寢。」
米重查了查手上的資料，這麼告訴他，然後他也注意到月退的存在了，看了看月退後，他嘴裡發出了嘖嘖的聲音。
「呿，范統真幸福，居然可以跟美少年同寢。還真的長得有點像暉侍大人呢，你賺到了。」
……又不是美少女你是在羨慕些什麼。跟你同寢的難道是什麼牛鬼蛇神嗎？長得像暉侍大人又跟賺到了有什麼關係啊，可不可以給我一點邏輯性？
「米重。」
「嗯？」
「你該不會喜歡男人吧？」
在要問這種犀利的問題時，詛咒沒干擾他，真是幹得好啊。
「這……你這麼問我，我還真難回答，一般來說我當然還是喜歡女生啊！可是綾侍大人……」

米重露出了極為困擾加掙扎的表情。但這又干綾侍大人什麼事啦？綾侍大人不是美女嗎？

「范統，你不用擔心啦，就算我現在性向不明，或者確定是喜歡男人了，也不會喜歡上你的，完——全——不用擔心。」

不用擔心是很好，但為什麼聽起來還是令人有種不太爽的感覺呢？

「那我需要擔心嗎？」

月退看起來有點擔心的樣子。

「不要一下子把我當成什麼可疑菌種好不好？別鬧啦。」

米重擺擺手，把話題拉回原本的主題。

「總之現在搬家吧，你鄰居要一起搬也可以，東西收一收我帶你過去，你們是三人房，還有一個室友……對了，你跟珞侍大人很熟？我聽到不少傳聞呢。」

然後，一段話還沒說完，又被他自己扯離主題了。

「說熟也不是很熟……」

「真的嗎？可是我聽說你們一起在深夜感情很好地吃宵夜，關切地送你進教室，還光明正大在學苑門口約會，珞侍大人看到你就笑得很開心啊，明明平常是不苟言笑的人。」

「哪有這——咳！咳咳！」

范統被自己的口水嗆到。

哪有這回事——！不，仔細想想好像都發生過，可是怎麼經過轉述聽起來就變得很奇怪！

原來其實很奇怪嗎、不對、謠言原來是這麼可怕的東西嗎——！

「除了深夜一起吃宵夜，其他我也有參與啊……」

月退覺得自己在傳言中被鬼隱了。

「咦？這樣嗎？所以到底是怎麼樣？」

你是來打聽八卦的嗎？而且還一臉期待的表情？

用他這張嘴來解釋，會不會越說越錯啊？

范統用需要幫助的眼光看向月退，月退會意，便代替他開口了。

「我想……珞侍只是普通朋友。」

「喔——你們居然不喊珞侍大人而是直接喊珞侍啊。」

解釋失敗。有越描越黑的跡象。

「……你們傳這些謠言，都不擔心被珞侍聽到嗎？」

月退看起來也懶得解釋了，只是對這種情形有點納悶。

「當然怕啊，但是誰會在他面前說給他聽啊？」

也是，珞侍的身影那麼好認。

「沒有情報了嗎？真的沒有別的情報可以打聽了嗎？」

「本來就有什麼……」

「有什麼就說嘛，讓我賺點外快啊雖然珞侍大人難以親近，但還是有一些擁護者的……」

我原本要說的是沒有什麼。誰要讓你賺啊？又不會分我。不，這也不是最優先應該考慮的問題，就算要分我，我也不能因為這樣就告訴你一些有的沒的……

「唉，沒有就算了，那快收收東西，我帶你們去新家吧。」

米重一攤手，顯得很失望。話說本來就該是來協助搬家的吧，在本末倒置個什麼勁？

所謂的行李，也就是幾件衣服跟課本文具而已，可說是十分輕便，他們跟著米重來到學苑附近的地帶，從一片林立的整齊屋舍來看，這裡大概就是新生居民的宿舍區吧。

現在他們是三個人住在一起，聽說提升到藍色流蘇後「有機會」可以改成兩個人住在一起，所謂的有機會是怎麼回事，就是理當換成兩人房，但必須有房間給你換才行，所以也不必太期待了。

新生居民裡面，大概十個有三個有機會提升到藍色流蘇，其他七個多半是綠色流蘇、白色流蘇一輩子的命，也就是說大多數人都是住三人房的，也不必因為無法擺脫狹小的三人房就覺得很悲哀，因為大家都一樣。

如果可以將階級提升到紅色流蘇，那就會被當作重要資產了，可以立即搬到獨立的房間去，不過紅色流蘇那麼遙遠的東西，范統還不敢想。

「原本的臨時住所不是也沒有人住嗎？為什麼有搬家的必要呢？」

月退不解地發問，畢竟他們在原本的地方也住得好好的啊。

「大家都住三人房，你覺得有可能讓你們例外嗎？」

米重聳聳肩，解答他的疑惑。

「空出房間來可以收容下一個還沒安排好床位的新生居民，就算真的是多出來的房子，也是分給原生居民住，輪不到新生居民啦。」

果真有差別待遇。唉，相較之下，紅色流蘇還比較可能一點，因為他們再怎麼樣也不可能變成原生居民。

宿舍的外牆是白色的，有的地方還被人寫字畫塗鴉過，有點有礙觀瞻的感覺，尤其好多則都是「綾侍大人」開頭的狂熱抒發性言語，這實在是很糟糕，難得的，范統覺得月退還看不太懂東方城的文字，也是件好事。

「你們的房間是頂樓的第四十四間，啊，聽到頂樓別害怕，這一棟也不過四樓而已。」

四四四？

可以換個房間嗎？人已經帶衰了還住這種房間，是要怎麼改運？而且這裡不是東方城嗎？照理說四樓這種不吉利的樓層應該迴避掉才對啊！太不專業了吧！

「以前住在這間房的人，好像十個有八個最後下場是被噬魂武器殺了吧，剩下兩個大概都是負債上千串錢的可憐人士，負債千串錢以上，重生的時候可是比女人生小孩還痛的啊，雖然我不是女人也沒生過，不過大家都是這麼說的啦，歡樂嗎？哈哈哈。」

……

歡樂你媽……

范統非常有問候米重他母親的衝動。

❀

「我只帶路到這裡，自己上樓去吧。要跟室友以及同學好好相處喔。」

另一個室友還不知道是什麼樣的人呢。至於跟同學好好相處……目前為止，他們兩個似乎做得挺失敗的。

范統當然不期待會有電梯之類的設備，他們要上四樓只能用最原始的方法——爬樓梯。事實上這已經不錯了，要是宿舍也有像符咒軒那樣的設計，想上樓還得經歷一番折騰的話，那乾脆餐風宿露算了。

「范統……」

先推開四十四號房的人是月退，他看了第一眼後，語帶訝異地發表了感想。

「房間……還真是小呢。」

范統跟著湊過去看看，一看之下，頓時再度體會了東方城的小氣。

居然不是三張床，而是上中下鋪。

疊在一起，百聞不如一見，超節省空間的上、中、下鋪耶……

這下子要猜拳抽籤決定誰睡上鋪了嗎？

房間內除了讓人流淚的上中下鋪，還有一張書桌。沒錯，有三個人，但是只有一張書桌。還有一個分成三格的櫃子，眼看也是要一人一格了，難道東方城覺得個人的隨身物品不會超出這個範圍嗎？如果超出的話怎麼辦？

可疑的是，這麼充分節省空間的設計，房間裡居然有浴室。好吧，充其量只能叫淋浴間，也可以梳洗用，這怎麼可能呢？照理說應該叫他們去什麼大眾澡堂的才對啊？

范統對這個淋浴間充滿了不信任感。總覺得一定是要熱水不給熱水，說不定還會從水管跑出奇怪的東西來。

不過，另一個室友人呢？還沒到嗎？

被分到四四四號房，會不想來報到也是可以理解的啦，要是真的不來，兩個人住也比較寬敞……

這個時候，月退一時心血來潮，開了淋浴間的門，看了一眼後，他忽然尖叫出聲，將門用力關上，同時退了好幾步，范統被他異樣的舉動嚇到了，連忙詢問。

「月退，怎麼了？」

「裡面有女、女、女……」

月退受驚到連講話都結巴講不好了，范統頓時也好奇地想開門，但是被月退拍掉了手。

「我都說裡面有女生在洗澡了，你怎麼還想開門啊！」

冤枉，你沒說啊。不過你要是真的說了，我也還是很想開來了解一下，你怎麼這麼正人君子啊？

在他們對話了這幾句的時間結束後，門也從裡面打開了，可是這個上半身赤裸只掛著毛巾走出來的人，怎麼看也是個少年。

分明是個男生啊，平得很，怎麼看都是胸膛，月退，你瞎了嗎？害我白高興一場。

不過有人從裡面洗澡出來，至少證明了淋浴間是可以用的。

「咦？」

看見這名少年後，月退的神情轉為驚訝，看樣子很想探頭確認裡面還有沒有另外一個人的樣子。

「……」

少年的長相稱得上清秀可愛，年紀大概也不過十四、十五歲，此時他正一臉莫名其妙地看著他們，像是覺得他們很奇怪似的。

「你好，我們是你的室友，我叫月退。」

月退總算從剛才的衝擊中恢復過來，禮貌地進行問候。

「我不叫范統。」

這詛咒到底想玩他玩到什麼時候。

「我叫硃砂。」

少年報上了名字，並用看著詭異人士的眼神看向范統，但他似乎沒有追問不叫范統叫什麼的興致，他的注意力停留在月退身上的時間比較長，看樣子是完全忽視范統了。

「導覽員說，我們會同住在這間房的時間應該很長，所以先來分一下床位跟講明規矩吧？」

看來是個可以理性溝通的室友，運氣還不錯。

「我都可以……」

月退對上中下鋪沒什麼特別的愛好或意見。

「我想睡上鋪。」

別再陰我了！我想睡的是下鋪啊！

「那我睡下鋪吧。」

硃砂下鋪，月退中鋪，范統上鋪，於是，在范統還來不及糾正他的錯誤時，事情好像就已經這麼定案了。

上鋪應該給身手靈活的人睡吧，喂。我還得爬上去，月退一跳就可以跳上去了不是嗎？還是可不可以跟月退商量換一下……但是中鋪要進去的難度好像更高……

所謂的一跳就可以跳上去，也是不太應該這麼做的，誰知道這床鋪有沒有偷工減料，萬一跳上去就垮了怎麼辦？能申請國賠嗎？

協定好床位後，硃砂先把放在角落的行李拿到自己的床鋪上，開始穿起衣服。當他把衣服

穿好，范統才注意到，他佩帶的是淺綠色流蘇。

對沒錢可拿的白色流蘇來說，即使是淺綠色流蘇也是值得欣羨的，月退只要了解了升級方法就可以立刻考試升為淺綠色流蘇，范統可沒辦法。

「我睡覺的時候不喜歡被打擾，就算要遲到了也不要叫我，不然後果自負。」

起床氣是嗎？明白了明白了。

「你們呢？」

硃砂張大了眼睛，詢問他們有沒有什麼不可觸犯的禁忌，或是相處時需要注意的地方。

「我……大致上都還好，目前還想不到。」

以月退的性情，要讓他生氣大概也不容易。像「不喜歡被打」、「不喜歡被殺」、「不喜歡被挑釁」這種大家共通的部分，應該就不必交代了。

「我說話很正常。」

他真的不是要故意搞怪來吸引新室友的注意的。

「所以呢？」

硃砂終於對他提出質疑了。

「我只是想說，不要太不在乎我說的話。」

硃砂更加不解了，同時還有點心情不好了起來。

「為什麼要在乎？你說的話每一句都很重要嗎？」

對不起。我說的話其實都是廢話。我向全世界道歉。

噢，對了！硃砂搞不好看得懂東方城的文字啊！那就可以向他解釋了嘛！

范統忽然想到這一點，便將隨身攜帶的解釋用紙張掏了出來，遞給硃砂。

話說這張紙明明早就寫好了，他卻從來沒想過要拿給米重看……這算是下意識排擠嗎？

硃砂拿過去看了看，看來他應該是看得懂的，范統感到幾分欣慰。

但這幾分欣慰很快就化為了悲哀。硃砂將紙遞還給他，只告訴他三個字。

「我不信。」

……大家都是同寢室的室友，有必要這樣嗎？要住在一起這麼久，首先應該培養一點互相信任的精神吧？

「上面到底寫什麼啊？」

月退到現在也無法完全看懂，所以他又好奇地問了一次。

「一堆很扯的、感覺不太可能發生的事情。」

你就算不信，也幫我跟月退說明一下啊，小弟弟。

「嗯？范統，你想給我看的原來是小說嗎？」

方向完全錯誤了啦！你當我是說書的嗎！人與人之間要心靈相通為什麼這麼困難啊——

范統整個人跪倒在地上面對著牆壁，似乎已經被連串的打擊擊倒了。

「范統……你還好嗎？」

「很好。」

就連不想逞強想說出真實感受也做不到，這個詛咒被稱為詛咒真是名副其實。

「以後要在一起相處很久的，你應該也知道啊，那就要誠信相待，不要亂開室友的玩笑。」

硃砂手交叉在胸前，用一副不滿的語氣教訓著他。范統真的無話可說了。

「范統他不是故意的……我想應該不是。」

月退苦笑著幫他說話。既然要幫他說話，至少也說得肯定一點吧？這樣子很沒有說服力啊。

「我想出去拿午餐，你們要去嗎？」

公家糧食啊？那不必了。

「我們只領晚餐回來吃的……」

這幾天來他們一直這樣過。雖然有種隨時隨地肚子空虛的感覺，但吃了公家糧食後，人生並沒有因而比較充實，心靈反而會更空虛吧。

「你們怎麼這麼不健康啊？一天要吃三餐啊，有的時候還多領一份當宵夜的。」

硃砂瞪圓了眼睛，似乎覺得他們是怪胎。

「……請問，你不覺得那很難吃嗎？」

「食物就是食物，什麼味道都一樣。」

硃砂這麼說，就某方面來說，范統開始覺得他值得敬佩了。

「挑食的話，會發育不良的。」

他接著補上的這句話，讓范統的臉垮了下來。

小弟弟，你是不是忘記自己已經是死人了？你以為你還活著，擁有正常的肉體嗎？還發什麼育，早就不可能會長了吧……？

「月退，新生居民應該是會長大的吧……」

又講錯了。講錯就算了，月退你快反駁我吧。

「你怎麼知道？」

沒想到月退的反應跟他預期的完全不同。

「如果拿足夠的金錢兌換，小孩子可以要求長大，老人可以要求變年輕的，東方城有這樣的術法，不過很貴很貴就是了。」

就算是這樣好了，這也跟吃東西發育沒有任何關係啊。不過月退又是什麼時候知道比他還多的訊息的啊……？

這樣看來，他是賺到了？不需要變年輕也不需要長大，剛剛好的年齡？

「另外，成年人，皮囊換太多次的話，也會有變老的危機。」

月退補充的話讓他從天堂掉入地獄。

「不過，只是機率性問題，不必太擔心啦……」

你不知道只要是倒楣的事情，那個機率的分子跟分母數字差異再大，我都會撞上嗎？

❀

住進宿舍一週後，范統大致了解了一些新生居民之間的事情，也對硃砂有多一點的認識。

在東方城的西方臉孔似乎真的不多，這一週的時間進進出出，看見金頭髮紅頭髮的次數，大概不超過五次，而多數東方城的居民，對西方臉孔的新生居民是帶有敵意的，或多或少的看不順眼或排擠都會發生，像月退走在路上就常常碰到有人會故意擦撞他，不管佩帶的是什麼顏色的流蘇，似乎都少不了這種幼稚的人。

這種多數人不友善的氣息，月退當然也有感覺，但這不是把頭髮染黑就可以解決的，應該說，他又沒有做錯什麼事情，根本沒有必要委屈自己到那種地步來求取認同，這只會讓那些心智扭曲的傢伙更加得寸進尺罷了。

幸好他們的室友硃砂不是那種「西方臉孔非我族類，頂著一張西方臉孔還比我們優秀就更該死」的人，他認為大家都已經是東方城的一分子了，就要好好相處，雖然那些偏激的激進分子把親近西方臉孔的同學都當作是叛徒，但硃砂即使被當作是叛徒也不怎麼介意的樣子。

經過七天來的觀察，范統對硃砂的印象是這樣：沒有味覺、堅持正常用餐跟作息、一天洗澡兩次、認真上進。

硃砂似乎是會堅持把自己本分做好的人，而他現在認定自己是學生，所以即使學苑放假不用上課，他還是會在房裡溫習功課，整理筆記，預習進度。除非月退需要桌子練書法，不然書桌幾乎整天都是他在用的。

硃砂比他們早來到東方城，上過的課當然也比他們多。像他們才上過一堂課，根本連基礎概念都還不清楚，想預習看不懂，想複習也沒什麼東西可以複習，實在也有些無奈。月退至少還有他的認字書法可以練，范統就真的是無所事事了。

多認識一些同學、多跟一些同學交流的想法，並不是只有他們才有，很多人都明白人際關係的重要性，也有人是純粹喜歡熱鬧、不喜歡孤單的感覺，這裡面多多少少也有些人不在乎西方臉孔與東方臉孔的差異，像今天四四八房跟四四九房的同學就很友善地邀請他們晚上一起過去聊天交流。

月退對這種事情一向沒什麼意見，硃砂覺得偶爾放下課本有點交際也好，范統雖然非常不擅長聊天，但兩個室友都說要去了，他要是不去好像不太合群，所以就當作湊湊熱鬧，這麼答應了下來。

約好的地點是在四四八房，據說是四四八房比較大一點的緣故。這麼說來，范統才意識到這一間房間裡得塞九個人……真的塞得進去嗎？不會太擠嗎？他們都不覺得這太勉強了嗎？

而且，聽說四四八房是女生的房間，三個女生要跟六個男生擠在一起，她們都不介意？這麼開放啊？這算聯誼嗎？

如果是漂亮女生的話，倒也還不錯，只是因為詛咒的關係，范統依然不可能有機會跟人家搭訕，單身的命運還是得持續下去。

「禮貌上，我們是不是該準備禮物？」

月退在煩惱這個問題。

太客氣了吧，而且大家一貧二窮三沒錢的，你是想拿什麼送人家啊？有什麼拿得出去的伴手禮嗎？

「要送禮就不去了。」

硃砂非常現實。你看，人家就曉得開源節流。

「但是接受邀請總覺得該送禮……」

你現在已經不是大少爺了啦，快點把生前受的教育忘掉吧。

「送什麼？」

反問得好。

「……算了，當作沒這回事吧。」

月退也終於體察到現實的難處，曉得知難而退了。於是，傍晚，他們三人便準時到四四八房敲了門。

應門的可愛女生甲，在看到他們的時候露出了很開心的笑容，從裡面的人數看來，四四九房的男生已經到了。

他們進去之後，跟每個人都友好地打了招呼。范統由於說話不便，是月退善解人意地替他做介紹的，他自己只有微笑點頭而已。

房間的寬度倒是還好，每個人都還可以找到一塊地方坐，沒到必須利用上鋪跟中鋪的程度。座位被安排坐在下鋪的月退有點不好意思，一樣坐在下鋪的硃砂則沒有半點坐在女生睡的床上的不自在。

看起來是可以開始聊天了。

不過，怎麼只有八個人。

「不好意思，璧柔她出去一下，應該很快就會回來了。」

可愛女生乙笑著交代了房間裡少一個人的原因。這個原因還挺正常的，范統覺得今天如果換作是他，情況可能會是「不好意思，范統他剛才死了一次，應該很快就會重生完畢回來了」之類的……

「璧柔？」

月退愣了一下，口中喃喃唸著這個名字，不過沒有人注意到，也就沒有人搭話追問了。

雖然有個人還沒回來，但先聊聊也是沒什麼關係的，人多聊起來發言跟話題都會很分散，這種情況下也不會有人特別注意范統有沒有講話，這讓范統覺得安心了點。

四四九房的男生稍微抱怨了一下可愛女生甲在迎接范統他們三人時，笑容燦爛了好幾倍，不過這似乎也是人之常情，畢竟和四四九房的男生平凡的長相比起來，他們四四四房的男生可說是玉樹臨風一表人才，女生對帥哥比較熱情是天經地義的事，范統自認長得也還不錯，不見得完全是沾月退跟硃砂的光才受到歡迎的。

可是這張嘴，唉，唉唉唉。

學生們最先能找到共同話題的，就是學業與老師的事情了。兩個可愛女生都還是白色流蘇，另外三個男生裡面則是兩個白色流蘇，一個淺綠色流蘇，換句話說，他們的老師與課程重複率應該還挺高的。

「大家都被武術實戰課那個老師害死過對吧？」

武術實戰課那個老師，真的是個很好同仇敵愾的話題。

「對啊！讓全班同學集體殺害新生，這實在是太不道德了！」

「等我實力夠了一定要去找他對決！」

連硃砂都生氣了。怎麼每個人的武術實戰課都是給那個機車老師教嗎？沒有在武術實戰課上死過的月退不敢吭聲。有些事情還是要聰明點，別說出來比較好，以免成為眾人情緒的發洩口。

「那個老師真是個爛人！新生居民怎麼可以陷害新生居民嘛！」

「對啊對啊！」

在他們討論得正熱烈的時候，范統其實比較想知道的是，當班上有新生的時候，這些人到底有沒有跟著加入殘殺的行列……

「我回來了——」

這個時候，門伴隨著一個甜美的聲音被打開，回來的自然是那個名為璧柔的少女了，大家都看向了門口。

少女居然也是個西方人。

她的年紀應該比月退大一些，留著一頭漂亮的金色長髮，白皙的肌膚和五官立體的美麗臉孔，都十分突顯出西方人的特色，無論是臉蛋還是身材，無疑的都很有魅力，范統來到這個世界後，這還是第一次這麼近距離看見一個美女。

好吧，第一次其實應該是綾侍，但那跟初次死亡緊緊相纏的回憶，他實在很不想憶起。

「我回來晚了嗎？大家都到了。我是璧柔，很高興認識你們——」

美女無論遲到多久，永遠是可以被原諒的，而大家正要為了她再自我介紹一次時，她卻突然眼睛一亮，衝到了月退面前，握住他的雙手。

「哇！跟我一樣的西方人耶！自從來到東方城，我第一次有機會跟西方人說話！」

瞧她興奮得臉都微微紅了起來，應該是真的很高興在異鄉遇到同類吧。

反倒是月退的反應顯得不怎麼熱烈，他剛開始還處在發愣的狀態，過了一會兒才露出一點微笑，並且不著痕跡地從璧柔手中抽回自己的雙手。

「你叫什麼名字？」

雖然月退的反應遠沒有她興奮，但這依然沒有削減她的熱情。

「……月退。」

月退遲疑了一下，才回答了她的問題，這次換成璧柔愣了。

「怎麼了嗎？」

「沒有……只是名字裡面有月這個字，在東方城有點少見……」

稍作了解釋後，璧柔也找了個地方坐下來。

「大家在聊些什麼？繼續吧！」

於是剛才中斷的話題便又展開了，這期間，范統一直沒加入討論，只在旁邊觀察，默默想著一些各式各樣的問題。

看的人多了以後，范統發現，新生居民裡面，真的不少人都十分年輕，十幾歲的少年少女一點也不稀奇，甚至還有更小的孩童，讓人不禁感嘆。

這些人都是死了才被吸引到這個世界來的。原來各個世界裡，都有那麼多生命，在尚未長大時就已消逝。

范統不知道現在自己的感覺是感傷還是同情。

不過，他可能還是比較同情自己一點。到底是怎麼死的啦！莫名其妙耶！

也不曉得算不算心想事成，范統才剛想到這方面的事，可愛女生甲就用天真無邪的笑容開口了。

「大家來分享一下自己在原來世界的死因好不好？」

范統差點就吞口水嗆到，月退則覺得這個提議很不可思議，因而轉向范統。

「這不是很嚴肅的事情嗎？怎麼居然也可以用這種輕鬆的態度當作聊天話題來談論……？」

不要問我啦。你先給我點時間，讓我想出一個死因來……

由於可愛女生甲和可愛女生乙對這話題好像很感興趣，其他人也沒怎麼排斥談談的樣子，大家便按照坐的位置，從四四九房的男生開始說起了。

「我是天氣太冷整個人連頭捲在被子裡睡覺悶死的。」

不是我要說，這位同學，你的死法很蠢耶。

「我最大的遺憾就是還沒看到我喜歡的連續劇的結局，明明隔天就是完結篇了啊——」

你再補上這句話就讓人覺得更蠢了……不過你難不成跟我來自同一個世界？或者你那個世界也有科技？

「我是因為吃太多螃蟹而死的。」

吃太多螃蟹為什麼會死？你解釋一下啊？還有，你到底吃了幾隻？

「我想我的遺願應該是再吃一隻吧……」

你到底有多喜歡吃螃蟹？你參加大胃王比賽嗎？

「我好像是突然很想知道殺蟲劑是什麼味道，結果喝了一瓶就死了。」

這當然是會死的好不好，你以為你不是蟲就沒事嗎？所以到底是什麼味道？

「我死的時候非常後悔，應該喝半瓶就好的，這樣說不定就不會死了……」

不，還是會死吧。我覺得就算沒死你也會去試喝另一個品牌的直到喝死自己。你們為什麼都這麼奇怪啊？

「換我了，我是心臟突然停止就死了。」

可愛女生甲舉起了右手，還俏皮地眨了一下眼睛。

唔，為什麼我忽然覺得妳的死跟新世界之神有什麼關係……不，算了，當我沒說。

「我好像生下來就是植物人，過了十六年終於死了喔。」

可愛女生乙接著說了。

這樣啊，那妳現在變成健康正常，真是太好了。

「嗯？換我了嗎？怎麼死的、怎麼死的也不是很重要啦，我早就不記得了，哈哈哈哈。」

璧柔就這麼混了過去。

妳在提及妳的死亡時也太樂觀開朗不帶悲傷了吧，小姐。

「我是瞬間挪移失敗死的。」

硃砂平靜地開口，這死法聽起來很微妙。

「那是怎麼死的啊？」

「就是瞬間挪移的時候沒有成功，沒把整個身體都移過去，身體分成兩半當然就死了。這純粹是學藝不精的失誤，所以我一定要雪洗這個恥辱，好好學好這個世界的東西。」

不想重蹈覆轍也是好的想法啦……咦？到我了？

「我不知道我怎麼死的……」

因為「忘記了」這個藉口剛才已經被璧柔用過了，她是美女，這樣打混也不會有人有意見，而范統要是說了一樣的台詞肯定噓聲一片。

還好這次沒說反，這樣應該沒問題了吧？

「范統你好沒誠意喔──」

「就是啊──」

哈哈哈哈。我是真的不知道啊……

「我是被人殺死的。」

最後輪到的是月退，他只淡淡說了這麼一句，大家都「咦」了一聲，好奇了起來。

月退本來不想說的，是因為大家都說了，他才配合著開口的，現在看他們還想追問的樣子，他不由得皺起眉頭。

「只說被殺了好籠統啊，到底是怎麼回事呢？」

問出這句話的人是璧柔，月退又是一呆，然後他收起了這樣的表情，聲音也轉得沉靜。

「要聽嗎？」

他問著，看了看大家的神情，手慢慢地移到了胸口。

「第一劍，是從這裡橫劈到腹側的。」

房間裡忽然安靜了下來。而他白皙的右手，又移到了右胸。

「第二劍，是從這裡刺進來的。」

大家的臉色都有點變了，幾個女生的臉甚至可說有點慘白，但月退還是說了下去，如同沒看見這些反應一樣。

「那時候的我很虛弱。我轉身想逃跑求助，第三劍便斬向我的雙腳，然後他用劍刺穿我的右手掌，把我釘在地上。」

他陳述的聲音不帶一絲情感，就好像說的不是自己的事情似的。

「然後他雙手扼住了我的脖子，一寸寸地收緊。他對我說：『只要你不存在就好了。』我用左手想扳開他的手指，我想說話，但是他沒有理會我，他說，露出破綻是我的不對，讓他有這樣的機會是我的錯誤，而死亡就是我該付出的代價……」

這個時候，可愛女生甲「哇」的一聲哭了出來，打斷了月退說話的聲音。

「對不起！我不知道……我看大家都很明朗柔和，不像有陰影的樣子，才會覺得要大家說說死因應該沒什麼的……對不起！」

她不斷地道歉，旁邊的人也拍著她的背安慰她，這種狀況范統看了實在不知道該說什麼，他也從來沒想過月退會是這樣死的。

這可以算是慘死了吧？殺他的那個人又是誰？

或許女孩覺得讓月退說出這些話一定造成了二度傷害，但范統卻覺得月退是刻意想說的，雖然他不太明白是什麼理由會讓他想猶如自虐一般如此清晰地描述自己被殺的情景。

「該說抱歉的是我。」

月退在說這句話的時候，語氣依舊平淡。

「我不該說這些事情來讓大家不舒服……說點別的吧。」

言下之意他是不打算再說下去了，事實上現在的氣氛確實也不適合再說下去。

「嗯……你們有沒有質變啊？」

四四九房的男生忽然說了一個在場多數人沒聽過的名詞，大家便詢問他這是什麼意思。

「質變，就是死亡到被吸引來幻世的這段時間，因為強烈的意念或者一些特殊原因，靈魂出現了改變，而多出一些特殊能力啊，你們有嗎？」

聽起來好像有種買東西附贈贈品的感覺。而范統覺得自己總是撿不到這種便宜。

「咦，難怪我覺得我胃口變小了！」

那應該不是能力，是公家糧食太難吃。

「原來是這樣啊，我還在想我什麼時候多出一些奇怪的能力……」

硃砂點點頭，但他也沒說出是什麼能力。

「我只有得到怎麼吃都不會覺得撐的能力而已，我也好想得到有用一點的能力喔。」

開始這個話題的男生自己這麼說。嗯……這能力的確看起來沒什麼用的樣子，就算他很喜歡吃東西，沒錢也吃不了好料的，公家糧食他應該沒興趣吃一堆吧。

沒有其他人跳出來插話，看來有質變現象的人並不多，難怪米重沒給他講解。

范統覺得，他對於想好好講話這件事的執念應該很深啊。應該就像是「在我死前，請讓我正常說話五分鐘吧」這樣的感覺，那麼為什麼他沒有得到可以一天有一小時時間正常講話的能力呢？詛咒也沒有解開，死了好像白死了一樣，簡直是花了全身家當簽樂透，結果全部沒中，只留給他一團廢紙。

接下來的話題還是在學校跟老師上打轉，包含術法課那個神祕的入門測驗。

「所以，你們有沒有人知道課本上完整的文字到底是什麼啊？我只看得見第一行。」

可愛女生乙發問之後，范統立即反射性指向月退。

「老師說月退是千年難得一見的奇才。」

那個沒眼光老師說的應該是百年，但誇示法嘛，年數不嫌多啦。

而月退那睜大眼睛的表情看起來是在說：范統，你幹嘛出賣我？

「月退你看得到？上面寫什麼呀？」

月退擠出一絲笑容，然後指向范統。

「我看不懂東方城的文字，是請范統翻譯的，現在我已經忘記內容了，問范統吧。」

好樣的！你明明知道我不擅長說話啊！范統驚恐地瞪向他。

你不指我的話不就沒事了嗎？月退的眼神看起來帶了點風涼。

「范統，那課本上的完整文字是什麼？」

嗯，超級美少年說忘記了，女孩子也是可以原諒的，至於他這個長相等級還比不上那美少年的青年要是跟著說忘記了，多半會被唾棄……

「……看見一行踢出門，看見兩行你真爛，看見三行沒藥醫，通通沒有快自殺。」

……他已經搞不懂這詛咒更改話語的邏輯了。

眾人的臉色都變得有點難看，可愛女生乙也一臉錯愕。

「可是，第一行好像不是這樣啊，我看錯了嗎？」

「范統別再說謊騙人了啦！」

硃砂對他的成見又變深了。順帶一提，硃砂似乎看得見兩行。

後來時間晚了，大家也就告辭回自己房間了，並說了下次有機會再聊。

那個時候他想，要是能夠拉珞侍來參加這種聚會，說不定也是好事呢？

但還是不可能的吧，那些普通人一看到「珞侍大人」，說不定就連話也說不出來了。

范統的事後補述

新居生活目前看起來沒什麼大問題，不必太擔心我，雖然硃砂有點嚴厲，但我在宿舍裡其實混得還不錯。

大家都范統范統的叫我，感覺很親切的，雖然我沒有忽略他們叫我的時候眼裡那一抹古怪的笑意……可惡，我一定要認真詛咒膽敢在心裡偷偷取笑我名字的人。這個時候就會覺得月退不懂東方城文字真好。

今天聽了這些話，我才發現，我之前好像沒有很關心月退。

應該說，沒有很關心月退的過去。嗯，我總是覺得過去就過去了嘛，現在比較重要啊，追究過去的事情對現在好像沒什麼幫助，而且現在的他也不可能變回以前的他了，而我認識的是現在的他嘛……很像繞口令？我說話應該沒這麼難懂吧？

我一直以為他純粹是個自立自強修行健體的貴族大少爺，聽起來情況似乎比我想像的複雜？這週我有發現他睡覺的時候會莫名驚醒啦，難道是被死前的記憶所困，常常作惡夢嗎？

走回房間後，硃砂對月退的事情沒有多問，我雖然想問，可是實在不知道該問什麼。問他那些事情，讓他去回憶起那些痛苦的記憶，傷他一遍之後再來安慰他，好像很多餘，不是嗎？

而且月退是個很溫柔的人，真的問了，他大概就會說吧，這樣好像在欺負人家一樣。

這樣拖了幾天後，沉月節也要到了。

就在沉月節的前一天，米重又出現在我眼前，告訴我因為我現在是負債狀態，東方城會給我安排工作抵債，而第一個工作就是跟明天的沉月節相關的臨時工，要我早上五點起床出門準備上工。

……搞什麼！想好好過個節參加熱鬧的遊街也不行嗎！

章之五

沉月節

『如果我努力成為一個偉人，以後會不會有范統節呢？』——范統

『這是個只能說反話的節日嗎？』——珞侍

對東方城來說，沉月節是一年一度的大節日，這也是一個少數五位侍會陪同矽櫻女王一起出現在眾人面前的日子，據說西方城那邊同樣這天也有相應的節日，但重視程度似乎沒有東方城這麼高，這也是兩邊對沉月的態度不同的緣故。

東方城對沉月的力量可以說是依賴，奉沉月如神一般的存在，而西方城現在的態度則是傾向關閉沉月通道，不再引渡新生居民進來，雙方在這點上意見相左，無法達成共識，演變成開戰也是理所當然，但即使開戰，西方城還是無法達到封印沉月的目的。

當初在發現沉月寶鏡時，兩邊各分了一半陣法回去，關閉沉月通道的條件之一就是執行完整的陣法，只要一半的陣法還掌握在矽櫻女王的手上，西方城就無法達成目的，這是必然的事情，這樣的僵局，也使得兩邊衝突不斷。

也由於西方城主張封印沉月，東方城的人民普遍認為西方城即代表「惡」，西方城的人民當然是相反的想法，意見不同時，堅持己見的人們通常會將對方妖魔化，並這樣持續對其他人

洗腦，敵對的意識自然也日漸高升。

不過，西方城那邊是怎麼樣，那跟東方城沒有關係，東方城的重要節日還是要照樣過的，神王殿從一大早就開始準備了。

沉月節的既定行程是到沉月祭壇進行祭禮，而沉月祭壇在東方城與西方城的交界處，所以祭禮的部分，只有女王、五侍與一些護衛前往進行，大部分的人都是不能參與的，連觀禮都不行。

一般民眾主要參與的，是女王的車隊從神王殿出發，一路直線駛出主城門的這一段路。

也就是說，對一般民眾來說，沉月節最大的意義就是能夠看見女王等大人物，雖然有人不以為然，但大多數人還是覺得很有價值，甚至為之瘋狂的，據說能看見女王的笑容，就形同受到了祝福，一整年都能過得安康順利，但要看到女王的笑容實在是非常困難，特別是在五侍成了四侍後，女王冷艷的容顏上，幾乎總罩著一層寒霜。

車隊在行駛出城門後，會直接朝沉月祭壇前進，不過在城內行駛時，速度會放慢，以便人民歡呼、膜拜，而且人都是坐在架高的車體上，不會有圍觀群眾太多被擋住的問題，想看幾眼都可以。

大家都很期待今天，但對早上五點就被迫出門來勞動的范統來說，實在是一片烏煙瘴氣。

聽說硃砂跟月退都要來街道邊當觀禮的路人，如果可以，他也很想跟他們一起十點才起床，然後躲在人群中對女王與五侍品頭論足啊！為什麼他就得一大早來鋪平道路，站得直挺挺的在必經道路上當人柱，而且還是跟米重一組啊！

「我其實也是負債狀況啊，需要勞工當然有我的份，沒跟你說過嗎？」

米重這麼跟他說。不愉快，真是不愉快。

誰知道你負債啊？就算你負債也不關我的事啊，而且你為什麼會負債？你這人看起來這麼狡猾，都是老油條了，應該不容易死才對啊？

「你負債是怎麼回事？」

「嗯——年少無知的時候，跟隨潮流嘗試各種死法，只有新生居民可以這樣玩嘛，你知道的。」

誰知道啊，不要一副跟我很熟的樣子好不好？范統下意識想露出嫌惡的表情。

今天的工作結束後可以抵掉十串錢的債務。前後工作時間大概是七小時……原來東方城的薪水這麼低嗎？

如果都這樣算，他欠了兩百串錢，工作一百四十個小時就可以還清了。但實際上不是這樣算的，因為沉月節畢竟是個慶典，為了讓大家都開心，工資給得特別寬厚。

根據米重的說法，最普通、大家都可以做的工作，時薪十錢。

十錢就是十分之一串錢……

十小時就是一串錢。

兩百串錢，就是兩千小時。

他負的債其實是什麼天文數字嗎！

這個認知讓范統驚恐了，欣賞完他驚恐的表情後，米重才涼涼地告訴他。

「所以，還是努力讓自己做一些可以賺錢的工作吧，你不覺得賣八卦很不錯嗎？珞侍大人的八卦普通的也可以賣到六串錢，違侍大人的八卦要找特殊買主，價格比較不一定，音侍大人的八卦太多了不值錢，如果是綾侍大人的八卦，至少都有二十串錢的價值！有可看性一點的還可以直接賣我，我出四十串錢！」

米重勾著范統的肩膀，在他耳邊低語著這種不法勾當，范統覺得自己臉都要黑了。

你到底對綾侍大人著迷到什麼地步啦？

「話說那女王的八卦呢？」

他只是好奇想問問看而已，絕對沒有要去打聽來賣的意思。

「女王的八卦！你真有眼光！因為這個弄到的難度太高了，基本上有價無市，而且重點是，賣幾位侍大人的八卦被抓到還沒什麼關係，除了違侍大人危險一點，其他人多半不會太計較，但是你賣女王的八卦被抓到可是會被用噬魂武器處死的，我還沒有缺錢缺到鋌而走險的地步，這風險太大了點。」

矽櫻女王真是嚴酷啊，一定是不喜歡別人隨便議論她的事情吧？

「如果你有暉侍大人的消息，應該也很值錢啦。畢竟現在根本沒有人知道他的去向……要是有他的消息，無論多少錢，珞侍大人都會買的。」

珞侍對暉侍在乎的程度，從米重這句話就可以看得出來。

「你們還有把八卦賣給幾位侍大人的服務啊？」

「有啊！像是違侍大人就會買音侍大人跟綾侍大人的情報，他們好像不對盤，不過才不賣他，都只賣他一些無關緊要的。」

嗯，違侍大人普遍被新生居民討厭嘛，看來在幾位侍大人中的人緣也不怎麼樣的樣子。

「暉侍大人眼見是不回來了，不知道女王陛下會不會選新的侍呢……」

那個依然不是重點。我比較想知道，你到現在八卦應該也賣了不少了，為什麼還是負債？你到底欠了多少錢？重生的時候比女人陣痛還痛的那一個就是你嗎？

車隊駛出神王殿的時間就快到了，他們也不得不停止私下的交談，乖乖當他們的人柱，等待女王的車隊出現。

❀

車隊從神王殿駛出的時間，比預定的時間遲了十分鐘，但大家倒也沒有等得很焦急，彷彿都已經習慣了這樣的事情，范統甚至還聽到身後的人說了類似「反正遲了一定又是因為音侍大人出紕漏」的謎之話語，這麼說來，現有的四侍中，音侍和違侍他還沒看過，等一下經過他面前時也可以注意看看。

坐在車隊最前面的就是矽櫻女王本人，確實是個冷艷的美女，她身著一席黑色華服，連面上的妝都是冷色系的，她的黑色長髮披散而下，戴了銀質的頭環做為裝飾，整個人的氣質，就宛如主掌一切的女神一般。

這副冷酷淡漠的模樣，確實十分具有女王的威嚴，若是面對面站在她面前，在她的掃視下，只怕很難不腿軟。

而且，純黑色流蘇。范統看到了。這確實是惹不起。

女王後面坐的，就是有過幾次見面，說過幾次話的珞侍。雖然是重要節日，他的穿著還是跟平常沒兩樣，不過平常穿的畢竟也是質料很好的衣服，倒沒什麼不合體統的問題。

這樣看過去，珞侍還是一樣纖細秀美。鎖在眉間的憂鬱也一樣沒有變化，多半是暉侍的事情還沒想開，這也是別人無法插手的。

再順著看過去，便是有過一面之緣的綾侍。范統現在才驚恐地發現，綾侍的流蘇是灰黑色的，距離純黑色也不過一階，一樣是個有恐怖實力的人。

也是啦，符咒軒的掌院，實力怎麼可能不強呢……

米重似乎已經盯著綾侍美麗的身影盯得眼睛發直了，當然，范統是不想理他的，他的目光轉向坐在綾侍身邊的那名男子。

單這麼看過去，那名留著一頭黑色長髮的年輕男子真是俊美得足以吸引絕大多數女人的目光，英俊的長相配上淺淺的微笑，大概隨便就可以迷倒一大票女生，不用說，這一定是音侍不是違侍，違侍如果長這樣，討厭他的人大概會有百分之五十倒戈，那百分之五十就是女人。

不過這迷人的帥哥形象，在沒過幾秒後音侍猛然抓住綾侍肩膀搖晃、興奮地不知道說了些什麼之後蕩然無存。雖然他立即被綾侍教訓而恢復原來的樣子，但是……沒有一個人是瞎子，都有看到啊。

音侍是術法軒掌院，實力應該也不弱吧……咦？沒有流蘇？

范統把音侍從頭看到腳，沒有流蘇就是沒有流蘇，完全沒看見。

不只找不到流蘇，還找不到違侍。車隊上看來看去都沒有違侍的影子，雖然不想跟花痴狀態下的米重說話，范統還是出聲喊了他一下。

「米重，怎麼違侍大人……」

「哎呀誰管違侍大人啊？搞不好被殺人滅口毀屍滅跡了吧？現在看綾侍大人比較重要啦，去去去，閃邊。」

「……」

即使他們同樣身為人類，就算范統的說話機能正常，他們還是沒可能在此時此地溝通。范統充分感覺到了這條鴻溝之寬大。

車隊兩側街道的圍觀民眾跟車隊上的人，基本上是兩個世界。

在車隊剛駛出來時，音侍還乖乖地維持形象，端正坐好露出親民的笑容，但沒過多久就原

形畢露。

「綾侍！你看！好多美女對我尖叫耶！」

「……」

綾侍被他猛力搖了幾下，覺得頭髮都要亂了，在眼神一暗之後，綾侍以飛快的速度對音侍的下肋骨進行肘擊，讓音侍暫時因為疼痛而閉上嘴。

「才出神王殿一分鐘！不要維持形象一分鐘就破功！你多少顧及一下其他人的面子！」

雖然綾侍每句話語氣都很重，但說出來的聲音其實只到可以讓音侍聽到的程度，至於下面的觀眾會不會讀唇語，那又是另一回事了。

遭受暴力攻擊後，音侍又乖了一陣子，擺出公關應酬式的笑容，再度展露優雅的風度，可是沒兩分鐘又毀了。

「綾侍！你看！好多男人對你流口水耶！噗哈哈哈——」

綾侍考慮著要不要直接揮擊把這個丟臉的傢伙打下車去，這個時候珞侍也稍微回了頭。

「音侍，你好吵。」

要說吵，其實在群眾發出的雜音中，音侍的說話聲音並不怎麼明顯，但在車隊上近距離聽，就很清晰可聞了。

「小珞侍，怎麼連你也……」

音侍露出了受傷的表情，珞侍則將頭轉回去，不理他。

「啊！居然不理我！對待自己的老師，用這種態度就不可愛了啊！」
「綾侍，可以讓他閉嘴嗎？」
「我試過上百次了。」
「那可以打昏他嗎？」
「我不能在公開場合動粗，這太無禮了。」
雖然綾侍剛剛就動過粗了，但是那在寬大衣袖的輔助下，應該大家都看不見，那就不算。
「音，你就不能忍到出城門嗎？」
「啊？什麼？」
音侍剛才說完自己想說的話之後，就跟觀眾中的美女互拋媚眼去了，完全沒注意他們說了些什麼。
「……真不能打他？」
珞侍的臉微微抽搐。
「你打。我不會阻止你。」
就算綾侍這麼說，珞侍也不可能這麼做的，如果真的要打，打不打得到都還是個問題。
不過幸好今天違侍身體微恙告假，要是違侍也在車上，一定會對音侍這種失態的行為看不過去，然後兩個人就會吵起來，場面就更加不能看了。
五年前就是發生過一次，結果音侍很幼稚地用術法把違侍的頭髮削禿了一塊，違侍大為光火跟他動手，綾侍旁觀，珞侍傻眼，暉侍阻止無效，最後矽櫻賞了兩個人各一巴掌，他們才在女王的怒火下安靜下來。

違侍的頭髮現在當然已經長出來了，但那不代表喪失的面子跟被羞辱的感覺可以輕易忘記，這兩個人的新仇舊恨本來就一大堆了，要同在一車實在很令人不安。

音侍的個性比較大而化之，嘴巴上說不跟他一般見識就是真的不跟他一般見識了，即使嘴巴上說要計較，之後多半也會忘記導致不了了之，而違侍就是會記恨的人了，得罪小人不是什麼好事，所以綾侍和珞侍多半敬而遠之，音侍自己要去撞仙人掌，那是他的事。

神王殿到城門口這段路，每次走起來都覺得很辛苦。今天會比原定時間晚出發十分鐘，也是因為等音侍回來集合，結果他傳送錯了地方白花時間的緣故，反正他總是在一些很正常不該出事的地方意外耍白痴，雖然一起相處這麼久也該習慣了，但與其自己習慣，大家還是比較希望他能改一改。

好不容易熬完這段路，出了城門，車隊的速度也加快了起來，照理說接著音侍要做什麼不合時宜的舉動都沒問題了，但他卻也因為失去了人群關注而無聊地安分了下來。

該安分的地方不安分，可以放鬆的地方又乖了起來，真的是沒有人拿他有辦法。

「唉，好無聊，都不知道做什麼。」

音侍嘆氣著，像搭車這種事，他一向沒幾分鐘就厭倦了。

請你什麼都不要做——！珞侍跟綾侍在心中同時吶喊。

「綾侍，最近有什麼好玩的事情嗎？等一下結束後要不要一起去虛空二區，聽說那裡有人發現新品種的魔獸，再逮一隻來瞧瞧。」

「你忘記你上次騎魔獸回來引起什麼騷動了嗎？音侍。」

「從失敗的經驗中可以汲取教訓。這次我有帶韁繩，應該會順利很多吧，你看。」

音侍拿出了韁繩來呈到綾侍眼前，已經沒有人想問他為什麼會隨身攜帶這種東西了。

「你根本心中沒有儀式只有出去玩的主意……」

「生活太無聊了，不能怪我啊。儀式不是每年都一樣嗎？一點意思也沒有。」

「儀式的存在意義不是讓你覺得好玩。」

「啊，綾侍，你看今天的雲好美。」

無法溝通。

「音，你沒救了。」

「啊，你別亂說話害我被櫻誤會啊。」

其實從頭到尾的話，坐在最前面的矽櫻應該都有聽見。

只是她還是肅著她冷若冰雪的容顏，一語不發。

「還是，我要問問看櫻要不要一起去抓魔獸嗎？你覺得她會不會跟我去？」

「櫻如果會跟你去，我從今天起就是女人。」

「咦？所以機率還是挺高的囉？小珞侍你可不可以幫我問問看？」

「……」

「……」

珞侍和綾侍兩個人同時對他無言以對。

「綾侍，你真的不跟我去嗎？你不是沒事？」

「沒事也沒必要跟你去。」

「來幫我，我下次帶你去虛空一區抓小花貓。」

「……我難道還稀罕你帶我去抓小花貓嗎？」

可以跟音侍相安無事這麼多年，綾侍的忍耐力也不是普通高了。

「重點是，虛空一區什麼時候有小花貓了……」

珞侍忍不住補上這一句。光聽地區名就知道不可能出產小花貓的，虛空開頭的地方，本身環境磁場就很危險了，更別說是居住在裡面的生物，身為沒有辦法重生的原生居民，也只有音侍會仗著自己的實力常常往那種地方跑。

承諾帶人去沒有小花貓的地方抓小花貓，這本身就是一件很沒誠意的交換。

「啊，虛空一區沒有小花貓嗎？」

音侍驚訝了一下，低頭沉思。

「那我上次抓到的是什麼……」

原來你連小花貓都認不出來嗎？

這句話已經沒有人有精力說出口了。
「綾侍，你真的不陪我去？我一個人有點吃力啊。」
「你只要認真一點，哪會有問題。」
「很累。」
「要去玩還嫌累？你是要拖我去做牛做馬嗎？」
音侍看著，看了幾秒，然後用手指刮了括自己的臉頰。
「你只要幫我把魔獸壓住，讓我套好韁繩就可以了。」
「去死。」
找綾侍一起去玩這件事，當然就這麼不了了之。
「你可以找珞侍啊，怎麼不開口？」
綾侍這個提議讓音侍猛搖其頭，似乎完全不考慮。
「找小珞侍去？那我得更認真，會更累的。」
也就是說得分心保護珞侍的意思，珞侍聽了自然又是一陣不悅，但並沒有立即發作。
「珞侍，跟他撒嬌，叫他帶你去。像是『音侍——人家想去虛空二區好久了，帶我去一次好不好嘛？』這樣子，說一次看看。」
綾侍慫恿著珞侍，因為他知道音侍的弱點，給他製造一點麻煩這種事，他一向樂此不疲。
「啊！不要！好卑鄙！綾侍你無恥！」

音侍立即驚恐地反對了，珞侍則皮笑肉不笑地開口。

「你以為我說得出口嗎？」

「你說一次，我告訴你暉侍的下落。」

「……！」

珞侍的臉色頓時變了，音侍也沉下了臉。

「別拿這種事情跟珞侍開玩笑。」

綾侍沒多說什麼，只看了看前方，轉移了話題。

「快到了，準備下車吧。」

❀

沉月祭壇外圍，有著保護沉月的結界，從這裡開始就必須步行了，交通工具自然是放在外面，隨行的人則跟著女王進來盡護衛的責任。

在下車後，綾侍才覺得音侍身上怎麼看怎麼不對勁，好像少了東西，而且不只一樣。

「音，你的玉珮呢？」

所謂的玉珮，是「侍」才有資格佩帶的，同時也做為身分象徵，由玉石上刻各自的名字製成，像綾侍的玉珮就是閃耀著細細光輝的藍黑色玉石，珞侍的玉珮則是具有透明質感、摻了大量綠色的玉石。

「嗯……」

音侍看了看自己身上，很乾脆地回答。

「掉了。」

「怎麼又掉了？你知道一年有多少件案子是撿到你玉珮的人假借你的名字生事嗎？」

綾侍皺眉，同時詢問起另一個物事。

「你的流蘇呢？」

音侍再看看自己身上，得到了結論。

「啊，也掉了。」

「……你能不能把象徵自己身分地位的東西看好一點？你知道你弄丟幾次了嗎？如果會一直弄丟，成天補發也不是辦法吧？」

綾侍忍不住唸了幾句，音侍則完全沒有反省地擺擺手。

「啊，好囉唆，給朕閉嘴，老頭。」

「……」

明明就是女王聽得見的情況，他還可以公然胡亂使用這種自稱，也不怕不敬，這種事情的確只有他做得出來。

即使後面的對話越來越超過，矽櫻還是完全置之不理，事實上，這兩年女王不理睬人的情沉越來越嚴重了，這不知該算是冷傲，還是心死的表現。

當走到內層沉月結界時，矽櫻停了下來，轉身向身後的人交代。

「在外面等我。」

每年都是一樣，到了內層結界時，就只剩下女王一個人進去，剩下的人通通得在外面等待女王執行完祭禮，再護送女王回去。

「櫻，快點出來喔，我好無聊。」

音侍這句話當然沒有被理會，矽櫻冷淡地瞥了他一眼，就進去了。

「綾侍，我的心好冷，櫻好冷淡。」

「這句話我至少聽過一百次了，你還說不膩嗎？」

「小珞侍，我的心好冷，綾侍好冷淡。」

「需要馭火咒嗎？」

看來音侍是無法在這裡得到安慰的。

在矽櫻進入內層結界一段時間後，打了個呵欠的音侍突然轉頭看向某個方向，然後朝綾侍開口。

「綾侍，回外層結界看看，走。」

「嗯。」

音侍察覺的事情，綾侍也有所察覺了，珞侍則感覺不出來，不明所以地發問。

「那我……？」

「啊，你先在這裡等我們吧，不然櫻出來了看到沒人會寂寞。」

誰會寂寞？這些護衛不是人嗎？

這應該就是每個人都想反駁他，但反駁了反而會覺得自己好像跟他一樣蠢，而選擇不發言的情況。

當音侍和綾侍回到外層結界時，留下守著車隊的人員正緊張地與另一邊明顯是西方城的人對峙，看見音侍與綾侍出來，才鬆了一口氣。

緊張是自然的，就算不認得落月那邊的重要人物長什麼樣子，那兩個騎在特殊獸類的人腰帶的實力證明，他們還是看得懂的。

金線三紋，金線二紋。

這是西方城實力分級最高的兩個層級，而且他們還有另一個恐懼的理由。

其中右側那一個年紀看似較輕的青年，以布巾覆面。

金線三紋，公開露面時總是遮面的人……湊足這兩個條件，他們一下子就會聯想到傳聞中的那個怪物。

落月少帝．恩格萊爾。

「啊，落月那邊的人在沉月節這天也會來祭壇進行祭禮嗎？雖然不怎麼隆重。」

音侍看了過去，嘴裡隨便說了一句。

人家少帝都親自來了，你還說不隆重嗎？

不少人內心浮出這個有點不知該怎麼說的疑問。不過和東方城女王與侍一起出發，連同護衛車隊聲勢浩大的情況相比，他們只有兩個人，的確是低調了點。

「音侍，又是你。」

那名陪在覆面青年旁的男子以不太高興的語氣說話了。他的頭髮是顏色較暗的金色，眼睛則是十分漂亮的翠綠。那張臉英俊是英俊，卻一直擺著一副好像別人欠他幾百萬似的表情，按照音侍的想法，他很想試試看如果給他幾百萬他的臉色會不會改善，但這個想法當然不用審核就直接被綾侍駁回了。

東方城和西方城的言語系統當然是不一樣的，除了新生居民因為受到沉月力量的影響而在溝通上完全沒有問題，原生居民如果想跟這些敵人溝通，都必須學過他們的語言才有辦法。

現在那名金髮男子說的就是西方城的話，姑且不論他是否會講東方城的語言，兩邊現在又不是友好狀態，見面的時候根本不可能自貶國格去說對方的語言以求溝通。

「音，他說什麼？」

西方城的話，音侍似乎還懂一點，綾侍則是完全不通，因為他覺得跟落月那邊的人沒有溝通的必要，反正看不順眼直接動手就是了。

「啊，他說，看到我真高興。」

音侍大人，也不是綾侍大人聽不懂，您就亂翻的好嗎？這是所有聽得懂的東方城新生居民的共同心聲。

「你說謊。」

綾侍不用聽得懂也可以判定這是謊言。

「嗯？那他一定是說，看到你真高興了。」

音侍眨眨眼，這麼回答。

綾侍大人，請讓我為您翻譯吧？多數東方城新生居民都想跳出來主持公道了，不過在沒有命令前自己跳出來，是不合禮數的，所以他們還是沒這麼做。

「我聽你說話就覺得很不高興……」

綾侍的臉色冷了下來，然後瞧了瞧那名金髮青年，難得的對敵人有了點同理心。

他都覺得很不高興了，對方一定覺得更不高興吧。

「算了，我不想知道他說什麼了。」

「啊，你不想知道了嗎？可是我很想翻譯啊。」

音侍顯得很失望的樣子，這副模樣真是讓人想好好揍他一拳。

「不需要。通通宰掉就好了。」

綾侍的回答也夠直接，這些在旁邊聽著的新生居民都出了身冷汗。

「綾侍，不要動不動就喊打喊殺的，這樣不好。」

音侍居然板起臉孔來教訓他，這就讓人更不爽了。

「你們夜止女王就是這麼教導下屬的嗎？明知我們的王就在這裡，還如此無禮？」

金髮男子似乎是聽得懂一點東方話的，不過他這番話依然是使用西方話語。

夜止是西方城普遍稱呼東方城的用法，就好像他們東方城都喊對方落月一樣。

「啊，那也得這次的是真貨才行吧？恩格萊爾到底用過多少替身了？金線三紋繡好之後誰都可以戴啊，天羅炎跟愛菲羅爾都沒帶出來，說服力實在不太夠呢。」

音侍很快地用流利的西方語回答了對方，大概是想讓對方聽懂的緣故吧。他的觀念裡不會有「面對西方人時使用西方話語是對東方城的侮辱」這種東西的。

但是，這又導致綾侍聽不懂了。

「夜止女王來沉月祭壇難道也會全副武裝？」

金髮男子冷笑著，意思就是矽櫻也沒帶著希克艾斯與千幻華一起來，還不是一樣。

「啊，這問題還真是難以回答，你等一下，我想想……」

「老大，你不要無視我，自己就跟敵人聊了起來好嗎？」

綾侍直接一掌狠狠朝音侍的背上拍去。

「啊！好痛！你這暴力死老頭！你自己說不需要翻譯也不想聽我說話的！」

「這麼聽話，那我說我想打你，你就乖乖給我打不要亂叫。」

「我要投訴！我要跟櫻講！你表面上叫我老大，但是根本就不尊敬我！」

「我覺得你應該檢討自己，而不是投訴，老大。」

「給我記住！」

給我記住這句話，一般來說應該是對敵人說的，不是對自己人說的吧。

「如果你們沒事的話，我們要進去了。」

對面的金髮男子看來也不想跟他們胡搞瞎搞下去了，頗有想撇清關係劃清界線的感覺。

「不行，櫻在裡面，你們不准進去，這是地位的問題，除非你能證明他真的是落月少帝。」

聽到那名金髮男子說的話後，音侍立即撇下了跟綾侍的爭執，以堅定的語氣這樣回答。

「我們的王怎麼可能讓敵人的下屬做任何檢視？應該說，你憑什麼讓我們向你證明？」

如果西方城少帝還需要因為東方城的人質疑就得拿出辦法來證明自己的身分，那也太沒地位了點。

「我聽說落月少帝根本是在臣下的掌控中，你要求他拿出證明不就得了？」

音侍的話一向是隨便說說，但這話其實含有侮辱對方君主的味道，金髮男子也變了臉色。

「我要求你為如此失敬的言語向陛下道歉！」

「為什麼？以免他心情不好，下次你不小心死了，他就不用王血幫你復活了嗎？可是在這裡的又不是本尊，你怕什麼？」

「你——」

眼見口角爭執就有可能要演變成肢體衝突時，那名從頭到尾都沒說話的覆面青年，忽然比了個手勢，制止了金髮青年的發言。

「回去吧，我們走。」

他的聲音壓得非常低，低到有種沒有音調起伏的感覺，聽到他的吩咐，金髮男子瞪圓了眼睛，似乎很不甘心也不明白為什麼要忍氣吞聲，但還是按照命令，控制騎乘的飛獸，跟著青年掉轉了方向。

「下次不會就這麼算了！」

在他說完話的同時，他們駕著的兩隻飛獸也拍翅起飛，載著他們朝來時的方向離開了。

「啊，綾侍，你說這時候如果用小石子震斷他的韁繩會怎麼樣？好像很有趣的樣子。」

音侍雖然不喜歡打打殺殺，但開玩笑惡作劇還是挺有興趣的。

「你何不試試？」

這種陷害敵人的事情綾侍就不會阻止了。最好摔個粉身碎骨，省得日後見面還得動手殺掉，麻煩。

「可是，萬一他摔死了怎麼辦？他應該不會接受我的道歉吧？還是不要好了。」

「……」

誰還會去顧慮敵人會不會摔死的啊？

「音侍大人，那個真的不是落月少帝嗎……？」

有個新生居民終於大著膽子問了這個問題，音侍畢竟還是脾氣算好的人，平時也不擺架子，問一問應該沒什麼關係。

「嗯？我覺得不像啦，高手的氣勢不足。五年前就可以以一人之力屠盡三十萬人的落月少帝，照理說本人應該讓人一接觸就會顫抖才是，可是剛才那個人我並不覺得可怕啊。啊，不過高手也擅長隱藏實力，其實也不一定就是了，反正結果沒怎麼樣嘛，哈哈。」

等到結果有怎麼樣就來不及了吧。

「綾侍、綾侍，我們去虛空二區抓魔獸吧，走吧。」

「……櫻還在裡面。而且你忘記我已經拒絕過你了嗎？」

「反正你最後還是會答應我的，有什麼差別？」

遇到這種人，實在是拿他一點辦法也沒有。

范統的事後補述

於是我就這麼度過了來到幻世、來到東方城後的第一個重大節日——以出賣勞力的方式。

如果可以單純過節的話，心情一定更愉快吧？可惜，天不從人願這句話應該就是印證在我身上的，雖然我以前做生意總在幫人改運，但改自己的運這種事，偏偏我就是沒有辦法嘛——

這麼說來，來到這個世界也半個月了呢，一切都在慢慢習慣中，我的環境適應力是很強的，可不是那種溫室裡的花朵，不要小看我。

什麼溫室裡的飯桶……這話也太傷感情煞風景了吧，一般人會在溫室裡擺一個飯桶嗎？飯桶有擺在溫室裡的必要嗎？你以為我不曉得這種基本常識？真是太過分了。

東方城的節日，目前我也只知道一個沉月節，不知道還有哪些？

……該不會因為債務還沒解決的緣故，每逢過節都要被徵召去當勞工吧？這也太悲慘了吧？就不能讓我好好過一次節嗎！啊？什麼過個十年還清債務總是可以好好過節的，那時候早就沒有新鮮感啦！第一次是很重要的！懂嗎！第一次！

不懂就算了，我真的沒有期望你們懂。反正我的第一次都隨便被命運蹧蹋了啦，第一次死，第一次上學，第一次……嗚嗚嗚……

章之六

放完假也別忘記自己是學生

『抓完魔獸也別忘記自己的工作，唉。』——綾侍

『結果你還是陪他去抓了嘛……』——珞侍

在車隊出了城門後，范統這群當班的勞工便是負責疏散人群，整理現場，這些都做完後也差不多是下午茶時間了，確認抵銷了十串錢的債務後，范統本來想直接回宿舍休息的，但米重說公家有準備餐點慰勞辛苦的勞工們，他就姑且跟著米重去領來吃了。

雖然領到的餐點只是個不怎麼大的食盒，但好歹裡面有正常的菜色，光是這點就比去街頭領的公家糧食好了不知道幾倍了，所以范統還是很滿足，就這麼捧著食盒跟米重一起坐在路邊用餐。

「唉——綾侍大人今年還是跟去年一樣美麗，我到底什麼時候才能升級，近距離見他一面呢——」

米重在看見綾侍後，心靈似乎獲得了短暫的安慰，但又更空虛了些，話說米重修行的狀況怎麼樣，范統倒是從來沒打聽過。

如果他也是個被術法軒沒眼光老師判定為「一輩子都不可能有機會」的朽木，范統可能會

因為同病相憐的關係，對他稍微改觀一點。
「范統，你也終於看到那些大人物啦，有沒有什麼感想？」
米重好像覺得這個話題很有發揮的空間，便興致勃勃地問起了范統。
有什麼感想？你是希望從我口中聽到「綾侍大人真是美麗，我決定加入綾侍大人後援會了」這種鬼話嗎？你覺得這有可能嗎？我目前還沒有成為那種狂熱分子的心理準備。
「嗯……就這樣啦。」
「什麼？沒有感想嗎？范統你真是個無趣的人耶！」
米重的語氣好像他犯了什麼不可饒恕的罪一樣，有這麼嚴重嗎？
硬要擠出一點感想來也不是辦不到，只要別講錯話倒是還好。
「女王……還真的是那種顏色的流蘇呢。」
他不敢講黑色。萬一變成白色就糟糕了。
「什麼那種顏色？不就純黑色流蘇嗎？王都是很強的啦。」
「哦？那落月少帝……？」
「落月少帝那個怪物，當然是金線三紋啊。」
之前米重有跟他介紹過西方城的階級區分方式。沒記錯的話，最強者是金色的線有三條……金線三紋應該就是這個的簡稱吧？
「變態？」

「不是變態，是怪物啦。不過其實也差不多，總之，他應該是個沒有人想招惹的對象。」

這種感覺有內幕的東西，范統倒是頗有興趣聽聽的。

「怎麼聽？」

「你聽跟說不分的啊？也罷，今天看到了綾侍大人，心情還不錯，跟你講講以前發生過的事吧。」

米重咳嗽了一聲，就開始講起故事了。

「五年前，我們東方城發展正盛，國力雄厚，實力堅強，那個時候五侍都在，雖然珞侍大人還只是個可愛的小孩子，不過暉侍大人的實力已經不錯了，綾侍大人也跟現在一樣年華正好，美麗動人，違侍大人的臉孔還是一樣可憎……」

光聽前面，范統還有點想問他是不是還兼職了說書之類的工作，但聽到後面就覺得應該沒有了，這根本已經離題離大了吧？如此有個人風格的敘述方式，應該沒什麼聽眾會支持吧。

「那個時候落月完全比不上我們，無論是國民實力素質還是王身邊的臣子。而那一年，矽櫻女王正式向落月發動戰爭，兵臨城下，噢，其實戰爭每隔一陣子就會打一次啦，甚至還有聽說過，如果打贏了就會讓我們選擇回到原本的世界復活或者發予原生居民的資格之類的傳言。」

哇！這麼好？下次打是什麼時候？我還挺想復活的耶，重點是我死得不明不白，我很在意我的遺體啊。

「至於傳言是不是真的，我就不曉得了，因為那次打輸了。這之前的上一次戰爭好像是在五十年前，我還沒有來這麼久，沒參加到。不過呢，很多人都是衝著打贏的獎勵為東方城賣命的，畢竟很吸引人嘛。」

慢著，你不是說國力雄厚實力堅強什麼的，結果還打輸了是怎樣？你前面說的這些都是屁話嗎？

「你那懷疑的眼神看起來很欠打喔。那一次，女王陛下幾乎是抱持著要將落月毀滅的決心發兵的吧？我們都打到落月家門口了，眼看他們的士兵應該也不可能再進行什麼有效的抵抗，即將能順利破門而入，讓落月從這個世界上消失，沒想到那時候事情就發生了。」

感覺敘述似乎來到了重點，范統也專心了些。

「落月少帝恩格萊爾出現了。五年前，那時候的身形看來，應該還只是個小孩子吧？儘管他覆面看不見臉，身上不曉得為什麼還纏繞著鎖鏈，但是拿在手上的四弦劍天羅炎貨真價實，他的身分無可置疑。」

米重似乎也說過落月少帝現身公開場合時常常都是用替身，這麼說來他們可以推敲出落月少帝的年齡，也是因為五年前第一次看見本尊時，他還是個小孩子囉？

「然後，一切就結束了。」

「啊？」

這句點也下得太突然了，范統實在反應不過來。

「過程沒什麼好講的，就是恩格萊爾手持天羅炎，如同落月護國神一般從城內飛身而出，完全沒落地，在空中飄浮著屠盡東方城三十萬士兵，然後一切就結束啦。人都死光了還打什麼？人都死光了，當然是東方城戰敗。」

范統目瞪口呆。

「三……」

你確定你沒有多說了一個零，甚至是多說了兩個零嗎！三十萬！三十萬人耶！

「不要懷疑，就是三十萬，那個怪物用他那把神劍將三十萬人殺得一乾二淨，連個活口都沒留，他一個人就顛覆了戰局。要不然大家怎麼會說他是怪物？天羅炎是落月少帝的武器，品階很高的，當然是噬魂武器，所以那三十萬人是徹徹底底死了，東方城也因此損失大量精銳，元氣大傷，可悲啊。」

「……米重，你怎麼還活著？」

米重一方面說得好像親眼看到一樣，一方面又說落月少帝用噬魂武器殺了全東方城派去的士兵，那米重還在這裡實在不合理啊。

「我那時候也還是淺綠色流蘇啊，我是後備補給兵啦，這些都是聽戰場上反應快使用法陣逃回來的人說的，真實性很高喔。」

原來不是親眼看到喔。那可信度真是低了不少……

「那個時候，落月少帝就已經是金線三紋了。現在只怕是更恐怖了吧。」

那個時候就金線三紋了！不是說還是小孩子嗎？

可是如果不是金線三紋，要屠殺三十萬人也很難吧……慢著！我已經打算要相信三十萬這個數字了嗎！

「真不曉得落月那邊是怎麼養出這個怪物的，嘖。」

「那時候女王在哪裡啊？」

這樣聽來，五侍跟女王都沒出動的樣子？

「以女王尊貴的身分，怎麼能親上戰場呢？珞侍大人年紀太小，不方便去，綾侍大人主要還是待在女王身邊的，音侍大人固然喜歡湊熱鬧，但他不喜歡殺人這種事情，違侍大人一向都是迴避這種麻煩不討好的事的，暉侍大人雖然可以去，不過女王並沒有下達這個命令，所以也就沒去了。在聽到三十萬人全滅時女王是想過出手啦，可是人家落月少帝殲滅東方城士兵後就回去了，也沒殺到東方城來，沒機會面對面對決啊。」

還真是各有各的藉口。反正讓新生居民去送死就對了嘛，那三十萬人裡面應該也沒幾個原生居民吧？

「女王跟落月少帝哪個弱啊？」

「一般人都是問哪個強吧，你的問法真奇怪。矽櫻女王不隨便出手的，沒看她展露過什麼身手，也沒有這樣駭人聽聞的事蹟可以宣揚，可是我們是東方城的居民，不能長他人志氣滅自己威風，當然要說女王比較厲害啊。」

我覺得你直接說不知道還比這樣補充好。這樣一補充，反而像是說女王比較弱，但為了女王的面子我們不能說一樣……

「一口氣說這麼多話，嘴巴真累。范統，你第一次看到東方城所有大人物一起現身，真的沒有半點感動啊？以前帶的新人都會興奮到抓著我說一堆的……」

所以你偶爾換換口味也不錯不是嗎？而且我也沒看到所有人啊，暉侍大人失蹤了，違侍大人又沒出現。

珞侍殺過我一次，綾侍大人教唆殺人一次，音侍大人騎魔獸踩死過我一次，算起來只有女王沒害死過我了，你是要我怎麼感動啦？不過你也不知道這些事情……

因為兩個人的食盒也差不多吃完了，米重又碎碎唸了幾句就放范統離開了，據說他等一下還有別的打工要做，人生真是充實。

到底平時有沒有去學苑上課啊？不會就是因為打工打太凶才一直無法晉升到下個階級的吧？

本末倒置的生活是不對的，米重。

范統回到宿舍的時候，月退和硃砂都在房間裡，看到他回來，兩個人也打了聲招呼，邀他一起來吃街上領到的點心。

原來街上還有發點心，看來的確是普天同慶的節日啊。

「范統，活動都結束好久了，你怎麼現在才回來？太陽都要下山了呢。」

月退盯著他好奇地問，范統也照實回答了。

「我們清理現場，還留下來聽米重說了一下五年後戰爭的事。」

「五年後？」

砯砂耳朵很尖，立即挑眉質疑。

「五年前……」

這次沒說錯了。

「五年前的戰爭？怎麼樣？」

「嗯，米重說落月少帝是個很恐怖的人，那場戰爭他一個人殺了三百萬人。」

喂，該死的詛咒不要讓我變成謠言散播者啊！三十萬就夠誇張了還三百萬！

「三百萬？」

砯砂從鼻子裡哼出氣來，明顯不信。這就叫做嗤之以鼻嗎？

「有……有那麼多嗎？沒有那麼多吧？」

月退的臉色有點蒼白。該不會還真的相信了吧？

「是三萬……」

還是錯的啊，可惡。

「你解釋一下消失的兩百九十七萬人上哪去了好嗎？」

硃砂看向他的眼神是越來越不齒了，真糟糕。

「范統，到底是多少啊？」

月退的表情帶著問號，整個被搞混了。

「唔、唔……吃點心啦。」

多說多錯，少說少錯，不說沒錯。

什麼都不要說，嘴巴是用來吃東西的，明天乖乖上學就對了啦——

❀

長假結束，開學的第一天，又是武術軒的課。

范統覺得乾脆裝病不去算了，不，索性直接惡意翹課，或者直接決定不修武術也不錯，沒事去看機車老師的臉色找罪受啊？

可是月退要去上課，硃砂則很鄙視他這種逃避上課的心態。

「范統，你就試試看嘛？武術你連試都還沒試過，不是嗎？」

月退溫言勸著他。

不用試我就知道了啦……

自己哪方面沒有天賦，當然是自己最清楚啊……

「膽小鬼。懦夫。」

硃砂根本不勸他，只是在旁邊罵人。就范統來說，他會覺得這罵得太凶狠了點。

「范統，你真的不去嗎？」

「我去。」

結果又是這張嘴出賣了他。他總不能說要去了，卻又還是不去吧。

宿舍距離學苑，比之前的臨時住所近。所以他們不必那麼早出發，硃砂還去領了早餐回來吃，他堅持要吃三餐這點，范統跟月退實在很敬佩，他們寧可不健康也不要每天吃三次公家糧食。

時間差不多後，三個人就一起出門上學了。雖然是一起上學，但硃砂跟他們去的教室不一樣，所以他們在武術軒門口分別，然後前往各自的教室。

今天先上的課是武術課本課。因為有新生的關係，偏心老師又從七十四頁開始教起了。

「目前矽櫻女王持有的武器——月牙刃希克艾斯，和落月少帝恩格萊爾的四弦劍天羅炎齊名，都可謂為神器，與武器一同從以前傳下來的，是屬於東方城的玄青千幻華和屬於落月的月袍愛菲羅爾。在武器與護軀的加持下，繼承了它們的王都擁有非常強大的戰力，我們東方城矽櫻女王佩帶的就是純黑色流蘇，是實力最高的階級，戰甲與武器傍身的情況下，理當無人能敵……」

偏心老師，這一段我都會背了啦。月牙刃希克艾斯，四弦劍天羅炎，玄青千幻華，月袍愛菲羅爾，我都記得清清楚楚了……

怪不得這堂課那麼多人打瞌睡，一直聽同樣的內容，誰不膩啊。

「今天去了解一下升級的方法好了？」

月退在旁邊跟他說著悄悄話。

「嗯。」

范統朝他點頭。提升階級是很重要的，儘管他目前可能沒辦法，但月退應該沒問題吧。

「那邊那個叫做范統的同學不要講話，想罰站嗎？」

偏心老師又表露出了他的偏心。明明月退也有講話，而且月退講了一句，他才講一個字，偏心老師就偏偏只罵他。

唉，月退你趕快把東方城的文字學好，這樣我們就可以上課傳紙條了。

武術實戰課沒有發生什麼特別的事。其實是機車老師說他們沒有武器，不讓他們上課，等他們找到自己想用的武器再說。

范統覺得這也算是一種排擠跟歧視。為什麼得自己先去找武器啊？連自己適合什麼樣的武器都不曉得不是嗎？他難道不打算帶他們認識一下各種武器的差異性，再讓他們選？而且武器去哪弄，東方城不提供嗎？沒有錢怎麼入手——

錢現在已經成為范統考慮的第一要件，也成了范統生活的核心……總之沒有錢萬萬不能，這句話是非常有道理的，雖然他也覺得有把武器比較好啦……

機車老師還跟他們說「武器種類差異性是理論課上的，實戰課不負責教這個」，理論課就是偏心老師上的課本課吧，問題是他一直重複教天羅炎希克艾斯千幻華跟愛菲羅爾啊！我什麼時候才能聽到普通的、正常的武器？

「范統，你會想拿什麼樣的武器？」

在兩人一起前往負責單位詢問升級事宜的路上，月退這麼問他。

「噢，這個……」

坦白說，他還真沒想過這個問題。

畢竟他原本的世界裡，不是每個人都需要攜帶武器的嘛，只有一些特殊職業才會帶著武器，還不能隨便使用，像他這種平民老百姓，根本是處於安居樂業被保護的立場。

而且，在他原本的世界，可以選擇的武器也很單純啊……

「月退你呢？我還沒想到。」

「我嗎？我想……普通的刀子就可以了吧，有點鋒利就行了，什麼都可以。」

范統對月退的回答感到不解。

「為什麼？聽說這個世界的武器不會說話，不會說話的武器比較好不是嗎？」

在說錯話的同時，范統也想到，月退好像沒有補齊東方城的相關知識，所以搞不好他不知道這個世界的武器會說話。

「呃？應該是會說話的武器比較好喔。不會說話的大多是生活器具或者做失敗的劣質武器，我拿這類的就可以了。」

原來月退知道，也分得很清楚嘛，那究竟是為什麼啊？對實力太有信心？還是他也考量了金錢因素？會說話的武器當然一定比較貴沒錯。

「到底為什麼？」

范統的追問讓月退又苦惱了。

「也沒什麼特別的原因……反正就是這樣。」

你怪怪的，月退。

他們在登記入學的地方問到了白色流蘇提升階級的方式，第一種當然是挑戰比自己階級高的人成功，這種月退已經說不考慮了，所以他們要進行的就是第二種。

出了東方城後，往西南邊走，會到達資源一區，那塊區域出沒的生物大多不具攻擊性，或者攻擊力較差。

從裡面一種叫做「陸雞」的生物身上，可以取得質感不錯的羽毛，這種羽毛可以用的地方很多，包含衣服枕頭棉被等，白色流蘇的人只要拿來三百根羽毛，就可以升級為淺綠色流蘇。

羽毛入手的方式，東方城不管，去偷去搶別人的也可以，如果有錢，去買些枕頭棉被拆了拿來交都行，反正實力不夠，升級了被低階的人要求對決，輸了也是你家的事，要是不小心又掉回白色流蘇，反正再去拿三百根羽毛來交就是了。

不同階級也有不同的責任和課程，雖然淺綠色流蘇跟白色流蘇的課程差不多，不過會有一些額外的「作業」。

聽說綠色階級要升級，都是去資源一區弄東西來交，到藍色階級才會有所不同的樣子。

「范統，太好了，那弄來六百根的話，你也可以升級成淺綠色流蘇了耶。」

月退很為他高興的樣子，范統則是不知道該不該高興。

天知道這羽毛好不好搞？搞不好三百根就已經是地獄了，而且難道都拜託月退幫他收集嗎？這也太不好意思了吧？

唉，那個「陸雞」不曉得長什麼樣子，危險性高不高，如果只是單純抓一隻來拔拔毛，搞不好他可以自己做……

硃砂已經是淺綠色流蘇了，其實可以問他嘛，他一定去拔過三百根雞毛的啊。

「不曉得。」

「咦？」

結果問硃砂卻得到了意料之外的答案。

附帶一提，下午都是范統一點才能也沒有的術法課，連續兩堂，范統只能在旁邊乾瞪眼，月退則又學會了不少新花招。

「我聽到要拔三百根毛，覺得太麻煩了，就找了一個淺綠色流蘇的傢伙拖進暗巷裡面，把他打敗了。」

……

為什麼要拖進暗巷裡面……

「耶？這樣的話，要怎麼記錄啊？」

月退有點吃驚地詢問。如果沒有人看到的話，要如何佐證呢？

「所謂的對決，提出決鬥的那方取得勝利的重點在於將自己的流蘇交給對方後，在對方還沒將你打昏或打死之前，將對方打昏、打死，或是搶到對方的流蘇。成功或失敗會記錄在流蘇裡面，成功的話可以直接拿著流蘇去相關單位晉級，而被挑戰之後打輸的那方，等到要發薪俸的那天，自然會有人根據資料判定去回收他的流蘇，發予他低一小階的流蘇。」

嗯，所以無法偷襲。到底是哪個倒楣鬼被你打回白色流蘇了……

「這樣啊……」

月退乾笑了一下，其實他並不想對決鬥相關規定了解得這麼清楚。

「你們打算什麼時候去拔毛？」

「明天吧，明天學苑只有上午有開。」

所有的學生明天都只有上午的課。這種日子一個月大概會有四次，另外，每上六天課也會放假一天就是了，用七天一週的記法來記，還挺方便的。

「那我跟你們一起去吧，淺綠色流蘇要提升成草綠色流蘇，好像是要雞皮的樣子，剛好可以一起做。」

雞皮？

雞皮——？

可以請教一下，要剝幾張嗎……雞皮這種東西，要剝還得有手藝吧……

「硃砂，雞皮要幾張才夠啊？」

月退果然也想問這個問題。

「一百張的樣子。」

嗯，很好，比雞毛少。不不不，等等，一點也不好，一隻雞有多少毛啊？但就只有一張皮啊！

雞毛可能可以不殺雞，雞皮怎麼可能不殺雞呢！也就是說，要殺一百隻雞嗎！

我這輩子還沒有殺害過小動物啊！雖然沒有人叫我殺，但是我這輩子也還沒有看小動物被殺過啊！

「那就明天一起去吧。」

月退對硃砂露出微笑。月退你不要上當啊！本來不用殺雞，跟他一起去就得殺雞了——

「范統，你的表情又怪怪的了，不舒服嗎？」

我確實是覺得很不舒服。對了，你們這些人想怎麼殺雞？你們手上好像都沒武器吧？空手殺雞嗎？你們要把雞掐死嗎？扭斷雞的脖子？打爆雞的腦袋？

「范統，你的臉色越來越難看了，要不要去休息一下……？」

月退真是關心他。可是這實在不是感動的時候。不是感動的時候啊——

❀

出發！前往資源一區剝皮拔毛！

照理說是要很熱血地喊出這樣的口號前進才對，但是想到在「剝皮拔毛」前面還有殺雞兩個字，范統就熱血不起來，甚至還有點想叫救命。

「范統，我們去跟硃砂會合吧。」

兩堂心不在焉的符咒課過去後，月退整理完上課用具，便這麼對他說。

我可以不要去嗎——

即使內心抗拒，范統還是被月退帶著走了，要出城門的時候還遇到了米重，雙方友善地互相打了招呼。

「哦？你們要去資源一區啊？拔雞毛升級？」

「嗯，我們室友還要剝雞皮。」

月退笑著這麼回答。

范統則是在看著米重時忽然想到一件事。

「米重你一直升不了草綠色，該不會是因為殺雞有困難……」

「才不是呢。」

米重的表情變得很可怕。

「雞皮一張就可以賣一串錢了啊！我就算剝了，怎麼可能捨得拿去交！在交雞毛的時候我就已經很心痛了，三百根雞毛也價值一百串錢的！」

我覺得你提升一下階級好讓每個月可以領的錢變多比較實際，真的。

「是嗎，那我們自己去了……」

「加油吧，你們要拔到雞毛可能不太容易。」

米重要走時意味深長地說了這麼一句，他們一直到出了城門跟硃砂會合，一起前往資源一區後，才了解這句話的意思。

硃砂帶來了陸雞的圖片，長得很醜——不過這不是重點。活動遲緩——這也不是重點。實際看到的時候，發現牠體積比人還大——這依然不是重點。

整隻雞只有頭上有一根毛，這雖然代表必須殺六百隻雞，更加深了范統內心的罪孽陰影，但仍舊不是重點。

重點是大家都是今天下午沒課，所以資源一區人實在有夠多的。而且這些惡質的同學，還會故意搶走他們要打的雞，不讓他們有殺雞的機會。

這種行為明顯是針對月退，也就是所謂東方城人民排擠西方臉孔的舉動。

「他們真是太過分了！」

當他們在資源一區待了整整兩小時收穫卻還是零時，硃砂的怒氣已經到達頂點了。

這個時候硃砂找到的另一隻陸雞又在幾聲咕咕聲中被幾個傢伙連手嘻嘻哈哈地快速殺掉，然後拔毛剝皮。升草綠色流蘇要的皮只有頭頂連著毛的那一塊，很簡單就可以割下來。

只要頭頂那一塊也比較合理，范統無法想像一個人背著一百張從比自己還大的雞身上剝下來的皮，可是這卻造成了那些傢伙搶雞皮雞毛的方便，輕輕一刀就讓他們什麼都得不到了。

「你們這樣欺負新生算什麼！」

嗯，更令人感到憤怒的就是，這些人不是來拿晉升階級的物品的，因為他們幾乎都拿著藍色流蘇了，甚至還有拿紅色流蘇的人也加入這種行列，只是不多。

「西方人有什麼資格想升級？」

「一輩子拿白色流蘇就好啦，跟西方人為伍的人也有罪，活該！」

就算罵他們也只會得到這種氣死人的話，到了後來，月退都想放棄了。

「算了吧，硃砂，你自己去殺雞，別跟我一起，說不定還好一點。」

他沒叫范統自己去殺，是因為范統沒能力自己殺這麼大的一隻雞，大概也沒辦法在不殺雞的情況下拔到毛。

「不要，是他們太過分，又不是你的問題。」

硃砂不接受這個提議，月退則嘆了口氣。

「難道逼我去提出決鬥，用對決來升級會比較好嗎？」

對喔，月退也未必打不過他們啊。

「很糟糕，怎麼不做？」

糟糕的是這句話才對。

「既然是在東方城，我想我還是應該盡量以使用東方城學到的東西為主才對……」

你這麼循規蹈矩又是何必……作弊一下，人家又未必抓得到……

「你們這樣欺負女生不覺得可恥嗎！」

咦？我們哪有欺負女生？

范統的腦袋轉太快，導致把聽來的話也代入了自己腦中，然後他才發現這不是對他說的，而且這聲音好像在哪裡聽過，在他東張西望搜尋目標時，對方也發現他們了。

「啊！」

正對搶走陸雞的人生氣怒罵的女生是璧柔，四四八房另外兩個可愛女生也跟她在一起。

「范統、月退、硃砂，你們也來殺雞？」

我只是要拔雞毛而已。

剛剛到現在其實也看過很多次殺雞畫面了，范統證實了一回生二回熟三回根本沒什麼這個道理，還沒看之前很害怕，看多了以後就覺得沒什麼了，這不知道算不算是好事，不過死亡這回事，無論再多次都不會變成沒什麼的，因為一次一百串錢……

「對，妳們也遇到一樣的狀況？」

硃砂氣憤不平地問著，璧柔也點點頭。跟著她一起來的兩個可愛女孩看起來都快要哭了。

「這些人真是人渣！妨礙人家殺雞有什麼樂趣，這樣排擠西方人，真是心理變態！」

「……不然我們一起行動，再試試看吧？」

月退提出了這個建議，璧柔也同意了，畢竟六個人總比三個人三個人這樣分散行動來得強，只要他們動作夠快，還是有殺雞剝皮拔毛的機會。

可是……

范統數了一下人數，一面在心裡不舒服地運算。

這樣算起來，他們要每個人都拿到足夠的毛跟皮的話，要拔一千兩百根毛，剝兩百張皮。

……

剝兩百張皮是還好啦，那個一千兩百根毛……是怎麼回事……

要叫他們在這種惡劣的競爭環境下殺一千兩百隻雞，會不會太勉強了？應該辦不到吧？

如果沒殺到這個數目的話，等一下要怎麼分？殺了十二隻，就一人分三根毛回去嗎？要是真殺到一千兩百隻，他們甚至都有足夠的皮可以直接變成草綠色階級了……

這當中好像只有范統一個人很現實地在計算並斤斤計較這些事情，途中，他們又被別人搶了一次雞。

那些作亂分子根本是盯上他們了，想要好好殺雞根本不可能。

「身為擁有紅色流蘇跟藍色流蘇的新生居民，一直妨礙白色流蘇和淺綠色流蘇的學生，你們要不要臉啊！」

做這種無恥過分行徑的人有男有女，對於璧柔的怒斥，他們完全不當一回事。

「妳有本事就叫厲害的人來幫妳啊，哈哈哈哈——」

「不過妳難道還會認識什麼厲害的人嗎？西方人想結交高手根本是作夢！大家都覺得你們很礙眼！」

這樣直接且惡意的話語，聽了當然讓人很不愉快，璧柔瞪著他們氣得發抖，似乎有點抓狂的跡象，范統本來以為她不是忍下去就是衝過去開打，但她的反應卻不是這兩種中的一種。

「叫厲害的人來幫忙是嗎？好！」

璧柔乾脆地從懷中拿出一個器具，是一個圓形徽章的模樣，上面有幾個按鈕。范統不知道那是什麼，轉向其他人詢問後，得到的答覆是「符咒通訊器」。

哦——所以，符咒學學到這個之後，就可以用之前拿到的聯絡方法跟人聯絡了嗎？

不對，該不會這也要錢吧？

「妳就叫人來看看啊，看妳能找到幾個人？看妳找來的人能多厲害？」

掛著粉紅色流蘇的可憎少女甲笑得很囂張，完全沒有阻止璧柔使用符咒通訊器的意思，他們那幫人根本就是等著看戲，絲毫不覺得眼前這些實力不足的新生會有什麼人脈能壓過他們。

只見璧柔在符咒通訊器上按了幾下，沒過幾秒似乎是聯絡上人了，她立刻用非常聳動的哭腔開了口。

「我被人欺負了——」

然後就是一段大哭。一段大哭……的聲音。

好逼真！怎麼辦到的？

「沒什麼。真的沒什麼，沒關係，我再自己努力看看。你要來嗎？可是我怕這樣麻煩到你……我沒有哭，嗯，我只是很想見你而已，我覺得好難過……」

哇，這就叫做欲擒故縱嗎？高手啊！而且妳是真的沒有哭啊！

「可是我們才認識沒多久……這樣真的沒關係嗎？你太謙虛了，有你在什麼都能搞定的，啊，我在資源一區，在這裡等你嗎？可是資源一區很大，你要怎麼找我……咦，忽然說這麼讓人害羞的話——」

璧柔說到一半忽然手捧著臉頰，身邊散發著粉紅色的氣息……嗯，還是不要知道她聽到了什麼比較好吧。

「好，我知道了，不用太趕沒關係，無論多久我都會等你的。」

她終於說完了，這時月退和硃砂都有點傻掉了，可愛女孩甲乙則是見怪不怪，畢竟她們也當了好一陣子的室友，大概對她已經有幾分了解了吧？

看璧柔結束了通訊，搶雞陣營那邊一個肉餅臉男生以不屑的口氣開口嘲諷。

「妳居然只找一個人？找人來送死嗎？反正會來的人根本也是被妳的美色所迷吧？」

你承認她美啊，所以你一再妨礙人家根本就是想吸引人家的注意吧？不，因為你根本沒希望，所以才做出這麼扭曲的行為吧？

「要你管！反正有人會來幫我就對了，你們等一下就不要哭出來！」

璧柔朝他們做了個鬼臉，態度跟剛才找人求助時真是判若兩人……噢，不要太在意女生的各種面貌，對自己的健康比較好。

在璧柔結束通訊後，范統就好奇地看向四周有誰朝他們走過來的，因為他也很想知道璧柔找來幫忙的究竟是什麼人，以璧柔來到東方城的時間，應該主要接觸的都是白色流蘇跟淺綠色流蘇的同學啊。

根據對話判斷，對方應該是男的，所以范統四處張望時，看見男人也會多看兩眼，不過，這裡已經是資源一區的中間了，就算從東方城直接過來，至少也得花上三十分鐘吧？況且還得找到他們呢。

「璧柔，來幫忙的人可靠嗎？」

可愛女生甲小小聲地問她。

「可靠啦，他就算只來一隻手也夠了。」

……這畫面想像起來還真血腥。要是真的來了一隻手怎麼辦？大家會嚇跑吧？

附近一些一樣來資源一區收集雞毛雞皮的同學，大概也看到了這裡的狀況，無論是純粹好奇還是抱持看好戲的壞心，總之有不少人都在四周逗留不走，想看事情會怎麼發展。

來的人到底會是什麼樣的人呢？

在范統還在想這個問題時，異變突生。

就在璧柔的面前不遠處，地上忽然憑空出現一個圓形法陣，接著法陣上的咒文依序亮過了一圈，璧柔漂亮的臉上頓時露出了喜悅的光采，周圍旁邊的人則是驚愕，因為那個法陣的光芒消失後，一名男子便出現在法陣上頭。

如果說看見法陣時是驚愕，看清男子身影時，就是驚駭到想尖叫了。

「小柔，我來了，怎麼回事？妳沒受傷吧？」

動聽悅耳的聲音，飄揚的黑髮，與那輕而易舉就能令女人心醉的俊美外型……

璧柔很高興地朝他撲過去。

「呀！你來了！」

所有人看了看這絕非幻影的人，看了看親熱地呼喚他的璧柔，再看了看那給人一種非現實感，掛在這人身上的純黑色流蘇……

來的人居然是身為術法軒掌院，東方城五侍之一的音侍。

（待續）

✣ 自述——璧柔

當我的名字依然是「月璧柔」，而我依然身在西方城時，我從來沒有想過，有一天我會踏上夜止的土地，而且，不是以敵人的身分。

西方城算是我的故鄉，如果沒有意外的話，我也是會一直待在那裡的，畢竟我已經在那裡住了很久很久，認識了很多人，儘管未必交情好。

我還在那裡的時候，在外活動使用的名字是月璧柔，這是我自己給自己取的名字，我喜歡夜止的風格。我的生活算很自由，沒什麼人管我。只是很多事情都沒有新鮮感了，只有新的活動才能吸引我的注意力，所以在西方城派出精英部隊到沉月通道跟夜止的人搶新生居民時，我偶爾也會跟著去，當作玩玩。

因為我不喜歡出名導致走在路上被指指點點，只要是從事公開的活動，像是搶人這種事，我都會戴面具。這樣平時我想在路上散個步，唱個歌，也不會有人湊上來要簽名，頂多是因為發現美女而多看我一眼。

夜止派來搶新生居民的領隊，每一次都不一樣，但我不是每一次都會去，所以我直到某一天，才第一次看到他。

在那群黑髮的夜止居民中，那個人十分顯眼。我從來沒看過那麼帥的男人，仔細想想，說不定是西方城男人看多了，東方面孔反而有種新鮮感吧？但是無論如何這無法改變他是個帥哥的事實，黑色的長髮看起來保養得很好，帶著微笑的臉孔迷人得讓我心跳加速，而且我發現他身上掛的是純黑色流蘇，一個又帥又強的男人……那個時候，我看著他發呆的時間，可能真的很久吧，直到開打了我都沒回神過來。

我回神過來時，他的眼神剛好跟我對上，而我下意識看著他傻笑。可惜我戴著面具，不能用真實面貌笑給他看，不過，他似乎覺得很有趣，從他的指間不知道散發出了什麼作用的光芒，他一下子閃身到我面前不遠處，那雙眼睛也直直看著我。

西方城的同伴們似乎以為他要傷害我，連忙擋到我面前，但他手一擺就將他們都掃開了，然後他微笑著看著我開口，距離跟現場吵雜的關係，聽不清楚聲音，可是我看得懂他的唇語。

『名字？』

他問的是這個問題。他說的是西方城的話語，這讓我有點驚喜，在我覺得他連唇都很迷人的時候，我當然也不忘回答他的問題。

『月璧柔。』

他笑了笑，朝我拋了個飛吻，然後又重回那邊的戰局中，繼續與他的同伴逼退我們的人。

那一次當然是搶輸了——從頭到尾我都顧著看他，完全沒出手幫忙，這樣好像有點吃裡扒外的背叛嫌疑，不過大家都沒對我說重話，只是忿忿不平地說對方的男人居然公然調戲我……

其實我覺得還挺開心的，可惜我忘記問一下他的名字，明明他懂得西方城的話的。

接下來好幾天我都想著他。為了希望有多一點的見面機會，之後我對跟著去搶人都挺積極的，只是他好像不常來，害我有點失望，不過還是讓我碰到了幾次，他看到我也很高興的樣子，會做手勢向我打招呼拋媚眼，或是對著我吹口哨，後來幾次他甚至也不打了，見到我就直接跟我在一旁隔著一段距離比手畫腳，直到該撤離了，夜止的人拖著他進入撤離法陣，他才依依不捨地跟我揮手再見，不知道他們那邊的人有什麼想法，不過他好像是地位很高的人，應該也不會怎麼樣吧？

我覺得我好像戀愛了，原本我以為這種情感應該是與我無緣的，可是夜止的男人那麼多，我為什麼就只覺得他帥？雖然他的確是特別帥啦，帥到第一次見面就讓我一見鍾情了。

有些人對於我搖擺的心情很不以為然，他們說他本來就很奇怪，過去看到他感興趣的人也會亂打招呼，我不是唯一一個，他根本只是來鬧的。

就算這樣也沒關係，至少他看起來很友善，而且我因為他這些舉動而心情很好。

所以，在後來發生了一些事，讓我失去繼續留在西方城的理由後，我才會想去夜止見他。戰鬥中相見根本不能聊天也不能好好做點什麼，而且每次都一下子就得走了，實在是很空虛啊。

我幾乎是沒經過多少考慮，很輕率地就做了這個決定——為了他，到夜止去。前往夜止並不困難，困難的是如何混進夜止，如何找到他這個人，畢竟我連他的名字都不知道。

我想在外表上，被一眼發現是西方城的人，應該不至於。在搶人的過程中，夜止也搶過一些西方的新生居民，我只要假扮成新生居民就可以了，恰好他們也都沒看過我面具下的臉，不怕被誰戳破，比較麻煩的是，夜止應該跟西方城一樣，會在新生居民身上標下印記，印記是可以彼此感應的，我沒有印記，長相又不可能是東方城的原生居民，這樣很容易就會被懷疑的。

我知道潛入夜止很困難，但我想見他，真的很想見他。

偽造個暫時的印記，對我來說還是可以做到的事情，我抓了一個夜止的新生居民，就用魔法完成了模擬他身上印記的手續，在跟他問了一些夜止的事情後，我決定稍微動一下他的記憶，讓他帶我進夜止，把我安頓好，為了多接觸人群找人，我也跟著去夜止的學苑上學，但是看來看去都沒有他的身影。

武術實戰課的老師很邪惡，居然要新生都死個一次，我不是新生居民，沒有重生的能力，自然不可能乖乖給他們殺，可是這也還算好解決，在我聽完老師的解釋後，我立即面露驚恐，抱住老師的手臂狠狠地哭出來，用我自認最甜美的聲音嬌聲哀求，沒多久老師就咳了一聲，要大家別輕舉妄動，殺美女很罪過，還是好好上課就好。

夜止的一切，對我來說都很新奇，可是在還沒找到他的情況下，這一切實在吸引不了我。

模擬出來的印記沒辦法維持太久，要是遇到眼光比較銳利的人，也可能被看穿，我不知道我該給自己定一個日期，時間到就離開，還是固執地不顧風險，待到找到他為止，後來我選擇了後者，來都來了，再怎麼樣，也要跟他說說話才不白費這些日子的心血啊。

而我終於看到他時，是在沉月節。

跟著室友出來看熱鬧的我，一瞬間就看到了坐在車隊上的他。看起來還是那麼帥，那麼令人陶醉，當下我就激動地抓著我室友的手詢問那是誰，然後我知道了他的名字：音侍。

東方城五侍之一，術法軒的掌院，真的是大人物。

從學苑我學到過符咒通訊器的使用方式，配合上一點魔法作弊，只要有名字，我就可以跟他聯絡。這實在讓人很心動，即使我無法推測他會是什麼態度，也不知道坦白告訴他我的身分後，他會不會把我當間諜抓起來，我還是在傍晚的時候謊稱有事，跑到人少的地方，跟人「借」了個符咒通訊器，抱著期待嘗試跟他通訊。

『你好，你是……？』

他的聲音在通訊器裡面響起，比我想像的還要好聽。

他在這裡說的當然是東方城的語言，而我剛來的時候，就已經用了特殊方法讓自己學會這裡的語言了，要溝通沒有問題。

『呀——終於聽到聲音了，可以交談了，好感動——』

結果我說出來的第一句話居然是這句，還挺丟臉的。

『……？有事嗎？』

他的聲音聽起來充滿了困惑，我則很興奮、但是以小心翼翼的口氣說下去。

『我是來找你的，我是……某個西方城的女魔法師。』

我不知道該怎麼介紹自己，我的身分沒有一個能說的，而他聽了以後，很快就回答了。

『我知道了。妳是……月壁柔？』

他居然一下子就喊出了我的名字。登時我心跳又加快了不少。

『嗯，不過我在這裡用的名字是壁柔。你還記得我的名字啊？』

『是啊，我最喜歡西方美女了，妳怎麼會想到東方城來玩？』

當他說他喜歡西方美女時，我覺得臉燙了起來。

『我想找你說說話。找你說一下話……然後我就回去。』

『啊，為什麼要回去？留下來嘛。』

『可是……』

『留下來嘛，我會照顧妳的，別回落月，我也很想妳啊。』

因為他希望我留下來，所以我動搖了。問題是，還是回去比較好吧？

『我身上的印記是假的，遲早會被人發現，我不能留下來的，跟你說到話就很開心了。』

其實是騙人的，我還想見面。

『印記不需要擔心，妳在哪裡？』

我頓了一下後，說出了我的所在地點，沒多久，他就出現了。

在月色之下，他是迎著光芒來的，騎的是很奇怪、沒有人會拿來當坐騎的魔獸，但是在我眼中，這樣的他卻感覺很瀟灑帥氣，我想無論他做什麼，應當都會被我的眼睛跟腦袋自動美化吧。

他看到我之後睜大了眼睛，顯然很高興。

『天啊！小柔！妳好漂亮喔！妳居然為了我到東方城來，我好榮幸！』

我覺得我的臉紅透了。他怎麼可以講出這麼令人害羞的話啊？

然後他隨手一翻，便將正確的東方城印記標到了我身上，我連他怎麼動手的都沒看清楚。

『小柔，妳要留下來嗎？我真的會照顧妳的，無論是什麼事，只要妳需要我都可以找我，我一定馬上去幫忙，妳要相信我。』

我猛點頭，只差沒說「你說什麼我都信」，因為在見面之後就想要更多了，見了面以後，我根本就不想走了。

『太好了，妳要留下了嗎？這樣以後就不寂寞了，啊，妳現在有空嗎？走，去約會。』

咦咦咦咦！約會！現在嗎！

我都想尖叫了。如果要約會的話，我還是、我還是希望可以回去打扮個三小時，弄得美美的再跟他去啊！

不過，約會？騎這魔獸嗎？

我僵了一下，他剛才騎著來的路線看起來就十分狂亂詭異了，這實在讓人不敢輕易嘗試。

雖然這樣應該可以抱他抱得很緊，可是……約會還是要浪漫一點、還是要浪漫一點啦！

『我答應了室友要回去一起吃晚餐，可能不行耶。』

『啊，這樣嗎？』

他看起來有點失望。

『那我跟妳一起回去吃？』

咦——

你是術法軒掌院耶！你要跟我一起進女生的房間吃飯？

不、不可以！帶回去萬一也迷倒了我的室友怎麼辦？

我喜歡的男人我才不要跟別人分享咧！

『啊，有人找我，等一下。』

他的符咒通訊器亮了起來，在他接通，聽了幾句話之後，臉就垮了下來。

『耶——？綾侍，你不要煩我，小柔比較重要——小柔是誰？就我的小柔啊，從今以後你也要聽她的話，叫你幫忙你也要去，我已經決定了。我不要回去——什麼？櫻生氣了？好啦好啦，我回去就是了……』

坦白說我沒有仔細聽他說什麼，只有那句「我的小柔」讓我又心臟劇烈跳動了一下，但我在他的話語中聽到兩個我有點在意的名字。

綾侍？記得是早上坐在他旁邊跟他互動不少的人，長得比我還漂亮。

櫻？是女王嗎？

他跟她們什麼關係。

『小柔，對不起，櫻找我，我得回去了，妳有事就聯絡我，好嗎？沒事也要找我聊天，一定喔。』

然後他又「啊」了一聲，說「在這裡等我一下」，接著就騎著他那頭奇怪的魔獸不知道跑哪裡去，很快的他又回來，遞給我一個品質很好的符咒通訊器以及一個淺綠色流蘇。

『那個符咒通訊器跟流蘇都不是妳的吧？這些給妳，我設定好了，我先走了。』

接著他真的是趕時間，口中唸了不知什麼咒，便整個連人帶魔獸消失，要不是手中還拿著這個符咒通訊器，我還以為這一切都是夢。

那個時候我只有兩個想法。

第一，近距離看更帥，帥到讓人快暈倒了。

第二，我的戀情有望開花結果了嗎？可是他身邊好像還有女人？

接下來的一天裡，我躲在不會被人聽到的地方跟他聊了好久的天，雖然話題十分不知所謂，我也覺得他講話十分微妙，但是沒有關係，完全沒有關係，因為我喜歡他，所以無論是奇怪的地方還是正常的地方我都喜歡，對我來說都充滿魅力。

於是我就這麼決定在夜止定居下來了。嗯——現在開始我必須把自己看作是東方城的居民，所以要喊東方城。

至於西方城要怎麼辦，以後遇到西方城的人又要怎麼辦，那個以後再說。

而既然要定居，就要好好生活，要上進，既然如此，還是應該提升自己的階級，這樣才配得上他吧？畢竟我在西方城的階級，這裡又不能用。

在和室友討論過後，她們也想一起進行升級的手續，所以我們調查了升級了方法，便決定明天中午放學後去做了。

明天，殺雞剝皮拔毛，加油！

為了升級！還有為了我的愛情！

……不過，情敵的消息，還是得打聽清楚才行。

The End

✣人物介紹（范統版）

范統：

這是我。大家也都知道了嘛，我在言語上有某種微妙的障礙。我連我確切在原來世界死掉的日期都不記得了，這樣的人生似乎結束得有點悲哀。雖然我也很想有「美麗的未婚妻在原來世界以淚洗面地等我回去」這種淒美動人狗血的背景設定，但實際上就是沒這回事，我也覺得很難過。目前我還是個拿白色流蘇的廢柴，日後也請大家多多指教。

珞侍：

嗯——美少年。東方城五侍之一。王子。雖然說我比較想結識公主，但是這樣講好像很失禮，他其實是個好孩子。但是殺過我一次。大家都說他很難親近，可是我覺得他只是臉皮太薄不自覺擺出嚴肅的樣子啦，我們目前有過兩頓飯的情誼，如果可以，我希望這個數字可以繼續增加，因為就算巴望人家請客很可恥，我還是不想吃街上發放的公家糧食……

月退：

他是我的鄰居，現在是我的室友。也是個美少年，西方類型的。陽光下猛一看還會覺得閃亮到有點刺眼……不，也不是這麼說的，只是人長得好看還是會遭到同性嫉妒而已。總的來說應該是個溫柔的好人啦，也是我的朋友，雖然他一樣拿白色流蘇，不過他可不是廢柴，跟我不一樣。據說他死得很慘的樣子，希望他可以在東方城美滿地過下去。

硃砂：

搬進學生宿舍後的室友，我們住三人房，他睡下鋪。下鋪本來是我想睡的嘎啊啊啊！他是個相貌清秀端正的少年，我認識的人好像都是少年居多。他的個性有點認真，對我來說還挺棘手的，而且他不相信我的語障，這讓我的心靈多少有點受傷。雖然好像說了一些他的壞話，但他也是個好人啦，目前他是拿淺綠色流蘇。

璧柔：

四四八房的西方美女。我承認我對美女總是會有一點心動，即使我知道她們一向與我無緣。她也是拿淺綠色流蘇，個性算開朗吧？稍微接觸後發現她很會演戲，嗯，到底該說很會演戲還是很會騙男人？反正會跟美女搭上關係的都是大人物，不管是美女厲害還是大人物腦袋有問題，那其實都不關我的事。

米重：

來到東方城之後負責為我介紹一切知識的導覽員。不過我不是來旅行的，叫導覽員可能比較正確。我對這個人的印象不是很好啦，有點賊賊的，很現實還會裝熟，然後也會講風涼話，以我那個世界的名詞來說，他這種人就是已經變成老油條的老鳥吧？然後我就是菜鳥，就是這樣沒錯。他也是拿淺綠色流蘇，據說背負了龐大的債務。

綾侍：

東方城五侍之一，符咒軒掌院，負責處理東方城居民的記憶，灰黑色流蘇的強者。我被這人害死過一次。這人好像是東方城的萬民偶像，眾多男子的夢中情人，可是人不能只看外表吧？我覺得這人的心肝應該是黑的，不然就是沒有心肝，這不是記恨，這是直覺，唉，說了這些話我搞不好會變成男性公敵，可是我還是這麼認為就對了。

音侍：

東方城五侍之一，術法軒掌院，坦白說我不太清楚他是負責什麼的，負責耍帥？其實嚴格來說是耍白痴……為什麼這麼說，你之後就會知道了。人長得很帥是很帥啦，但知道了他的真實性情後少女們都會理想幻滅吧？難道腦殘才能成為高官嗎？我覺得一陣心寒。然後他拿的居然是最高階級的純黑色流蘇，這有沒有天理啊！腦袋跟實力是成反比的嗎？

違侍：

東方城五侍之一，武術軒代掌院。到現在我還沒見過這個人啦，也不知道怎麼跟你們介紹。米重說他是壞人，那他就是壞人吧，反正聽說他壓榨新生居民，也就是說他會壓榨我，這樣的人當然不是好人，不認識就算了。

暉侍：

東方城五侍之一，武術軒掌院。這個人消失兩年了，珞侍因此很傷心的樣子。據說他是女王的義子，人又帥又強又好。我知道他帥是因為大家都說月退跟他長得有點像，既然如此他當然是帥的。聽說他消失的時候已經是淺黑色流蘇了，人到底哪裡去了呢？

矽櫻：

東方城女王。遠看我只知道是個冷豔的美女啦，沒跟她說過話也不太清楚她的事情，不過她也拿純黑色流蘇，應該很強吧？應該比音侍大人強吧？如果說音侍大人是最強的，我實在不太能接受……

恩格萊爾：

西方城少帝。這個人我只有聽過傳聞，連他長什麼樣子都不知道，既然叫做少帝，年紀鐵定很輕，聽說他五年前就擁有西方城的最高階級金線三紋了，還有一夕屠盡東方城三十萬士兵的輝煌……咳！殘忍紀錄。我想可以做得到這種事的人一定很冷血吧，西方城被這種人統治，不知道是幸還是不幸呢？

武器

范統的事前記述

我想還是稍微整理一下目前為止發生過的事情好了，我知道大家都很健忘，我也是。

我叫范統，嗯——至少這件事應該很不容易忘記，這就是我名字的優點。我因為不明原因死了，來到這個名為幻世的世界，目前的身分是東方城的新生居民。來到這裡以後我大放異彩，一鳴驚人，由於天資優異，實力一日千里，家家愛戴，人人敬佩，萬千少女芳心暗許，可說是東方城近年來最受矚目的風雲人物，前程不可限量，魅力無人能及……好吧，我知道沒有人會相信。事實上我自己也不相信。我只是想自爽一下嘛，礙到誰了嗎？人人都有成為偉大人物的夢想，人因夢想而偉大，有必要一直用那刺眼的白色流蘇來提醒我現實的悲慘嗎？

重新來一次吧，我是范統，來到這個世界後才知道自己已經死了，我被術法軒判定沒有才能，跟武術軒磁場不合，只有符咒軒讓我覺得有可能發展我的長才。黑紫紅藍綠白，目前我拿的是最低階級，代表無用人口的跟沒有薪水的白色流蘇，到現在為止我已經在這個世界死了五次，負債一百九十五串錢，交到的第一個好朋友叫月退，我們一起住在學生宿舍四四四號房，還有一個室友叫硃砂。

此外另有一個重點，我目前單身，徵女友中，條件不多，只要溫柔體貼善解人意能忍受我說不出什麼正常話的嘴，我們就可以締結良緣，我很有誠意的。

我現在在做什麼呢？跟幾個同伴在資源一區和人搶著殺雞。為什麼要殺雞呢？因為我們需要牠身上那點雞毛蒜皮。別糾正我的成語，這是幽默感、幽默感，范統式的幽默感！

根據我精密的計算，我們如果每個人都要完成這個偉大的殺雞任務，得殺一千兩百隻雞。而我們的完成進度連一千兩百分之一都不到，因為一隻都還沒殺，沒有分子只有分母，這狀況很不妙。

而我們的同伴中，名叫璧柔的美女，決定挺身對付欺負我們不給我們殺雞的惡勢力，於是她……叫了幫手來代打。雖然看起來她不打算自己上，但叫來了幫手，也還可以接受啦……只是來的這個人，就各方面來說，也太離奇了點吧？

坦白說這個人肯用術法挪移過來，我實在是感謝老天，畢竟被人騎著魔獸輾過撞死的經驗，我並不想有第二次。

騎術不好就別亂來！馴獸不佳就別帶出來現！要是他真的騎魔獸來，依照這裡每個人的運勢正負值，我敢說被撞死的人一定還是我，所以這種暴行是一定要阻止的。

好了，高手都來了，我們的殺雞大業是不是有望了呢？

✣ 章之一 老闆，這裡的雞我們全包了

『殺雞焉用牛刀……』——范統
『啊，不是呀，我用的是水果刀啊。』——音侍

原本儼然已經變成殺雞吵架起衝突之地的資源一區，在音侍出現在主要衝突爆發點後，氣氛整個就轉變了。

其實原本的狀況應該算是即將爆發衝突，而由於出現的是音侍，這也等於宣告了衝突不可能發生，除非真有人不識相到這種地步。

范統第一次見到音侍是在城門外面，但嚴格來說那不算見到，因為他看都沒看到人就死了。第二次見到音侍是在沉月節，那個時候遠看只覺得很帥加上有點奇怪，現在是第三次看到，這樣近距離看起來，只能說……滿心哀怨。

陽光下的音侍帥到會讓男人覺得應該宰了他，以免他搶走所有女人的目光。有這種男人存在，范統都不知道自己該混什麼吃了，然而事實上如果他真的敢動手，是誰宰了誰恐怕很明顯——即使不說實力，命運也總是站在帥哥那邊，光看把人家生得這麼帥就知道有多偏心了。

雖然以長相好看程度而言，月退的分數也很高，可是他畢竟不是那種類型，而且還沒長

大，比較不列入敵視範圍，況且，男人不可以排擠自己的朋友，范統一向謹遵父親的教誨。

「音侍，我好想你——」

璧柔從音侍懷裡抬起頭來時，眼眶已經紅了，而且做得恰到好處，既沒有哭得太嚴重導致臉不能看，也沒有表現出想用落淚來吸引注意力的感覺，那副受了委屈的樣子宛如渾然天成，看不出是她幾秒間變出來的把戲。

這女人不簡單。千萬不能得罪她。范統在心中給璧柔標了個危險的註記。

「啊！怎麼哭了？誰欺負妳？」

音侍的手很自然地順著璧柔的頭撫著她的頭髮，因為看到她泛紅的眼眶而有點慌張。

「有人一直搶我們的雞，不讓我們收集毛皮提升階級啦——」

璧柔說著又將身子靠到了音侍身上，一副需要他安慰的樣子，但照范統看來，她似乎吃豆腐吃得很享受。

「他們認識多久了？」

硃砂很冷靜地轉頭向可愛女生甲乙詢問這個問題。

「唔？沉月節那天認識的吧，所以是……兩天？」

可愛女生甲乙正陶醉地看著音侍俊美的臉，兩個人臉頰都出現紅暈了，一面還交換著「好帥喔」、「好羨慕」之類的意見，對硃砂的問題也只心不在焉地回答。

兩……天——啊？

問問題的硃砂沒做出什麼表示，倒是范統有點心情複雜。兩天就可以打得這麼火熱？兩天就可以打得這麼火熱？

沒天理啊——

范統覺得自己到死都還打光棍的人生正在哭泣。

在眾多沒有伴侶的人面前閃光放得這麼大是對的嗎？是對的嗎？這樣是可以的嗎——

「范統……」

大概是他遭到打擊的臉色太明顯了，月退看向他的眼光又帶有擔心了。

「月退，你有沒有交過男朋友……」

「欸？」

月退的臉色變得有點難看。是男人聽了這句話臉色都該難看的。

我是說女朋友，真是抱歉。

「我……為什麼、為什麼要交男朋友啊？范統你指的到底是什麼？」

誰來幫我翻譯一下啊！或者借我個紙筆！學字學了這麼久，女朋友三個字應該看得懂了吧！不，這根本就是認字首要必須學會的幾個重要詞彙啊！

幸好硃砂沒注意他們的話題，可愛女生甲乙也沉醉在看帥哥的幸福感中還沒脫離出來，所以他的形象還不至於毀滅得太嚴重。

至於那邊那一對，根本從看到彼此開始他們的世界就已經沒有別的人了吧。啊，可能有雞，不過雞也不是人。

「啊，什麼雞？我去抓來給妳吧？」

「不用抓，殺掉然後我們剝皮拔毛就好……」

「可是我怕我打不過。」

「你一根手指就足以殺掉了啦——」

「啊，如果有妳看著，我什麼都做得到。」

「嗯嗯，音侍，我會幫你加油的！」

……

別打情罵俏了啦，殘害我的健康……

「所以，雞在哪裡？帶我去找吧。」

音侍完全沒留意那些看到他之後就石化了的新生居民，似乎已經準備好要開始殺雞了。

「有啊，前面就有一隻，你看。」

在他們相好目標後，看樣子是要開始進行殺雞的行動了。可愛女生甲乙還沒從發花痴狀態中回神，月退好像也還被剛才的男朋友話題困擾著，范統的心情仍在谷底，只有硃砂一個人有進入狀況，準備跟著去殺雞的樣子。

「好，殺掉牠。」

雖然那隻陸雞跟他們還有點距離，但這次並沒有人上前去搶走。

開什麼玩笑，術法軒掌院相好的獵物，誰敢去搶啊？

「音侍大人！」

這時候圍觀的其他人裡，總算有個女生忍不住尖聲叫出來了。

「身為術法軒的掌院，直接干涉、幫助學生提升階級，這不合規矩吧！」

嫉妒就說嘛，臉孔這麼醜惡……范統在內心唸著。雖然他對於別人親親密密卿卿我我的樣子也很看不慣，但他更希望可以順利殺雞提升階級。

「你們是要提升階級？」

音侍現在才聽說，故而有點意外地看向他們。

您該不會不幫了吧？

「是啊，我們都是來收集毛跟皮準備回去提升階級的。」

「我以為是深仇大恨……那回去買枕頭拆了就好了啊？」

您英明。可是您完全沒回答到那位女同學的問題。還有誰沒事會跟雞有深仇大恨啊？

「我要殺雞！」

璧柔似是因為被搶太多次，對陸雞已經有怨念了，所以並不贊同買枕頭來拆這個方法。

小姐，妳幫個忙，讓大家輕鬆點吧……

「好，我們去殺雞，走。」

先生你耳根子也太軟了吧！再堅持一下啊！你知道要殺的雞是一千兩百隻這個數目嗎？你

根本沒算吧！還是你決定幫你們家小柔湊足她需要的部分就好了啊！

「音侍大人……」

那名女學生還不死心，音侍則用一種無所謂的態度回答了她一句當作交代。

「術法軒有掌院不能幫學生提升階級的規定嗎？那從今天起改掉了，我說了算。」

「怎麼可以這樣——」

「啊，好囉唆，我是掌院還是妳是掌院？」

音侍抱怨了一句，隨手摘下掛在身上的木色配飾，只見他也沒做什麼花俏的動作就將東西向上一拋，那木色的配飾便懸浮在半空中，向上擴散出一個虛幻的符印，在天空中十分清楚。

『音侍符禁令，範圍資源一區，從現在開始在這裡只有我能碰雞，其他人碰雞一律處分，本禁令在我離開後自動解除。好了，各位同學，這裡的雞今天跟你們沒有緣分了，快點離開去做別的事情吧。』

……啊？這是什麼？

范統不太能明白這是什麼意思，也不懂音侍到底做了什麼，現場的人大概沒有幾個是明白的，但那些礙事的學生似乎很氣憤的樣子，只不過也放棄了上前理論，便直接離去。

「音侍、音侍，剛剛那是什麼？」

所有人裡面最方便開口問的，當然是璧柔。人人都有好奇心，璧柔也不例外，尤其是看都沒看過的東西，會讓人更想打聽。

「這個？五侍每個人都有的玩具。」

期望音侍好好解釋，好像是不太可能的樣子。

「咦？那可以借我玩嗎？」

璧柔小姐，妳的好奇心已經到了有點危險的程度了。請不要做出令人困擾的事情，我覺得這東西交到妳手上十分可怕。

「啊，我也想，可是櫻會生氣。」

音侍大人，當你在拒絕你女人的要求時，竟然提及另一個女人，這怎麼看都是個大失敗。

「哼……」

璧柔果然立即露出了不甘心的神色，但是也沒無理取鬧下去。

「現場已經布署完畢了，那麼我們開始殺雞吧，小柔？」

您說什麼都好。雖然我還是希望大家一起回去買枕頭拆毛用……這個提案真的沒有可能了嗎？

❀

將要成為他們這殺雞團的第一號戰績的，就是正前方那隻眼神呆滯的雞。

這些陸雞反應遲鈍的程度，讓范統很懷疑牠們要如何在這個世界存活而不絕種。也許是繁衍太快了？不過一隻雞從生出來到長這麼大，到底要幾天？

當音侍踏著帥氣的步伐走向那隻雞時，其實所有人都很期待他會用什麼招數殺雞。是華麗誇張的術法，還是直接有效率的殺招？一個純黑色流蘇的高手，動起手來一定不同凡響吧？

當然這些——不管該說是期望也好，認定也罷的想法，都是他們的主觀認知而已，在音侍以俐落的動作從懷中掏出一把水果刀，衝上去以非常隨性的動作開始戳雞時，幾乎每個人都知道了現實與想像是有差別的，也懂得了理想幻滅的感覺。

「喝！」

他拿水果刀戳歸戳，還真是非常認真有氣勢，不知道該不該說他做得有模有樣，雖然每一次的攻擊都有效，但是都沒切中要害，而雞反啄他的攻擊他也都閃過了，到底強還是不強實在很難判斷。

當他解決一隻陸雞，已經花了十分鐘。范統深切地認為他根本不是在殺雞，而是在玩雞。

「水果刀……？」

硃砂忍不住唸了一句。終於有個正常人出聲了。

「啊，我想試試看各種武器，上次的柴刀攜帶不便，這次就改成水果刀了。」

沒有人要您解釋這個。我們想要您說明的根本不是這個啊啊啊！

身為五侍之一，身為術法軒的掌院，您難道就沒有更好的武器嗎！拿出來讓我們看看啊！

會說話的武器呢？傳說中高手基本的配備不是嗎！

「呀——音侍你的刀法好棒——！」

這裡還有個不論是非一律尖叫稱讚的女人。喂，一個成功的男人背後總有個偉大的女人，璧柔小姐妳這樣縱容他，他有可能成功嗎？

「一隻雞十分鐘，一千兩百隻雞要一萬兩千分鐘，要殺兩百個小時。」

硃砂很冷淡地補上這句話，讓范統感動莫名地發現，原來除了他以外，還是有人在計算效率的，他還以為大家都笨到沒發現這麼顯而易見殺不完的事實，沒想到硃砂還是有留意的。

不過人家畢竟是來幫忙的，硃砂你還是客氣一點吧。

「音侍，這樣會趕不及吃晚餐呢，殺快一點好不好？」

璧柔又使出了軟語相求的絕技，不過關於她提的晚餐，范統還是有點意見。

假設六點應該吃晚餐，他們現在只剩下三小時的時間了。

三小時要殺一千兩百隻雞，就是一個小時要殺四百隻雞。一個小時要殺四百隻雞，就是每分鐘至少要殺六到七隻雞，十秒要殺一隻多。

這有可能嗎？這有可能嗎？還要扣掉找雞的時間，這真的有可能嗎？還是拿純黑色流蘇的人可以化腐朽為神奇，將不可能變為可能？

如果音侍辦得到，范統就真切地認為他可以流芳百世了。雖然「殺雞第一快手」這種事情流傳百世未必是流芳的，畢竟說出去真的不是很好聽……

此外就是，明明回去也是吃公家糧食，那種晚餐有什麼必要趕回去啦……

「這位同學，我覺得我一直感受到你的視線……」

音侍這時忽然朝范統瞧了過來，似乎有點疑惑。

「我覺得你的視線中包含著不滿。我們認識嗎？」

眾人的目光頓時便通通集中到了范統身上。

璧柔的眼神十分好分辨，簡單來說就是「這麼好的男人你對他有什麼不滿？你瞎了眼嗎」，其他人的眼神就比較單純一些，只有普通的情緒表露。

「我剛來就被音侍大人您騎魔獸輾過一次。」

既然他都問了，范統索性順水推舟說出來，反正他看起來應該不是會因此而生氣的人，把話說白了也沒什麼不好。

重點是索賠啊！有沒有希望索賠啊！

「啊，死了嗎？」

音侍有點驚訝，居然也不求證時間地點，就反射性問出這個問題。

敢情是您常常騎危險獸類亂跑，這種事情已經發生過很多次了？

范統點了點頭，能用點頭搖頭代替回答的場合，只要他沒忘記，都會這麼做。

「真是抱歉，我沒有辦法給你殺一次洩憤，還是我來出重生的費用當作補償？三千串錢夠嗎？」

音侍一面說，一面從懷中拿出票券，書寫下金額，那是類似支票的東西，通常只有大量金錢交易時才會用到。

范統聽他報出的數字，則是完全傻了眼。

三千串錢！

三千串錢——！

我沒有聽錯吧？真的是三千串錢？連精神賠償費都算進去了嗎？音侍大人您是我的神啊！從今以後我就決定追隨您了！

范統欣喜若狂地正想從音侍手中接過票券，璧柔卻先一步出聲阻止。

「音侍！重生一次的軀殼費只要一百串錢啊！不要那麼浪費錢，沒有那麼貴的！」

……

那是他的錢，又不是妳的錢，妳管那麼多做什麼？都還沒嫁就這樣誰敢娶妳？擋人財路很不道德的啊！

「而且，最開始的三次重生不用錢啊，范統才剛來，那一次應該也在三次之中吧？」

啊啊啊啊！我跟妳勢不兩立！那一次的確是還不用錢沒錯，可是妳怎麼可以、怎麼可以說出來啊！

「咦？是這樣嗎？」

音侍果然是搞不清楚狀況，東方城住了這麼久，還不曉得重生費用要多少錢這麼重要的事，只能說原生居民不知民間疾苦，新生居民根本是水深火熱啊。

「那……小柔，這張給妳好了，上次忘記給妳點錢了，三千串錢夠嗎？還是我再寫一張？」

「嗯嗯，很夠了，音侍你對我真好。」

啊啊混蛋——奪人錢財不得好死啊——

眼看著本來要給自己的三千串錢就這麼轉眼間進入別人的口袋，范統內心的血淚交織是言語無法形容的。

美女什麼事都不用做就可以拿到三千串錢，他這個受害者尋求補償卻不被理會，怎麼想怎麼覺得悲憤啊。

「就算給我一百串錢也好啊……」

大概是詛咒感應到他精神的渴望，所以才讓他說出了正常的話，可惜沒有收到功效。

「最開始的三次死亡是提醒你要小心警惕，所以就不算了。」

音侍完全沒有惡意，只是陳述事實，看來討賠償是沒指望了。

即使我沒閃路被你輾斃是我沒警覺心，但你把人當街輾斃難道就一點責任也沒有嗎——

「一直跟人討錢很難看。」

硃砂捅了他一句，捅得真是又快又狠。

「范統，不然我跟你一起去工作賺錢幫忙你還債吧，反正我現在還不怎麼需要錢。」

月退拍了拍他的肩膀以示安慰，說話的聲音還是一樣溫和。

嗚嗚，月退，還是你最好了，我就知道只有你是我的好朋友……

雖然利用朋友賺錢不是一個男子漢大丈夫應該做的事，可是我爸爸也有說過「當你真正需要的時候，千萬不要為了面子拒絕」，所以我當然就心懷感激地接受你的好意了……

「你們感情真好啊，那工作加油喔。」

璧柔對他們笑了笑，笑容依舊甜美。

我不需要搶走三千串錢晉升富翁階級的女人的鼓勵啦！什麼精神上支持你，最虛偽了！

❀

錢可以不拿，雞不能不殺。雖然對范統來說，應該是顛倒過來，雞可以不殺，錢不能不拿才對，這三千串錢之恨大概會被他記很久，有負債的人總是對金錢比較敏感。

淺綠色流蘇月俸是兩串錢，草綠色流蘇則是三串錢，如果今天真的成功拿到足夠的毛跟皮提升到草綠色流蘇，他也得等上一千個月才會有三千串錢。雖說他需要的只有一百九十五串錢啦，但那三千串錢曾經在他唾手可得的地方啊！那感覺就不同了！有三千串錢可以做多少事，可以過多豪華享受的生活！

范統的身邊飄著哀怨的氣息，不過大概是精神力不夠強大，他哀怨的情緒還不足以影響整個團體。

由於大家依然沒有時間觀念地扯東扯西，范統便將注意力移到了那邊的陸雞屍體上面。基於「在我口袋裡總是讓人比較安心」的想法，范統決定自己去把雞皮跟雞毛拔下來，因為知道今天要來殺雞，他還是有帶品質不怎麼好的刀具，這還是跟人借的，他現在的財務狀況只要是要錢的東西都與他無緣。

然而，在他碰到雞準備動刀時，忽然空氣間「滋」的一聲，然後是「轟」的一聲，從范統的視覺只能看到一片強烈閃光，同時感覺到全身強烈的麻痛感，可是到底發生了什麼事情，他其實不是很清楚。

這邊發生的事情，距離這麼近，那邊的夥伴們當然全都看到了，第一個開口對他說話的人是硃砂。

「你做了什麼壞事，被天打雷劈？」

原來他是被雷給劈了。怎沒有死？沒有死是比較好啦，可是……話也不是這麼說的吧？他只不過是想確保一下皮毛的額度，如果大家沒注意就中飽私囊，這件事有糟糕到必須天打雷劈來懲戒嗎？天空中沒有烏雲耶，所以這不是偶發事件，是真的天打雷劈針對我耶？

「范統，要不要送你回去治療一下……」

月退因為看到他的慘狀而略微慌了起來，兩個可愛女生也覺得他現在這樣不太妙而點點頭，硃砂則又補了一句。

「聽說東方城的醫療資源都是只提供原生居民的，新生居民一律殺掉，用重生的比較快。」

我不回去了。我很好，謝謝你們的關心。

「啊。」

音侍忽然叫了一聲，好像想到了什麼。

「我說過除了我之外的人都不能碰雞的……」

……

所以，他是被音侍符轟的。所謂的死在自己人手中。好吧，沒有死，可是他現在的狀況也算不上很好。

音侍大人，您在發禁令的時候能不能謹慎一點啊！難道收集雞皮雞毛這種瑣碎工作，您也要一人全包嗎？

「音侍，你要幫我們剝皮拔毛？這樣好辛苦耶！改一下吧？這種事情我們做就好了呀。」

璧柔一副心疼他捨不得他太勞累的樣子。話說目前為止也才殺了一隻雞耶。

「也好，那就改一下……啊！等我一下，有人找我。」

在音侍正摸出他的配飾準備重新使用一次禁令時，他的符咒通訊器發出了閃光，於是他就先接聽了。

「我在外面。啊，什麼？我忘了。我……好吧，我知道了，我等一下就回去。」

聽起來是有急事的樣子，都說要回去了，那雞恐怕是殺不成了。

既然如此，咱們可以退而求其次去買枕頭拆吧？

「音侍，你要走了？」

璧柔露出了很失望的表情。

「小柔，對不起，我答應了今晚去沉月通道協助迎接新生居民的。」

也就是去沉月通道那裡搶人吧？這的確算得上重要的事。

「嗯……」

璧柔抿了抿唇，目光中還是流露著不捨。正常來說這種時候男人都會動搖，推掉另一件事情留下來的機率很高。

「我也好想陪妳，可是食言不去的話，櫻會生氣。」

如果不是他背後還有個可怕的女人的話。

這到底是什麼錯綜複雜的關係？有幾角啊？大房跟二房嗎？還是正室跟外遇？

「那你去吧，我們會自己努力。」

璧柔在聽到音侍口中提到女王時，眼中不太明顯地閃過一絲酸意，接著便有點賭氣地這樣回答他。

「啊，可是我會擔心。我找人來代替我幫你們好不好？再等我一下。」

說著，音侍又使用了符咒通訊器，開始聯絡別人了。

要換人代班？枕頭夢碎了嗎？

「是我。你很閒吧？來幫忙我家小柔。我得回去準備前往沉月通道啊，快來喔，啊，順便帶七個符咒通訊器來。」

不知道他是在跟誰說話，通訊結束得很快。接下來應該就是等人來了，不曉得會等多久。

「音侍大人，請問您會治療的術法嗎？」

月退向音侍開口，同時看向范統。說真的，被雷劈了，要等損傷的部位自己好，完全不進行醫治，那還真的挺難的。

幸好那不是真正的天然雷電，不然搞不好連衣服都會化為焦炭？范統現在身上的衣服就破了好幾個洞，看看自己的皮膚，有的地方也黑黑的，如果用他的名字來推演，這就是鍋巴了，感覺真是不舒服。

「不會。我沒辦法學。啊，這樣以後該多帶點良藥，不然我的小柔受傷了怎麼辦？」

音侍回答著就自己跳線擔憂起還沒發生的事情了，范統覺得自己的死活真是不被在意。

不過，沒辦法學是……？這話很引人好奇。但范統是個被宣告在術法方面毫無天分的人，想搞懂大概也是毫無可能吧。

「為什麼沒辦法學呢？」

硃砂不愧是好學的硃砂，立即就發問了。可能他也想多了解一點相關的事情，以免到時候自己也沒辦法學吧。

「我要是能學的話就太過分了。啊，反正這是我自身的問題，只有我是這樣，治療類的東西再怎麼樣都不可能學會的，我也很遺憾。如果可以使用治療的術法，應該會很有趣吧，這樣抓一隻雞就夠了嘛，一直催生牠的細胞讓皮跟毛長出來，大家就都有了。」

音侍大人，您確定醫療術法有這樣的功能？請問長一次要多久？您的偏好是越沒效率越好嗎？還有，這樣雞很可憐耶？

結束了治療術法的話題後，音侍找來幫忙的人也到了，可說是相當有效率。

只不過當那個人以神奇的符咒現形在他們面前，他們也看清楚那張絕麗無雙的容顏時，頓時多數人都覺得自己好像距離一般平民的生活很遙遠了。

「我本來正在午睡，你最好真的有正經要緊的事情，否則我就讓你死無葬身之地。」

長髮麗人一出現就以很不高興的臉色和很差的口氣這麼對音侍說，這張臉大家都是認得的，灰黑色的流蘇與身上掛著的藍黑色玉珮，也證明了他的身分。

東方城五侍之一，符咒軒掌院──綾侍。

只不過是殺個雞！只不過是殺個雞啊！有必要這麼大陣仗嗎？珍貴人力是這麼浪費的嗎？您們身上的流蘇都在哭泣了啊！

這就是所謂裙帶關係的裙帶關係嗎！雖然音侍大人沒有裙帶，可是感覺就是這樣啊！接下來我們是不是連女王都能認識了？

「綾侍，我要回去了，你幫忙他們殺雞。」

完了，音侍大人，您要死無葬身之地了。

「你真不怕我宰了你，把你的頭吊在城門口示眾？」

綾侍那張美麗的臉扭曲了一下。范統不知道該期待還是害怕衝突的發生，兩個高手打起來一定很有看頭，但是他們這些小老百姓要是被波及，後果可不堪設想。

「不，你不會的，我知道你刀子口豆腐心，哈哈哈哈。」

「……」

對於音侍那有恃無恐的嘴臉，綾侍無奈了。碰上這種無賴，實在是拿他一點辦法也沒有。

「啊，對了，綾侍，我拿到新的腰牌了，你看。」

音侍說著，像獻寶一樣將那木色的配飾拿了出來。

「這不叫腰牌，這是玉珮。」

「因為總是弄丟，所以這次的腰牌我叫他們用石頭做就好，也還是挺好看的吧？這樣也比較不浪費。」

「就算是石頭做的，它也該叫瑣片，不是腰牌……」

「不知道這次的腰牌可以撐多久，希望別再掉了。之後我也把流蘇做成手環好了，可能比較不會掉，你覺得怎麼樣？」

「……」

講不聽。

范統覺得綾侍大概快發飆吼出「誰跟你腰牌啊！」之類的話了，但音侍跳線跳得非常快，一下子又換到了別的話題。

「綾侍，這是我的小柔，漂亮吧。」

我覺得您這介紹模式好像跟介紹您的腰牌時差不多。

「綾侍大人比我好看啦。」

璧柔好像有點不自在。的確，在那樣的美貌面前，會感到窘迫也是難免的吧。

「會嗎？但我覺得妳比較美啊，自從看到妳以後我就覺得他好醜，而且看得好膩。」

音侍說著，突然好像因為說了太多話而喉嚨感到不舒服，因而摸了一下脖子。

「拿去。」

綾侍隨手就遞了水杯過去，也不知道哪裡變出來的。

這時候，璧柔向她的室友使了個眼色，可愛女生乙就開口了。

「音侍大人，您和綾侍大人是情侶嗎？」

「……嗚咳！咳咳咳咳！咳咳！」

音侍喝水喝到嚴重嗆到，綾侍則露出了十分恐怖的表情，唯一一致的是兩個人目中都有的嫌惡。

「誰會……咳！誰會想跟這老頭搞在一起啊！好噁心！」

咦？

大家都錯愕了一下。

「綾侍大人不是女的嗎……我以為只是聲音低沉了點……」

「我是男人。」

哇靠！米重你這個變態！你應該早就知道他是男的了吧！難怪你那麼煩惱你的性向！

「對、對不起，因為您們總是出雙入對的，看起來感情很好的樣子，所以大家才會這麼覺得……」

什麼大家？別把我們拖下水。

「就算音侍是女的，我也不會想跟他在一起。」

綾侍冷冷地說了一句，心情依然十分惡劣的樣子。

其實這種誤會是常常發生的，像是「音侍大人好帥」、「那妳覺得綾侍大人怎麼樣」、「啊？綾侍大人不是女人嗎」之類的話，他已經聽得很習慣，但這不代表他就不會不高興。

「啊，好過分。」

音侍大人，您還有什麼不滿的嗎？如果您外表一切不變，只是性別變成女的，那的確是很恐怖啊。而且人家即使是男人，還是有很多男人要他，人家確實有資格驕傲嘛。

在知道綾侍是男人，而且和音侍之間沒什麼奇怪的關係後，璧柔的表情就明朗了起來，似是放下了心中的一塊大石頭。

而問題都問到這種地步了，范統也有個問題想問，雖然有點不禮貌，但他還是想知道。

「那個，請問您們待在女王身邊的工作，沒有包含侍寢嗎？」

萬歲！女王沒被顛倒成少帝真是太幸運了！人倒楣久了還是會轉運的！

他之所以會這麼問，當然也是很認真在懷疑的，目前看來，東方城五侍幾乎可說都是相貌俊秀的美男子，失蹤的暉侍聽說很英俊，還沒見過的違侍應該也差不到哪裡去，感覺簡直像是女王的後宮一般，而且他們都住在神王殿。

好吧，珞侍排除好了，畢竟是女王的兒子，應該不可能吧。

在范統問出這個問題後，那兩人的神情則一致轉為驚愕，甚至是驚恐。

「我們不具備這種功能……不是！我是說，才沒有這回事呢！」

音侍大人，您那個第一句話聽起來很微妙。

「櫻她不會這麼超過，我們看著她從小長大的。」

綾侍大人，您似乎想維持冷靜，可是您內心的浮動還是從您那可怕的眼神中流露了出來。

嗯？慢著。

看著她長大……？

「您們幾歲了啊？」

硃砂比范統還早問出這個問題，的確，這個問題很值得深思、耐人尋味。

「啊，不知道，沒算過。」

音侍一臉老實地回答，坦白說，這個答案有點恐怖。

「這種事情沒必要多問。」

綾侍看起來就是不想回答。不過，綾侍大人，您的夥伴既然會叫您老頭，您的年齡應該也不會小到哪裡去吧……

但如果真的活了很久，又是怎麼青春永駐的呢？這麼說來，這裡的原生居民平均壽命是幾歲啊？老化的模式又是怎麼樣呢？

「啊！」

音侍忽然又叫了一聲，綾侍瞥向他，冷淡地開口。

「你想起現在的時間了？」

「啊啊啊啊——」

音侍看了一下天空中太陽的角度，似乎很慌張地叫了一長串聲音，然後轉向璧柔。

「小柔，對不起，再不回去準備要來不及了，我走了。」

「是已經來不及了。」

綾侍在旁邊說著風涼話，剛才他也沒有提醒音侍時間就是了，實在是有點壞心。

因為趕時間的緣故，音侍沒有心思對他的話做出反應，直接術法一施，人便籠罩於一片閃光之中消失了，真是快得很，也只有他來跟離開的方式，會讓人覺得他是個高手。

剩下跟大家還不熟，人看起來好像又比較嚴肅的綾侍後，現場頓時安靜了一下，不過綾侍先從身上拿出了音侍要他帶來的符咒通訊器，看樣子是要發給他們的。

「我替你們做設定。名字？」

他從距離他最近的可愛女孩甲開始問起，一一做好設定交到他們手中。他帶來的符咒通訊器跟璧柔先前使用的一樣，都是徽章型的，看來輸入了以後持有者的名字會跟著這個通訊器吧，那麼在聯絡別人的時候，說不定也會顯示出自己的名字？

不過……讓符咒軒掌院親自給他們送符咒通訊器來，這又是什麼大手筆了？而且這是他親手做的機率很高吧？天啊……

綾侍大人親手做的符咒通訊器，拿去賣不曉得可以翻幾倍價錢？米重就算傾家蕩產也會跟他買吧？

「名字？」

很快的，輪到了范統，綾侍淡淡地看向他問了一聲，然後又皺了眉，沒等回答便又接口。

「我還記得。范統是吧？」

「不是。」

哇！我居然因為綾侍大人還記得我的名字就震驚得忘記用點頭搖頭取代！這下好了！

「不是？我記錯還是你改姓？難道其實是叫馬統嗎？」

綾侍揚揚眉，語氣冷淡地說。

綾侍大人，您真幽默。再怎麼樣我都不會改成這種自掘墳墓的姓氏的，飯桶再怎麼樣都比馬桶強得多。還有您雖然客氣地說可能是您記錯，但是您的語氣根本就透露著您對您的記性毫不懷疑的自信。

「范統，你嘴巴老實點行嗎？」

硃砂對他總是說出這樣的話感到有點不耐煩。

唉，你懂什麼啊，像我這種因為這張嘴而造成的青春苦悶你是不會明白的。不要問我那是什麼東西，我也不是很明白。

「你面對綾侍大人太緊張了嗎？」

月退到現在還在誤會他講錯話的原因是緊張。

誰緊張啊！我又不是米重！臉長得再美，是男人就沒有價值了啦！

「拿去，范統。」

綾侍也不多說，輸入好他的名字後就交給他了。對於能免費獲得一個符咒通訊器，范統還是很高興的，尤其這看起來還是價值不菲的東西。

「……咦？」

當綾侍又拿出一個符咒通訊器時，他再度皺起眉頭。

「音侍那傢伙叫我帶七個符咒通訊器來……」

反應快的人一下子就發現了問題所在，反應遲鈍一點的，也在過了幾秒後發現怪怪的了。

現在除了綾侍，怎麼算都只有六個人。就算把璧柔原本的通訊器換掉，那也只需要六個。

「他是看到鬼了嗎？」

這麼簡單的算數也可以算錯，音侍果然是個微妙到值得敬佩的人。

但是，綾侍大人，您這話真失禮啊，嚴格來說這裡全都是鬼呀，只是來到這個世界以後被沉月賜予了身體吧……

「符咒通訊器上面的按鈕，左邊那一個按一下之後可以用符力輸入要通訊的人的符文，符文刻在符咒通訊器背面，別人跟你們要的話給他這個就可以了。輸入完符文，再按一下就是確認聯繫，等待對方接聽。當收到通訊要求時，這上面會亮起光芒，按一下左邊的按鈕可以接聽，壓住五秒則是拒聽，光芒亮起時，手放在通訊器上，可以得到對方的資料，如果你們還沒學會符力，只要會按按鈕，也可以正常接聽別人的通訊。」

綾侍向他們說明這個符咒通訊器的使用方法，聽起來還挺簡便的，應該不至於有什麼使用上的困難。

手機這種方便的東西，果然是各個世界都需要的啊。范統有所感悟。

「使用這個要付錢嗎？」

硃砂一問就是重點，綾侍則搖搖頭。

「這是方便聯絡的便民設備，使用上不收費。只要拿到藍色流蘇就會分配到一個，否則自己去買也是可以。」

喔喔，便民設備啊……說得東方城好像很貼心似的，那水池邊方便大家打撈親朋好友使用的船也改成動力汽船好不好？我覺得這比較實際一點。

「右邊那個按鈕，是多個人一起通訊時使用的，按一下可以開啟功能，壓五秒是關閉功能，開啟的時候會自動進入第一個輸入的團訊連結處，如果裡面設定了一個以上的團訊連結處，每按一下就是切換下一個，在開啟這個功能進入團訊連結處後，只要符文通訊器帶在身上，就可以聽到一樣使用這個團訊連結處的人說話的聲音，同理，只要帶在身上維持開啟的狀態，你說什麼都會傳進同個團訊連結處的人的耳裡。」

還有聊天室的功能喔？還真是先進，就這麼小一個東西，可以有這些功能，符咒果然是神奇的學問。

「設定的方法是比較進階的學問，我就不教你們了，裡面我設好了一個團訊連結處，你們的都有放進去，可以開啟看看。」

既然綾侍這麼說，大家就把團體通訊功能打開了，因為目前只有一個團訊連結處，自然就是進入這一個，雖然開了，但大家人都在這裡，要用通訊器講話也很奇怪，頓時變成面面相覷的尷尬情況。

「通訊器發完了。明明只有六個人吧？帶七個做什麼？」

倒是綾侍先開了口，沒想到他也有把自己設在這個團訊連結處內，透過通訊器傳來的聲音會和現場聽到的聲音重疊，不過通訊器的聲音只響在他們腦中，不會擴散出去。

可是他這句話說話的對象聽起來應該是……

『啊！綾侍！剛才傳錯地方了，現在傳回來這裡，結果他們已經去通知過櫻我沒出現了，好倒楣。』

……才剛離開沒多久的音侍，聲音又在他們腦中響起了。

范統的事後補述

為什麼才殺了一隻雞而已，也不是我殺的，我卻覺得很累了呢？

唯一可喜可賀的事情大概是得到了一個符咒通訊器，依照我的專業眼光，我敢說這是高級貨，我想下次去店裡比一下價格，結果可能會讓我高興得三天吃不下飯。

雖然以公家糧食的難吃程度，三天吃不下飯的確很正常，但這只是個比喻嘛。

我覺得，在音侍大人和璧柔的粉紅色聯手夾擊下，大家都變得好黯淡好黑白，因為他們根本就太刺……太耀眼，太顯目，讓人無法直視，我真的覺得好痛苦。

月退，我們快點遠離他們吧，我覺得繼續待在他們身邊很不健康，噢，當然是殺完雞拿完毛跟皮之後。

好吧，硃砂也一起遠離吧，同是室友，還是同進退比較團結，我這個人很懂得規矩的。

而那兩個可愛女生……當然是跟她們的室友同進退啦，反正她們也看帥哥看得很高興，不是嗎？

關於三千串錢就可以讓我出賣人格自尊這一點……我幾時這麼說了啊？我這麼說過嗎？追隨音侍大人跟出賣人格自尊有關係嗎？搞不好、真的有點關係……只是我覺得我的人格自尊如果可以賣到三千串錢，已經算是不可多得的高價了，有機會的話就賣一賣也不錯，可惜三千串錢還是沒到手，所以音侍大人當然也不用追隨了，哼哼。

章之二　嚴禁閃光啦

『雞一定是被閃死的。』——范統

『被閃死的是我們。』——硃砂

音侍所謂的傳錯地方是傳到哪裡去，基本上沒有人想了解，了解也沒有任何幫助，倒是他仍然維持著他完全忽視別人問題的才能，而且只用好倒楣三個字帶過，聽起來其實像是「已經發生了就順其自然吧」的意思。

造成別人麻煩的人，應該沒資格說自己倒楣吧。

「喂，音，多出來的通訊器……」

綾侍看起來想先釐清這個問題，但是他的聲音再一次被音侍忽略。

『小柔，妳在嗎？我好想妳。』

「呀，我也是，我也想你。」

璧柔似乎完全無法抵抗音侍那對她說話時特別放得柔和悅耳的聲音，瞧她雙手捧著臉含羞帶怯出聲回答的樣子，眾人幾乎都要被她四周瀰漫的粉紅色氣息逼退了。

『老頭，你要保護好小柔，她要是少了一根頭髮我跟你沒完。』

聽說人每天會掉一百根頭髮，您這好像是強人所難，音侍大人。

「真那麼在乎不會自己來？她應該也比較想讓你陪吧？」

綾侍好像說中了璧柔的心聲，她的眼睛頓時亮了起來。

『啊，那你代替我去沉月通道搶人。』

「不去。」

『小柔，這老頭好壞心，等一下他殺雞的時候妳從後面補他一刀。』

「……」

如果是認真的，講出來就沒有用了吧，所以是開玩笑的囉？可是為什麼聽起來這麼認真？

「音侍，綾侍大人好心來幫我們，不可以這樣啦。」

璧柔總算還有點良心，但那邊的音侍又有意見了。

『小柔，你叫他綾侍就好了，別再叫什麼綾侍大人了，我覺得妳這樣好吃虧，他根本是佔妳便宜。』

我覺得應該是您覺得您自己吃虧了吧？她叫人家大人，沒叫您大人，您就矮了一截不是？

「咦，這樣嗎？可是好像怪怪的……還是，叫綾侍大哥？」

璧柔眨眨眼睛回答後，通訊器那邊傳來了有點激烈的物體碰撞聲，不曉得發生了什麼事情。

「我無所謂。」

綾侍微微彎起了嘴角，但那好像是覺得很有趣的笑容。

『不要啊！還是叫大人……啊，妳叫他老頭就好了，這個最好。』

一點也不好吧。超級沒禮貌的。

「小柔，別理他，跟我走，我帶你們殺雞去。」

綾侍大人，您什麼時候也叫起小柔來了？

『啊！老頭你喊我的小柔喊那麼親密做什麼！那是我專用的稱呼啊！』

意思是我們也都不能喊就對了……

「符咒通訊器為什麼要我帶七個？」

搞了半天您還在計較這個過時的問題。

『……？七個？我有說過嗎？不是五個嗎？』

在場的每個人都可以作證您說的是七個。

「……」

綾侍面上浮現的微笑中夾帶的殺氣，應該是對音侍沒藥醫的腦袋的憤怒吧。

不是我在說，綾侍大人您生氣起來也還是很有氣質，難怪能讓米重為之瘋狂。可惜這世界沒有照相機跟錄音機，不然偷拍幾張照片、偷錄幾段對話應該也很值錢，甚至還可以爆一下兩位侍大人爭奪一名西方美女的絕讚八卦，有圖有真相，有聲更有色嘛……

「跟我來，去殺雞了，別理那白痴。」

您的殺氣確實顯露在用詞上了……

「呃……綾侍大人，您會治療性的符咒嗎？」

月退還真不放棄拯救范統的傷勢，畢竟音侍不會救人，現在換了感覺比較可靠的綾侍，好像還是有希望的。

「治療？」

綾侍看了看現場的人，很明顯的，只有范統是遭到攻擊身帶外傷的樣子。

「音侍符打的？」

您真內行。鑑定眼光真是一流的。

「是的……」

月退代替范統做了回答，於是，綾侍抬起了手，在空中畫起了符咒的線條，就像當初給新生居民封印記憶的模式一樣，他所畫成的符咒如同一個浮水印般朝范統擴散、穿透，隨即消失不見。

高手就是不一樣，流蘇階級越高手段也越高端，珞侍不用筆，綾侍是連符紙都不用了，這樣的功力實在令人嚮往，雖然范統知道，花個幾百年也不見得有機會並駕齊驅。

「傷沒有好啊？」

硃砂看著沒產生絲毫改變的范統，提出了疑問。

「這是止痛符。」

綾侍做出了解釋。這麼說來，他連符咒的名稱都不必喊就可以發動符咒的力量了。

只是，止痛符……

大家都有種不知道該說什麼的感覺。

綾侍大人，原來你是治標不治本的那種人嗎？還是符咒學裡面本來就沒有治療性符咒這種東西……

說要去殺雞，但綾侍卻完全不給他們反應時間，就使用了符咒將他們集體帶到另一個地方去，看著陌生的四周環境，大家都有點進入不了狀況的感覺。

「資源一區的陸雞不夠多，也有點分散，到資源二區殺比較有效率。」

看出了他們眼底的疑惑，綾侍做了解釋，這個時候當然又有人要發問了。

「那為什麼大家不來資源二區，要待在資源一區殺呢？」

「因為資源二區除了陸雞，還有一些淺綠色流蘇的學生應付不了的野獸。這邊通常是藍色流蘇的學生才會來的，淺綠色流蘇跟白色流蘇的學生要是過來，只怕還沒拿到戰利品，就先因死亡而負債了吧？」

哈哈哈哈哈哈。這個玩笑真是一點也不好笑……

緊接著，綾侍拿出了他的藍黑色玉珮，和音侍一樣，將玉珮往上一拋，玉珮便懸浮在他面前，朝天空擴展出一個不一樣的巨大徽印。

『綾侍符禁令，範圍資源二區，除了我周圍最靠近的六個人，其他人全都必須在十分鐘內離開此區域，本禁令在我離開後自動解除。』

所謂的事前準備是很要緊的，跟音侍一樣，綾侍也做了「包場」的動作，剛才問音侍沒得到答案，於是現在他們就問起了綾侍。

「綾侍大人，這是什麼？」

「東方城五侍都有的玉珮。主要是身分象徵、下禁令使用。如同你們所見，可以規定範圍，限制條件，只要違反規定的人都會遭到懲罰，大致上就是這樣子。」

簡單來說，就是特權階級的信物……不，這個信物還有實際的功能，那就不只是信物了，應該叫做……特權階級的凶器？

因為范統差點死在相同的東西底下，所以第一個想到的就是凶器了。

不過，明明是很重要的東西，音侍卻說是玩具。難道他常常拿這東西來玩？「音侍符禁令，範圍東方城西邊，所有的人都要做出鬼臉，本禁令將在一個小時後自動解除」之類的？用想的就覺得很不舒服。

「在開始殺雞之前，還有什麼疑問嗎？」

綾侍的個性似乎比較謹慎，還會給他們先問問題的機會。

「我們需要做什麼？」

硃砂舉手發問。

「剝皮、拔毛、跟緊，落單出聲，被攻擊喊救命。」

綾侍的回答十分簡明，璧柔也跟著舉手了，不過在綾侍朝她看過來時，她先關掉了團體通訊功能。

「那個……音侍現在有交往對象嗎？」

不就是妳嗎？不，等一下，人家說有問題可以問，不是說什麼問題都可以問吧？這已經偏離主題了，拜託妳正視一下殺雞這件事情……

「大概兩百個吧。」

綾侍隨口一句話馬上讓璧柔的臉變得慘白，淚水迅速在眼眶裡凝聚，看到這種反應，綾侍立即改口。

「開玩笑的，沒有。」

兩百個跟一個也沒有，中間落差似乎有點大啊。

「沒有對象？理所當然吧？」

范統還在想「不可能」的顛倒詞不知道會變成什麼，沒想到就反出來了。

喔，原來是理所當然？管他有沒有合理性，這好像讓我說了音侍大人的壞話……

「一般女孩子在試著接近他，發現他個性奇特後，就會理想幻滅自動消失了。」

沒想到綾侍居然附和他的話，還不知道什麼時候悄悄關了團體通訊。這麼說來，璧柔實在不是一般女孩子……

「雖然音侍大人人有點奇怪，但是他其他的條件應該可以讓人忽視這一點吧？」

硃砂說出這種話倒是讓范統挺意外的，他以為像硃砂這種認真的人，應該會很討厭音侍那種隨便的個性才對。

個性可是很重要的，絕對不可以忽視啊。可是又帥又強又有身分還多金，吸引力的確是挺大的沒錯……雖然強不強還沒怎麼見識到。

「噢。」

綾侍聽了他的疑惑，淡淡地解釋了起來。

「這是有很多原因的，基本上，他是個很不解風情的人。」

然後他還開始貼心地舉例說明。

東方城的女孩子大多很害羞，在表達心意的話語與行動上，不太敢做得太露骨，而音侍根本不會去注意人家女孩子纖細的心思，要等他主動發現是不可能的，想要讓暗戀變成兩情相悅，只有倒追一途，但音侍的不解風情又讓這事情變得很難做。

「音侍大人，這是我烤的餅乾，希望您能收下這點心意……」

當女孩子好不容易含羞帶怯地攔下音侍，打算送上親手做的禮物時，音侍的反應常常不如她們預期。

「啊，可是我不喜歡吃點心，綾侍，你要吃嗎？」

不會做表面功夫。還當面要把人家的心意轉贈別的男人。

通常這一關已經打敗了很多臉皮薄的女生，能克服送禮物被拒絕的女孩子，其中有部分會想單刀直入，進行告白，於是就會變成這個樣子：

「音侍大人，我喜歡您！」

女孩子低著頭紅著臉，鼓起勇氣說出練習了好久的台詞。

「謝謝！我也很喜歡妳喔！」

音侍露出完全不夾帶一絲情愫的燦爛笑容，坦蕩蕩地回答過後，隨即拋下女孩子離去。

直接告白當然也就被證實是不可行的了。

……

音侍大人，您好狠，那種回應根本就跟「妳是個好人」差不多了嘛，這叫人家女孩子情何以堪？

范統在內心深深同情著那些玻璃心破碎的女孩子，如果有女孩子向他告白，他才不會這樣沒情調不體貼，就算真的沒意思交往，他至少也會回答「我很高興」，再說一些可以讓對方接受的原因……

但是以他嘴巴的狀況，我很高興說出來多半會變成我很不爽，這樣要是傷害到人，也不是他願意的啊。

「咦？東方城的女孩子這樣就放棄了嗎？努力程度也太低了吧？」

這次有意見的換成是璧柔了，她似乎很為音侍打抱不平，認為以他那麼好的條件，大家這樣就放棄很不應該。

「其實還有別的原因……」

綾侍說著，又貼心地舉例說明了。

送禮被拒，告白失敗，有些女孩還是能挺過這些打擊，重新振作起來，覺得說不定再努力一些就有機會，而決定再加油接近音侍，要設法讓音侍注意到自己的存在，即使埋伏伺機等待音侍出現很辛苦也在所不惜。

畢竟攔下音侍跟他說話，他還是會理睬的，儘管話可能不投機，但只要配合他的說話模式，應該就能好好聊天了吧？

這麼想且試圖實行的女孩子也有不少，但音侍說話的模式實在會讓人身心俱疲，而且女孩子們偶爾就會在其中的某一次在和音侍說話的途中遇見這種狀況……

「啊，說到這個，我就想到……」

「音。」

從旁邊出現的綾侍，看了看音侍身上，皺了皺眉頭。

「衣服亂掉了，你沒發現嗎？人在外面，外觀應該多注意一點吧？」

綾侍說著，由於長年為女王打理隨身的一切，已經養成了某種習慣，便很順手地伸手替音侍整理亂掉的衣襬，鬆開衣領重新弄好，再往衣袖、釦子調整，和諧自然的動作與兩個人湊近看起來的樣子，美得就像是一幅畫……

「嗚——」

女孩子猶如遭到致命性的打擊，就這麼哭著跑走再也不回頭了。

「啊，綾侍，她為什麼跑走了？」

「……你不會想知道的。」

「所以，音侍到現在都還沒有交往對象，大概就是這樣。」

綾侍簡單地做了個收尾，完全無視好幾個人對他投以的複雜眼光。

最大的原因其實是您吧？最大的原因其實就是您吧——！傳言根本無風不起浪，難怪大家總是誤會您們是一對，不管知不知道您是男的！

璧柔聽完之後，將手放在嘴旁邊呆滯了幾秒，然後突然露出了非常開心的表情。

「綾侍哥哥，真是太感謝你了——」

所以妳決定叫哥哥了？妳又是在感謝個什麼勁？

「因為有你，音侍才能維持單身，所以我才有機會，這麼一想就覺得好開心喔——」

璧柔小姐，妳雖然看似抓到了重點，但我還是覺得妳這番話怎麼聽怎麼奇怪，不是普通人說得出來的……

「唉，音侍真這麼好嗎？」

綾侍的嘆氣聽起來有點無奈，不，應該是非常無奈。

音侍大人好不好我不予置評，不過我覺得那三千串錢挺好的。

「綾侍哥哥，我有希望嗎？他到底喜不喜歡我這一型的？」

璧柔張著她漂亮的大眼睛擔心緊張地問，看來自信還不太夠。

為什麼突然又變成戀愛諮詢教室了？我們的雞呢？

「我不知道，不過我可以幫妳，讓別的女人無法靠近他身邊。」

他喜不喜歡這一型的我也不知道，不過我看您好像挺喜歡的……

「綾侍哥哥，你人真好！」

璧柔開心得看起來都要飛上天了，不過她還記得男女有別，不是情人不能直接撲上去抱。

「噓，別讓他知道。」

綾侍大人您這樣見色忘友，真的是可以的嗎？

跟音侍比起來，綾侍果然是實際得多，像是水果刀殺雞那種沒效率的方法，跟他一點關係也沒有。在開始之前，他說了一句「殺到七點，有多少算多少」就開始動手了，基本上他所做的事情，就是以他纖細白皙的手指畫出一個又一個的符咒，將眼睛所見的生物通通擊斃，這裡面也包含了很多不是雞的東西。

資源一區、資源二區這些地方，之所以用資源作為開頭，便是因為這裡生長的生物都有一定的經濟價值，只不過每一種生物身上有價值的部位並不相同，基於不可能整隻搬回去，如果想充分利用，就得認識每一種生物身上的有價值器官，才能準確進行收集，而綾侍殺的生物亂七八糟，來這個世界沒多久的他們當然還不具備這種賺錢的基礎知識，看著那堆雞以外的屍體，范統覺得自己的心疼得都快抽搐了。

每一具屍體都是錢啊！范統現在已經完全沒有那種濫殺動物的良心不安了，反正不是他殺的，而且在龐大的負債前，他所看到的根本不是屍體，而是可變賣為錢財的材料，但是他卻無法利用。

「你們拔雞毛剝雞皮就好了，那些其他的動物是考量安全才殺掉的。」

綾侍這麼說。看來他完全沒有意思要告訴他們那些動物身上哪個地方有價值，好讓他們順手收集，反正他的任務只是帶他們殺雞，就不節外生枝包山包海了。

由於屍體增加的速度很快，每個人都投入了剝皮拔毛的行列，他們所要做的就是在成堆的屍體中找出陸雞的屍體，剝皮、拔毛，接著趕緊去翻出下一隻陸雞的屍體，整個情況可以說是很忙碌。

然後，由於音侍吵著說璧柔不見了，抗議了好幾次，於是關掉團體通訊的人又把團體通訊打開了，繼續一面工作，一面遭受精神攻擊。

『小柔、小柔，妳看，今天的月亮好圓。』

「是啊，好圓呢。」

現在是黃昏耶先生。而且今天陰天，月你個什麼亮啊。

『小柔，我好想妳。』

我覺得他根本就是在玩妳吧，跟著認真些什麼？

「我也想你。」

「你們當別人都是空氣嗎……」

在這波肉麻語言中，綾侍已經手一抖使符咒失了準頭，殃及旁邊無辜的樹木，他終於忍不住發話了。

這個時候出聲打斷真是做得太好了呢，綾侍大人。

『啊，我看不到別人，我只看得到我心中小柔的身影。』

「呀，音侍——」

你們還可以再更超過一點。音侍大人您根本連別人的聲音都聽不到吧。

『小柔，我只要看著月亮就會想到妳，月亮沒有妳漂亮。』

前後兩句的邏輯相關性是什麼？看著月亮想到月退還差不多吧，至少名字裡還有個月……

「真的嗎？人家好害羞喔——」

誰來把這個女人拖走吧，拜託一下。不，符咒通訊器是遠距離也能使用的，拖走也沒用……

璧柔在陶醉於甜言蜜語的情況下，手下剝皮拔毛的速度自然也快不起來，大家是沒怎麼跟她認真計較，應該說忙著處理自己找到的雞都來不及了，根本也沒興趣注意她工作的快慢。

綾侍算是挺盡責的，知道他們在這裡如果被攻擊會有危險，所以他大致還是走在看得到他們的地方，附近的殺完了就遠遠地殺視角內的，人不會離他們太遠，也便於照應。

在從事體力勞動事務時，范統就可以看到自己的無能了。

在剝皮拔毛的效率上，那兩個可愛女生跟璧柔不提，硃砂是他的一點五倍，月退是他的兩倍，他明明腿比人家長，卻硬是輸了一大截，明明他沒有偷懶，這種結果實在讓人難以接受。

受傷可以拿來當藉口嗎？雖然他現在感覺不到痛。還是用人總有天生擅長與不擅長的事情來安慰自己呢？

但是，他到底擅長什麼啊？

「范統，別偷懶。」

特別是硃砂還會對他這麼說。可惡啊啊啊啊啊你不要以為你自己辦得到的事情別人就理所當然的也該辦得到啊——

於是范統乾脆讓本來就很慢的動作更慢，以便觀察其他人如何俐落快速地剝皮拔毛。

硃砂剝皮拔毛的動作一氣呵成，而且他體力似乎不錯，處理完一隻就很快地前往尋找下一隻，中間沒什麼休息時間，難怪會比他快。

月退剝皮拔毛的動作，他看不見。

對，手起刀落，就這麼簡單的動作，快到讓他看不見。

……月退你到底是誰啊？為什麼、為什麼會看不見？不對，我有看到殘影啦，可是、可是……還有，為什麼你處理完一隻，掃一眼就可以準確地往下一隻走去，好像完全省略了尋找這個過程？你是怎麼感應到陸雞的屍體在那個地方的？你的眼睛構造跟我們不一樣嗎？

月退好像很專心在自己的工作上，完全沒注意到范統看得毛骨悚然，只有硃砂有注意到。

「范統，快點工作。」

知道了，知道了啦，為什麼要一直盯我……

「啊！」

這時候，璧柔忽然驚呼一聲，只見她看著自己受了點小傷的手發愣，一隻矮小的生物則往另一個方向逃竄，但被綾侍補上的一記符咒擊殺，他也連忙問了一句。

「沒事吧？」

「沒事……」

『小柔?怎麼了?』

音侍也有聽到她的驚呼，所以也用符咒通訊器詢問了。

「嗯，剛才忽然出現一隻小東西，咬了我一口，已經死了。」

『啊啊啊啊!綾侍，我要剝了你的皮!不是說一根頭髮都不准掉的嗎!』

就說是強人所難……

『用你的手、用你的身體，甚至用你的頭髮去擋都可以啊!怎麼可以讓小柔受傷，無論是什麼攻擊打在你身上都沒關係嘛，你切腹謝罪!切腹!』

「……」

這根本已經是無理的要求了吧?綾侍大人都沉默了。

『啊，快到沉月通道了，等一下再跟你算帳……』

依照音侍的個性，等一下大概也忘了，璧柔則是有點尷尬地向綾侍表達她的不好意思，被咬了一口只是小事情，音侍的反應卻有點過激，所以她擔心綾侍會不高興。

「沒關係，不高興也是針對那個笨蛋。」

綾侍笑了笑，那樣的笑容又讓人覺得有點想退後了。

「其實按照他說的做也沒什麼難度，就這麼辦吧。」

綾侍大人您也覺得無論是什麼攻擊打在您身上都沒關係嗎?這麼不愛惜自己的身體?

還有，音侍大人您怪怪的，居然叫別的男人用身體幫自己的女人擋下攻擊，您就不怕這樣灑血賣肉會產生特別的情愫，讓她變心嗎？

「只不過是用女孩子的外表跟男孩子的外表而已，還不都是一樣的，有必要保護得這麼過分嗎？」

硃砂感到不快地唸了一句，對於縱容女生、太照顧女生這種事情似乎很不滿。

原來你倡導男女平等嗎？這樣你未來要交女朋友大概也不容易了。保護女孩子也有成就感啊，難道你不這麼認為嗎？

「我想，對於別人的事情，就不要管太多吧，那是他們的私事。」

月退是這麼說，不過他在這麼說的時候，天空藍的眼睛裡似有若無地飄過一絲冷意。

冷意？看錯了嗎？是月退耶？

范統揉揉眼睛，不過月退又繼續用他那神奇的手法剝皮去了，也沒得再看仔細一些。

❀

綾侍收工的時間很準時，七點一到，他就停下了殺雞的動作，資源二區的其他生物也因此逃過了一劫。

清點了一下每個人收集到的皮毛數目，一共是七百二十三份，皮的部分大家都足夠了，毛則還需努力，對范統他們幾個白色流蘇的學生來說比較尷尬，因為沒有毛，只有皮，也不能直接升為草綠色流蘇，還是得拿到了足夠的毛後，才能進行升級。

「下次再殺完剩下的吧，音，等你有空的時候。」

綾侍在團體通訊中對音侍這麼說。說真的，買幾個枕頭就解決了，您們就真的不考慮嗎？

綾侍還做了一件殘忍的事情——除了每個人需要的一百份皮，其他的皮，他都收走了。

「多餘的東西讓你們拿去賣錢說不過去，就當作是我的酬勞。」

可是您明明一點也不缺這點錢吧——！

眼見著雞皮被收走時，范統真是心痛到了極點，早知道報數目的時候就不要那麼老實，這樣不就可以偷偷留下一些了嗎！

綾侍是用符咒將他們送回宿舍的，他自己沒有跟他們一道走，看著亮著燈火的宿舍，大家都累得只想回去休息，不過硃砂還是堅持要去領晚餐，在委託他一起領自己的份之後，范統便和月退一起走回他們的四四四號房了。

當然，他們不忘先將團體通訊關閉，以免繼續被音侍與璧柔無間斷的甜言蜜語轟炸。

固然勞累了一天，想到要吃那粗糙的公家糧食，真的有點傷心，但活動量這麼大，如果連晚餐都不吃，實在很難捱下去，為了維持生命，也只能屈服了。

「范統，你的傷……」

在跟他一起走回房間時，月退憂心地看向他。

對喔，綾侍大人的止痛符不知道能維持多久？

「現在很痛，很不好。」

喂喂，我是要說「現在不痛，還好」好嗎？被扭曲成這樣，好像我故意要騙取人同情似的，我不喜歡這種感覺啦。

「很痛嗎？唔，被雷轟到不是什麼輕傷，很痛也是當然的……」

在聽他這麼說之後，月退眼中的擔憂就更濃了，范統很想解釋不是這麼一回事，但說出來的話還是一堆「是啊」、「真的很痛」、「我是說，痛到快死了」之類的話，一點幫助也沒有。

看月退的表情，好像很感同身受，看起來還有點良心不安，那緊皺的眉頭彷彿在猶豫著什麼，然後他轉過身去，嘴裡輕唸了一些范統聽不懂的東西，當他再轉回來時，雙手中間已經多出了一團令人感覺十分溫暖的白光。

那團白光一下子罩向范統，猶如融入了他體內一般，范統還沒意識到發生了什麼事情，一切就結束了，然後他看見月退對著他微笑，那笑容也讓他覺得很溫暖。

「這樣子好一點了嗎？」

由於本來就沒有痛覺，范統實在很難回答這個問題，可是他驚異地發現，身上原本看得見的傷口，居然全數癒合了，將血汙抹掉後，肌膚也完好如初，簡直只能用不可思議來形容。

什麼好一點了嗎，根本是全好了！

「哇！月退！你會治療啊？這是什麼術法，上堂課學不會的嗎？之前怎麼不用？」

又變成聽起來有點奇怪的話了，算了。

「這是因為……因為……」

月退頓時結巴了起來，好像有點慌張，而他結巴了半天，還是沒擠出個好理由來。

「范統，對不起，讓你帶著傷不舒服了那麼久……這是有理由的，而這也不是術法……不要告訴任何人好嗎？」

嗯？不是術法？那是什麼？生前就有的能力？月退你到底原本活在什麼樣的世界呀？還是說，這是你質變得到的能力？

「不好，那別人問我傷怎麼還沒好的話我要怎麼說？」

笨蛋詛咒！別把我答應他的話搞得好像故意為難人家好不好？

「唔……」

月退看起來很為難，范統覺得自己如果是他，應該也會覺得很困擾。

「你就說，睡了一覺起來就自己好了……？」

這樣別人會把我當成打不死的蟑螂盡情蹂躪的。范統忍不住搖頭。

「怎麼辦？我們一起來想理由？」

並不是兩個人一起想就比較可能想出好理由的，所謂的集思廣益，兩個人不太夠啊。

「我回來了——」

他們還沒想出理由，硃砂就帶著晚餐回來了，他果然很快就注意到范統的傷口全都消失了

的事實，對於這無法解釋的現象，他當然會開口發問。

「為什麼你的傷全都好了啊？」

「……可能綾侍大人的符咒還是有治療的效果吧。」

范統硬掰出了一個理由，在詛咒沒有作怪的情形下，硃砂算是接受了，只是這個理由沒有辦法對綾侍用，只期盼下次見到綾侍時，他不會有相同的疑問。

月退像是鬆了口氣，又對他微笑了一下，范統也回以一個笑容。

那是一種如同能忘掉所有不愉快的，暖暖的感覺。

他再一次覺得，有朋友真好。

范統的事後補述

我能交到月退這個朋友，一定是上輩子修來的福氣。

想我上輩子經營鐵口直斷店廣結善緣，上天一定是看到了我的努力與付出，我真是感動。本來以為到下次死亡之前身上都要帶著鍋巴了，可以擺脫這樣的窘境真是太好了，我誠心地感謝老天爺還有月退。

只要再收集好雞毛，一口氣提升到草綠色流蘇，每個月用固定薪水抵債，我在東方城的生活就差不多可以穩定下來了吧？

今天總覺得發生了很多從來沒想過會發生的事，也認識了從來沒想過會認識的人，緣分實在是很奇妙的東西，就跟音侍大人與璧柔小姐之間無視眾人的相處模式一樣奇妙……

啊！完了！米重知道我的底細，他一定會找我對決，踩著我的屍骨成為草綠色流蘇！現在不是想那對閃光情侶的時候了啊！

被要求對決的話，不知道能不能找人幫忙？我還是找個機會了解一下，或者跟硃砂打聽清楚好了，如果可以找人幫忙的話，我從今天開始一定片刻不離月退，一定！看到我被人打，他應該會幫我吧？

一心想靠朋友，好像很沒骨氣……不如下次免費幫月退算命當做回饋吧，這好像是我唯一能做到的事情了，只是看他的面相，算的也是他生前的事，這對他有幫助嗎？

明天還要上學，又是該死的武術軒的課，還是好好睡覺養足精神，別再想下去了啦。

章之三 保衛我們的雞毛，噢，還有雞皮

『這就是人為毛死，鳥為食亡嗎？但我覺得為食亡還比較令人高興……』——范統

在經歷了不平凡的一天後，忽然要回歸平常上課的日子，實在讓人有點難以適應。

不過人並不會因為自己的朋友結交了權貴，自己就跟著變成特權階級，至少大部分都不會。先不說這朋友的交情還很普通，朋友的朋友是大人物，這關係也遠了點，想要增加自己的競爭力，乖乖去上學打好基礎還是比較實在的。

然而今天一大早，月退的臉色就不太好看，皮膚看起來有點蒼白，一副虛弱的樣子，也不曉得是怎麼了。

「新生居民也會生病嗎？」

硃砂對月退的狀況感到訝異，同時還是體貼地為他倒了杯溫水。

「謝謝……」

月退躺靠著床，接過裝著溫水的杯子，啜了一口。

「你今天還要上學嗎？」

「我想……先休息一下，晚一點應該就會好些了，應該還是可以去上下午的課……」

下午的課是武術實戰課耶，沒有必要不舒服還去上吧？

「吃一吃早餐會比較好吧？我可以再去幫你拿一份。」

「……不，謝謝，不用了，沒關係的。」

那種沒營養的難吃食物，吃了只會病情加重啦，沒看月退的臉色更蒼白了嗎？人家都身體不舒服了，就別再折磨他了。

「那我去上課了。」

硃砂整理好東西，便離開房間。范統總覺得他是那種天塌下來也要吃三餐跟上學的人。

「范統……你不去上課嗎？」

月退望向他，問了一句。

「我留下來照顧你好了，等你舒服點再一起去下課。」

一起去下課……嗯，算了，還在可以接受的錯誤範圍。

「不用照顧我沒關係啦。」

可是我不想去上課。一個早上的武術課本課耶！會無聊到死吧？就讓我照顧你嘛！

「反正我待在這裡，需要什麼不要跟我說。」

又來了，又變成糟糕的話了，呃啊……

在范統陷入說錯話的深淵時，敲門的聲音響了起來，考慮到應門可能會說成「別進來」，范統就自己開門了。

門外的人是璧柔，今天早上依然打扮得很俏麗，看見范統後，她輕輕地開口。

「我碰到硃砂，聽說月退病了，他還好嗎？」

「他在休息。」

「那……這是我買的水果，吃這個會比較有胃口吧？希望他早日康復。」

「不客氣。」謝謝總是說成不客氣，這讓范統很困擾。看著從璧柔手上接過的水果，他哀怨了一下。

三千串錢啊——

「啊，這是給月退的，你不可以自己偷吃掉喔！」

璧柔又不放心地交代了一句，范統也有點無奈了。

我有那麼不可信任嗎？還是我長得一臉就是會偷吃東西的樣子？我承認我剛才暗暗對這些新鮮水果流了一下口水，但這不代表我會無良侵占生病的朋友的食物好嗎？

璧柔走了以後，范統拿著水果走回床前，坦白說，因為月退躺在中鋪，要照顧也不太方便，但叫他暫時先移到下鋪又怪怪的，也只能這樣了。

「月退，這是璧柔拿來的火果，吃一點？」

哇，火果是什麼玩意兒啊！

「不用了，我不吃。」

月退剛才就將臉轉向內側，范統看不到他的表情，對於他不吃的決定，范統覺得很意外。

「水果比公家糧食難吃，難得有機會吃到，你真的不吃一點嗎？」

如果比公家糧食難吃，我也不想吃了。什麼爛話嘛……

「不會吧，還有比公家糧食難吃的東西嗎？」

月退被他逗笑了，有這種效果的話，說錯話倒也還是不錯的事。

「你不吃就不會知道。」

原本他想說「你吃吃看就知道了」，被顛倒之後意思居然也差不多，真是神奇。

「好，那吃一點好了。」

月退似乎心情好了些，他坐起身子，從范統手中接過一顆看起來很好吃的水果。

「怎麼樣，難吃嗎？」

「難吃。」

月退竟然也開始會開玩笑了啊？不過這樣對璧柔真是不好意思。

璧柔拿來的果子有四顆，但月退只吃了一顆就不吃了，本著不吃掉也是浪費的精神，剩下的自然就由范統代勞，他吃得倒是很開心。

「范統……你在你原本的世界，是什麼樣的人呀？」

以前他們其實不太聊天，通常范統都是在陪月退練字，而且房間裡還有硃砂，說起話來還是會比較拘束。

現在是無法練字的時間，難得獨處又沒事可做，自然便是聊天的好時機了。

聊天是互相了解的好方法，范統也很樂意談談自己，可是他真的不擅長聊天。有這張嘴在，想好好聊天根本是痴人說夢。

「我原本的職業是鐵口直斷。」

「鐵口直斷？」

月退顯然沒聽過這個名詞，故而露出疑惑的表情。

「就是算命的，不過我還包很多東西，像消災解厄、結緣牽線，算命也有分類的，我算得很不準。」

「因為算得不準，所以才兼營別的服務啊？」

月退理解似地睜大眼睛，范統則是無奈。他當然是想說自己算得很準，但嘴巴要跟他過不去，他也沒有辦法。

「月退，你呢？」

再談下去，他只怕把過去的自己扭曲成一個跟自己毫不相干的人，比起說話，他還是比較適合當聽眾的，這點他很有體認。

「我……」

被范統這麼一反問，月退愣了愣，反而呆住了。看來他原本只想問問范統的事情，沒打算說自己的事。

「我的過去……其實沒有什麼值得一提的事情。對我來說，一件也沒有。」

在說著這樣的話語時，照理說應該要有幾分憂傷的，可是他沒有流露出這樣的氣息，他在說的時候，整個人是完全平靜的。

其實范統並不喜歡他偶爾會透露出的這種「靜」。這樣的靜包含了「空」與「寂」的感覺，讓人很難判斷他究竟是將一切情緒壓抑，還是真的沒有任何感覺。

雖然難以判斷，但范統認為，他是強制壓迫自己，讓自己置於「空」的無感狀態的，畢竟平常的月退看起來還是很正常啊。

不知道這算不算是保護措施，甚至是下意識的一種慣性狀態……

范統只覺得，這種狀態下的月退，跟任何人都有著很遙遠的距離，那鴻溝隔閡是難以跨越打破的，因為它無形，連看也看不見在哪裡。

「如果覺得難過，就表現出來也沒有關係啊……」

當范統說出這句話後，月退的目光彷彿凝固了幾秒，一瞬間范統甚至有種自己說錯話了的感覺，但明明沒被顛倒啊。

「……是這樣沒錯，我總是忘記這裡已經不是那裡了……」

所謂的「那裡」，應該就是月退本來生活的世界。他在那裡到底過著怎樣的生活，范統難以想像。

都已經是完全不同的世界了，怎麼還會產生錯覺呢？

「仔細想想，還是有好事的，我喜歡救人，只是這件事也不全然……」

他語帶保留，之後像是覺得累了，便閉上眼睛，進入了睡眠。

身體不舒服的人睡一睡也好，范統安靜地待在一旁，盡量不打擾到他休息。

如果可以，他也很想跟著一起睡回籠覺，但昨天睡得早，現在精神好得很，勉強躺到床上應該也睡不著，只好算了。

❀

月退是在中午時醒來的，在他睜開眼睛時，似乎還有些分不清楚夢境與現實而神情僵硬，等到看清楚周遭環境也看見了在房裡的范統，人才放鬆下來，臉上的表情也隨著明朗了些。

「范統……什麼時間了？」

「晚上了。」

由於他報錯時間，害月退緊張了一下，爬起來發現陽光正明艷，才拍了拍胸口。

「呼，硃砂又不在房裡，不是晚上嘛，范統你怎麼嚇我。」

你什麼時候才會搞懂我有語言障礙啊……

「我覺得下床走動應該沒問題了，我們去上課吧。」

月退說著，便換起衣服，做起了準備。

「但我們沒有武器，還不是會被那個腳踏車老師趕出來？」

哇！好棒！機車老師變成腳踏車老師了！從來沒想過會出現這種新詞彙，真是新鮮！

……我越來越會自己解嘲排遣無奈了。

「腳踏車老師？」

月退充滿了困惑。

就算我正確無誤地說出機車老師，你也是聽不懂的，我相信。

「也許我們可以再跟老師商量看看，空手也是可以進行武術實戰的啊。」

你要我空手跟有武器的人打嗎？不要啊！你可以我可不行，我從來沒練過空手奪白刃的絕技，你饒了我吧！而且你想怎麼跟那個機車老師溝通？用拳頭嗎？

「我準備好了，走吧。」

「好。」

……

這種違反自我意志，造成人生走上不同的分歧的錯誤答覆，到底還要發生幾次？

「月退，雞皮跟雞毛……」

「對唷，隨身攜帶比較保險。」

根據打聽來的消息，雞皮雞毛是會有人偷的，放在房裡又沒有人在，那的確很令人不安，只是一袋雞皮雞毛，隨身帶著又不太方便，實在很麻煩。

今天早上璧柔來的時候，好像就已經換成草綠色流蘇了，硃砂也說他上學前會拿雞皮去升級，真是讓人羨慕啊……

「雖然有點不方便，但還是帶著吧，我來拿好了。」

於是，他們就這麼帶著這些「貴重物資」出門了。

范統和月退出門後，就遇到了不友善的人群。

他們想到了有人會偷，卻忘了也有人會搶。

「把雞皮和雞毛交出來，否則就準備到水池重生吧！」

當街搶人，會不會太過分啊。

「……」

月退微微呆愣住，多半是他受過的教育裡又沒教過他遇到這種事情時要怎麼處理了，范統則跟著呆站，反正他也沒有主導局面的能力。

當街搶劫也就算了，更過分的是，來搶他們的是一群藍色流蘇的人，也就是說，他們要嘛是為了不讓他們升級，要嘛是為了自己拿去變賣賺錢，才來「欺負弱小」。

看他們志在必得，放話放得這麼凶狠的樣子，一時還真的會反應不過來。

總不可能就這麼把東西交出去吧？但是不交出去，要怎麼辦呢？

旁邊看到的人多半選擇漠視，除了不想捲入是非與那麼多個人為敵，多少也是因為看到被搶的是西方人，便無意插手了。

這裡的種族歧視還真嚴重，不曉得落月那邊是不是也這樣歧視他們城裡的東方人？

「月退，怎麼辦？」

要年紀比較小的人拿主意，范統覺得自己還挺丟臉的，不過臉皮這種東西是越磨越厚的，相信以後他就漸漸不會有羞恥感了。

「我不喜歡打架，跑吧。」

就算要打架，月退現在的身體狀況也不太適合，但是跑……跑去哪？而且范統很懷疑自己的體力跟跑速，能不能比得過這些搶劫的人。

「月退，你不要丟下我，別走啊！」

月退又愣了一下，然後苦笑。

「我不會不管你就自己跑掉的啦……」

不是，我是說反正我跑不掉，叫你不要管我自己跑就好，但是看起來又造成誤會了。

「沒聽到嗎？不交出來我們就直接動手了喔？」

其實范統也覺得逃跑是比較好的決定，上次月退在武術實戰課打敗的那群同學都是白色流蘇，這群可是藍色流蘇，等級大大不同的，究竟有沒有勝算范統也不知道，能不要冒險還是不要冒險吧。

「數到三就跑吧。」

月退這麼告訴他，於是在數到三後，他們兩個立即拔腿往另一個方向衝了出去。

看到他們逃跑，那些搶劫者當然不會善罷甘休，在咒罵聲中，他們也立刻追了上來，等他們追到鐵定會馬上動手吧。

范統幾乎是跟著月退在跑的，月退即使身體不舒服，跑步的速度與身手還是比他靈活，好幾次范統都差點在跟著跑時被障礙物絆倒，他也再度覺得可以無視這些障礙物，猶如跑在平地的月退，簡直不是人，至少他這個人就辦不太到，後面傳來的聲音顯示那些人對這種障礙跑也不怎麼拿手。

「嘖……冰結咒！」

藍色流蘇的人已經有一定實力了，一面跑一面丟個符咒攻擊獵物還不是問題，他們大概也對這種街頭追逐厭煩了，其中一人隨手掏出了事先備好的符咒，朝著前方的范統便擲過去。

范統當然有聽到對方扔符咒時喊的聲音，他連忙往旁邊一閃，歪打正著地閃開了那張符咒，只不過，疾跑的途中硬是改變方向，也使他身體一下子失去平衡，一個腳沒踩好，便向前摔倒。

「哇啊啊啊！」

摔倒時的保護動作、嗯、啊、呃啊……來不及了。

跑步中摔跤是很痛的，但比起疼痛，後面追上來那些要命的傢伙才危險，月退似乎也注意到他跌倒而繞了回來，范統在摔跤的衝擊還沒平復的狀況下，只看到他的身影一閃，就和那幾個人交手了起來。

月退精準地揮中一個人的臉部，將他擊退，由於感覺到威脅性，那些人的目標全都轉向月退，沒去理睬旁邊的范統，范統在看到月退取得一開始的優勢時還興奮了一下，但他似乎做了那一次攻擊就消耗了大半的力量，人整個虛軟下來，顯然是身體不舒服的狀況影響了他。

在閃過幾次攻擊後，月退便被壓制住了，裝著皮跟毛的袋子被拿走，但他們好像還不想就這麼善罷甘休。

「你們說怎麼處置？」

「就讓他死一次看看好了，當作是抵抗的教訓啊。」

在聽到這句話後，范統當然想阻止。

「喂！你們都搶了南北了還想做什麼！」

這種時候把東西顛倒成南北一點也不好笑啦！快放開月退！

「不干你的事，吵什麼，你也想死嗎？」

一名男子一腳踹中他的腹部，頓時讓他沒辦法再說下去。

「咳……」

當范統再度找回方向跟視覺時，看見的是月退被一名男子掐住脖子的畫面，當下他很想把手邊能找到的東西都拿起來扔過去，不過這巷子裡也沒什麼雜物，他只能空著急。

這時候原本閉著眼睛的月退張開了眼，忽然間范統頓住了，那些在周圍圍觀的共犯也停止了嬉笑，那是一種不知道該怎麼形容的氣氛。

他什麼也沒做，卻讓所有人都感到凍寒。

不，應該說他什麼都，還沒做……

「你們在做什麼？住手！」

一個帶著怒意的聲音打破了這種氣氛，在看向聲音的方向時，范統登時快感動流涕了。

噢！珞侍！你那看起來有點嬌弱的身影這時候看起來真是可靠耀眼耶！有救了！真好！

❀

發現管閒事的人是珞侍後，那幾個囂張的傢伙只能倖倖然地放開月退，范統在跑過去扶月退的同時，也連忙向珞侍開口。

「珞侍，袋子，他們的……」

明明是我們的！嘎！

珞侍大概也明白發生了什麼事，秀美的臉上如同罩了一層寒霜。

「把你們搶的東西還給他們，然後通通退下！」

在聽了珞侍的命令後，那幾個藍色流蘇的傢伙更加不滿了，不過他們還是乖乖照做，將袋子丟在地上，臨走前還惡意地留下一句話。

「不過是靠侍符玉珮的威能罷了，有什麼了不起？」

這句話范統聽到了，珞侍也聽到了，珞侍的臉色因為這句話而微微一變，手也握緊了些，但他沒採取任何行動，就這麼放任他們離去了。

珞侍，你幹嘛忍耐？這種時候就是要把人攔下來一一暴打一頓不是嗎？你是紅色流蘇耶，比他們強啊，應該也不會輸吧？

其實范統只是不甘願沒出一口惡氣而已，看著月退脖子上殘留的紅痕，他覺得那些惡劣分子真該多投胎轉世幾次，看看會不會變善良些。

「月退，你還好嗎？」

珞侍先看的是月退，然後才看向范統。

「范統你也沒事吧？看起來應該沒事。」

這什麼態度……我是順帶的嗎？雖然月退的狀況看起來比較驚險，先關心他也是應該的，但是你怎麼可以就這樣判定我沒事啊？我覺得我肚子還很痛啊！搞不好瘀青了！倒楣一點說不定還內臟破裂……我不是詛咒自己。

被范統扶起的月退伸出手拂過自己的脖子，似乎還有點失神，直到珞侍走到他面前看他，他臉上才恢復出一點表情。

「啊……珞侍。」

月退的眼睛總算可以正常聚焦了，還認得出人來，應該是沒事吧。

珞侍把旁邊的袋子撿起來，看了一下裡面的東西後，就隨手遞給范統，接著開口。

「這種東西就要趕快拿去交，直接換成草綠色流蘇比較實際，放在身邊只是徒增危險而已。」

「可是，毛太多……」

珞侍花了五秒才反應過來是「毛不夠」，他剛才也不過隨便看一眼，自然無法分辨裡面的雞毛有幾根。

「你們怎麼不先把雞毛湊齊啊？連雞皮一起收集做什麼，殺雞比較麻煩，拔毛很簡單，你就算靠近雞把牠頭上的毛拔走，牠也未必會發現。」

咦？那麼那天沒有殺到被人拔過的無毛雞真是太好了。要問我們為什麼連雞皮一起收集，這還真是個複雜到難以回答的問題……

「拿著這種東西也別跑到小巷來，走大路啊。」

「我們是在小巷中被當眾搶劫，逃跑到大路來的。」

說顛倒了，不過沒關係，這種程度珞侍應該可以自己翻譯。

聽到東方城的治安這麼差，珞侍不由得瞪圓了眼睛。

「怎麼會這樣……可惡，新生居民與新生居民的糾紛無法可管，下次會議我一定要提出這個問題……」

由於月退從剛剛到現在都很安靜，范統有點不安，便拍了拍他的肩膀。

「月退？」

因為他的狀況看起來不太正常，范統還用手在他面前揮了幾下。

「……沒、沒什麼，只是想到了一些事……今天還是回宿舍不去學苑了，珞侍，謝謝你。」

月退有點情緒不穩定地說了這幾句話，然後便向珞侍告辭，速度快到珞侍沒反應過來，范統也拿著雞毛雞皮傻在原地。

於是，珞侍看向身邊的范統。

「范統，那你還要去上課嗎？我要走了。」

「……求求您保護我回宿舍。」

為了生存下去，范統想，他恐怕是會越來越無恥的。

最後會變成像米重那樣嗎——？這樣想起來還真是不舒服耶……

結果珞侍真的陪他走回宿舍了，果然就跟他判定的一樣，珞侍是個好孩子，只是嘴巴有的時候不太坦率，他們在宿舍門口分別後，范統便自己上樓，疲憊地推開四四四號房的門。

「范統，你回來啦？」

房間裡有人向他打了招呼，不過……不是月退。

「哇——」

范統受到了驚嚇，立即想關門出去，但米重過來抓住了他的手，不讓他逃跑。

「我說范統啊，看到我就嚇成這樣還連家都不回了是什麼意思……我不是早說過我對你沒興趣了嗎？」

才不是這個原因！難道米重你也想來搶我的雞皮雞毛嗎！我就算是死也不會給你的！

「咦，你抱這一袋是什麼？」

唔？看起來不知情的樣子？是誤會嗎？

「你不覺得在房間沒有人在的時候，擅自走出去是很失禮的行為嗎！」

范統還特地連淋浴間都看了看。沒有人，真的沒有人。

月退跑哪裡去了？不是先走的嗎？

「什麼走出去？是闖進來吧？又不是什麼閨女的房間，大家都這麼熟了，站在外面等很累啊，進來休息一下會怎麼樣嗎？」

別再裝熟了，我很介意。話說你到底來做什麼的？而且現在明明是上學時間，原來你都不上課的嗎？

「我只是想來打聽一下有沒有新的八卦嘛，范統你很行耶，得到了珞侍大人的關注，聽說也跟音侍大人搭上線了？有沒有祕訣啊？」

別講得好像我是出去賣的好不好，而且，基本上音侍大人可能連我的名字都還不知道，見了面搞不好也認不出來。

「還有綾侍大人。」

這個刺激是一定要的，他一直在等這個機會。

「什麼——！」

米重的反應果然非常激烈，他激動到抓著范統的肩膀不住搖晃，像是想從裡面搖出什麼東西來一樣。

「真是太過分了！為什麼你這麼令人羨慕！你跟綾侍大人說到話了嗎？你跟綾侍大人握到手了嗎？分我一點啊——他跟音侍大人到底有沒有一腿？」

為什麼這麼多人都覺得綾侍大人跟音侍大人有一腿？真是太神祕了，綾侍大人您到底對音侍大人做過什麼，做得多過火啊？我寧可相信是跟女王有一腿，不是連沐浴更衣他都在旁邊嗎？

范統默默取了紙筆來。

「你拿紙筆做什麼？什麼……『不告訴你』？你這是什麼意思！而且還硬要用寫的來表達你的意思，這讓人感覺真不悅！又寫了什麼……『我的符咒通訊器是綾侍大人親手做的』……！啊啊啊！賣我！求你！多少錢我都跟你買！范統我對你最好了對不對——」

哇哈哈哈好爽——不過我是不會賣你了啦，裡面有內建的可以找到音侍大人跟綾侍大人的團訊連結處，這是無價的啊，搞不好有的時候有用的，賣給你我不就沒有了嗎？

「我出五千串錢！五千串錢！」

……！五千串錢！可惡！我心動了！看不出來米重居然這麼有錢嗎？等一下，有五千串錢還要為了還債奔波，他到底欠了多少債啊？

「不過，請讓我賒帳，我沒有現金，你覺得怎樣？」

去死吧。

「范統！不要不理我啊！我保證一千年之內一定會還完的！我保證！」

有沒有搞錯，你一年只打算付五串錢嗎！而且不要因為新生居民好像只要換皮囊就可以一直活下去，就隨便開出這種太誇張的年數好不好！

「……你們在做什麼啊？」

最後是放學回來的硃砂幫忙把這個奇怪人士趕了出去，米重還硬是提醒范統自己的通訊器符文，要范統改變心意的話務必聯絡他，這當然是不可能的。

而月退卻直到他們要睡覺前，都沒有回來。

❀

月退，你跑哪裡去了啊？

雖然是該睡覺的時間了，今天才發生過那種事，半夜出門也有點危險，但范統還是決定出去找一下人，硃砂則留在房間裡看管雞毛跟雞皮。

范統在出來時又遇到了璧柔，在一番前言不對後語的溝通下，璧柔大概了解了情況，也自告奮勇跟著一起尋找。

其實范統很希望她可以把音侍或綾侍叫來幫忙，那可能很快就可以找到人了，但他實在開不了口，他深深覺得這是臉皮的磨練還不夠的問題。

「有了有了，我覺得應該是在城外西南方，往那邊找過去大概可以找到。」妳覺得？

范統覺得璧柔也很神奇，她閉上眼睛過了一陣子之後，突然就說了這麼一句話，但范統也沒有依據可以否定，所以只好按照她說的，跟著她一起出了城，往西南方搜索。

走了一段路以後還是沒看到人，但再走下去就會逼近危險地帶了，范統有點猶豫，可是璧柔都沒有回頭的意思，他也就跟著走了下去。

根據以前從米重那裡拿到的地圖，再過去真的是會被怪物秒殺的地方耶。月退你真的在那邊嗎？跑去那麼危險的地方做什麼？

「啊，找到了。」

璧柔指向前方，的確有個人影。范統是從那頭金髮認出來的，他就站在一片虛空之前，襯著遠方的明月，一眼看過去很清楚，也多虧月光照亮了視野。

「月退！」

范統遠遠地叫他，但是他沒有反應，也沒有轉過身來，兩個人小跑步接近他後，璧柔也覺得奇怪地過去搭了一下他的手臂。

「月退，你怎麼會跑來這種地方？我們很擔心你……啊！」

在月退側過臉看見璧柔後，突然用力地甩開璧柔的手，退了一步，在范統和璧柔錯愕地看向他時，都被他的眼神嚇到而說不出話來。

那是一種十分憎恨的眼神，在他用這樣的眼神盯著璧柔時，璧柔只覺得十分恐怖與不解。如果這樣的恨意是針對她，那是為什麼呢？

連范統也搞不懂現在是怎麼回事，他沒有看過月退這樣的表現，也不知道恨的感覺，可以透過眼神如此具體地描繪。

「……抱歉。我剛才怎麼了嗎？范統、璧柔，你們怎麼會來這裡？」

忽然間，那種恐怖的感覺就這麼消失了。站在他們面前的又是他們印象中的月退，正帶著溫和的表情跟他們說話。

只是那溫和之中，似乎還是有一絲隱隱哀傷。

「應該是我們問你怎麼會到這裡來才對吧！你半夜沒回去，大家很擔心你啊！」

大概想把剛才被嚇到的情緒平復過來，璧柔說起教訓的話語，聽起來還真頗有幾分興師問罪的味道。

「呃……我只是出來散心，對不起，我們回去吧。」

月退簡單道歉後，便表示要跟他們一起回去了，畢竟找到人還是最重要的，他看起來什麼也不想說，那麼追問多半也問不出來。

這個夜晚成了一個謎，而且看起來恐怕未必會有解開的一天。

范統的事後補述

所謂的朋友，到底是了解深一點好，還是維持普通的交情好呢？

對我來說，我還是想對月退投注關心的，雖然越挖掘就會越覺得他不單純，但至少個性看起來還是很單純，而且他是個好人，如果他的背景不單純，那也是讓他變得不單純的人的錯。

今天雖然成功保住了雞皮跟雞毛，也稍微修理了一下米重，但好像覺得不是很開心呢。

啊——我對於搞不清楚的情況，總是會覺得很煩悶啦——

而且，從頭到尾跟璧柔是有什麼關係啊？難不成月退你其實也暗戀人家，所以嫉妒？我覺得有這種想法的我真是膚淺，我根本只是想隨便找個理由來逃避嘛？

無論如何，希望明天一早起來一切就能恢復正軌，也希望月退可以過得開心一點，我還是喜歡他露出真心笑容的樣子。年紀輕輕的，還是應該多笑啊，珞侍也是嘛，這年頭美少年都流行不笑裝酷嗎？

我覺得比較悲哀的是，我就算不笑也酷不起來。這到底是臉的問題還是個性的問題呢？

✣ 章之四

這就是我的武……器……？

『真是天作之合。』——珞侍

『好棒喔，我也好想要。』——音侍

『……』——范統

隔天早上該上學的時間，范統和月退都準時起床了，不過硃砂卻依然躺在床上睡得很香，也許是昨天等月退回來等到太晚的緣故，面對這種狀況，范統和月退面面相覷。

「怎麼辦？」

「他說過睡覺的時候最好不要吵他……」

第一次見面時，硃砂就這麼交代過了，既然是他特別叮嚀過的事情，那還是照辦比較好。

只是，硃砂是個認真向學的學生，就這麼放著他不管讓他睡過頭錯過課程，他會不會很生氣呢……？

「要叫他嗎？」

月退好像有點過意不去的樣子。

「誰叫？」

范統不想嘗試。硃砂本來就對他有點意見，再打擾他睡覺，說不定會被他痛毆一頓。

「……還是尊重他的警告，別叫他好了。」

月退也沒有叫他起床的勇氣，兩個人決定自己去上學，不過，今天搞不好還會遇到搶劫，又該怎麼辦呢？

「東西還是我拿吧，那些人主要還是針對我。」

對於今天出門的應對方針，月退這麼決定。

「今天身體沒問題了，我會應付的，范統你就……距離我遠一點吧。」

這樣的決定真令人不高興。明明是一起出門上學的，卻得分開走，裝作一副不認識的樣子，用想的就覺得不開心啊。

「月退，你明天……」

范統是想問他昨天的事情，不過說成了明天。

「……？明天？有事嗎？」

沒事。說明天聽起來好像要找人家約會的樣子，搞什麼……

在他們走下樓時，發現宿舍門口似乎有騷動，等他們走出去，才發現騷動的原因是珞侍跟音侍站在門口。

珞侍跟音侍……？怎麼看怎麼扯不在一起的人啊？

「月退、范統！」

洛侍看到他們後，便喊了他們一聲，既然都被點名了，兩人便往他走了過去。

「洛侍，你在等我們？」

月退看著洛侍，有點驚奇地問。

「我……我才不是特意在這裡等你們，只是剛好路過……只是音侍說要來，我才順便一起過來的！」

洛侍被他這麼一問，頓時略帶慌張地否認，不過否認得有點拙劣。

「小洛侍，你也認識他們啊？好稀奇。」

音侍靠了過來，驚訝地問了一句。

音侍大人，麻煩您站過去一點，別再過來了。好、好閃耀啊，人沒事長那麼帥是想成為男性公敵嗎？而且在您靠過來之後，往我們身上集中的目光馬上變成了好幾倍，這壓力很大耶……

「你會認識他們才比較奇怪吧！」

洛侍用一種難以置信的眼光看向音侍。范統十分贊同他的意見。

「嗯？他們是小柔的朋友，所以也是我的朋友啊，雖然其中一個我有點沒印象不太確定啦，不過既然是一起出現的，大概沒錯吧？」

不好意思，長得很路人有錯嗎？您沒印象的那一個一定是我吧？輾過一次、劈過一次還沒印象，您到底想怎麼樣？

「啊，我想起來了。」

音侍一拍手，看來正為了忽然回到腦中的記憶而高興。

「你傷怎麼好了，難道後來還是死了嗎？」

……別把這種問題問得像是「你吃飽飯沒」一樣好不好？這樣不如不要想起來。還有，別詛咒我。

「你對人家做了什麼？」

珞侍一聽立即用責備的語氣質問音侍，一副不用問就可以直接知道是他的錯的樣子，看來他對他很了解。

「啊！小柔！我等妳等得好苦！」

剛好璧柔從宿舍走出來，音侍便立刻無視珞侍，朝璧柔迎了上去。

「呀！音侍！」

璧柔看到音侍顯得很驚喜，面上也綻開了美好的笑容。

「小柔，我好想妳，抱一個。」

「嗯嗯。」

住手！不要在宿舍門口卿卿我我！綾侍大人您在哪裡！快來阻止這兩個不尊重別人的傢伙啦！

「這世界是怎麼了……」

珞侍如同看到了什麼不可思議的事情一樣呆滯著，他現在才知道音侍等的是個女孩子。

「音侍不可能有對象吧？明明那麼白痴。」

你的意見真是一針見血。

「小柔，我送妳去上課。」

「音侍，你不忙嗎？」

「啊，有點忙，可是好無聊，而且好想妳。上次那老頭跟妳相處的時間還比較久，我不高興。」

「我也好想你，下次我們再去殺雞。」

咳！要講話分開一點說！不要黏在一起……不過殺雞記得帶我們一起去。

整個宿舍門口以及樓上開窗看熱鬧的人都看得下巴快要掉下來了，這絕對是近期最大的八卦——音侍大人有對象了，而且是個西方女孩。

依照這消息的爆炸性，大概中午就會傳遍整個東方城了吧？早知道還是該把消息賣給米重，先賺一筆的。

「小珞侍，我帶小柔先走了，不要被欺負了喔。」

原來您還記得珞侍的存在啊？

「誰會欺負我？」

珞侍臉色難看地反問。

「因為小路侍就跟女孩子一樣可愛，所以……」

「你可以滾了。」

噢，珞侍你這句話真是深得我心。

璧柔挽著音侍的手甜甜蜜蜜地離開時，還有注意到他們而朝他們揮揮手。沒被完全無視真是令人感動……

「你們今天放學有空嗎？」

珞侍都來宿舍門口等他們了，當然是有事情的，音侍都走了，他也該處理一下正事了。

原來你又想約會啦？吃飯嗎？好啊，很棒啊。

「有空。」

月退代替范統做了回答，反正他有空，范統就有空，兩個人的行程幾乎是一樣的。

「還是學苑門口見吧，我帶你們去買武器。」

喔……？

大概是兩個人都露出了意外的表情的關係，珞侍便又困窘地找起了理由。

「昨天發生了那種事情，我又聽說之前你們在資源一區也被欺負，我想、有把武器、應該會有點幫助吧……」

珞侍你真是個善良的好孩子耶，明明是好意，不必這麼害羞嘛。

「武器……」

月退用手托著下巴評估了一下，然後看看范統。

「也許也不錯吧？」

喂，為什麼是看我之後才這麼說？你覺得我才需要，你自己就不用了是嗎？

「錢啊！」

對范統來說，錢才是重點，就算帶他去武器店，他沒錢也買不了武器啊。

「我可以先幫你出，你再還我就好了。」

考慮到如果直接買單，可能會損及人家的尊嚴，珞侍決定用借的，這樣比較不尷尬。

我還欠你五串錢耶。越欠越多，這樣好嗎？一把武器大概的價格是多少啊？確定是我還得起的嗎？

「那麼放學後約在學苑門口，不要忘記。」

「好，謝謝你。」

月退還是一樣有禮貌，不過比起對擁有一把武器的期待，范統還是比較關心買完武器後，珞侍能不能再請他們吃個飯。

❀

由於在臨走前，珞侍好意地說，雞皮雞毛還沒收集齊全之前，可以先放在他那裡給他保管，所以今天來上學，就安心了許多。

上午術法軒的課，范統是在打瞌睡中度過的。沒眼光老師的判定其實很正確，他的確完全沒有術法的天賦，上課教的東西他沒有一樣聽得懂的，比旁邊被判定為百年難得一見的奇才的月退是天壤之別，看月退學會越來越多有趣的術法，范統心裡實在悶得要命。

「其實你可以不用來上課，只是浪費時間坐在教室裡而已，范統同學。」

為人師表，不要說這種話好嗎？小心把你的綽號改成毒舌老師喔？

「一個心中沒有純粹想像的人是不可能開竅的，聽再多課也沒用。」

難道是原本世界對想像力的荼毒殘害了他的天分嗎？從小就知道沒有聖誕老公公對這件事也有影響嗎？太早認清現實的殘酷也有錯嗎？好歹他也有過害怕虎姑婆而縮在被子裡不敢睡覺的童年啊？

這跟小飛俠又沒有關係！我不服氣啦！

「月退，純粹想像到底是什麼？」

既然月退這麼有術法的天分，問他應該最快。

「呃？」

月退被問到這個問題的時候，明顯困擾了。

「我也不知道怎麼說……可能像是，可以把公家糧食想像成很好吃的食物之類的……？」

如果這樣的話，硃砂的天分一定比你高。我忘了天才不一定擅長教育，是我的錯。

「唔，應該是去理解、體會每一樣事物，無論是什麼都能感同身受吧？我想這樣解釋比較好。」

我覺得更抽象了。如果是你原本的舉例，我還可以明確了解為什麼我一輩子都沒希望，但無論什麼都感同身受是什麼意思啊？理解、體會每一樣事物？

「我不懂，有經歷過怎麼理解跟感同身受？」

「這句話聽起來有點複雜，你是說你經歷過了，卻還是無法理解那樣事物？那……大概真的沒希望了，范統。身都受了還不感同，這到底是什麼狀況呢……」

我是說沒經歷過怎麼感同身受啦……就好像我從來沒交過女朋友，怎麼會知道有女朋友是什麼感覺？從來沒當過大富翁，怎麼知道手上有三千串錢會產生什麼樣的想法？

「范統，試著代入你自己想像看看啊，即使想像出來的感覺不一定是對的也沒有關係。」

月退誘導著他了解所謂的純粹想像，但范統嘗試了幾次，將自己的腦袋逼上極限後，還是放棄了。

他這種人就是所謂沒有夢想，只會把夢想掛在嘴巴上當口號的人嗎？

「不要太難過，范統你符咒還是學得很好的。」

范統默默接受了月退的安慰。今天下午的符咒課就要教大家使用符力了，可以正式使用符咒，這其實讓范統還挺期待的。

他們上課上了這幾天，符咒軒的教室還是常常會走錯或是找不到在哪裡。有的時候歪打正著找到教室，還會高興半天，一般找不到的時候還是只有求助於人，幸好友善的同學還是存在的，問一問總是會有人指點。

第一次學習符力，范統跟月退當然一點也不想遲到，反正午餐不吃，便早早探路找到教室坐好，等到上課老師進來，符力的教學便開始了。

普通老師先講解了符力的運作規矩，如何感應符力與培養符力，在這些階段，范統都還覺得挺順利的，講授可以理解，也確實有感知到一股奇特的力量在體內脈動。

接著是關於如何將符力輸出身體傳遞到物件上的說明，所謂的物件包含了符咒、符咒通訊器等物，同時，將符力調節成適合那張符的狀態也是一門藝術，在初步教學完畢後，普通老師便拿了一疊事先準備好的馭火符，一人發了三張，讓大家實驗看看能否成功發出符咒。

要做這種實驗，在教室裡當然不太妥當，於是普通老師便將大家帶到了符咒軒特製的空間內，在這裡可以亂放這種低階符咒，不用害怕會破壞空間，同學們便一個一個試了起來。

拿著手上的符咒，范統覺得自己信心滿滿，他對著前方的空間，在符咒中送入符力，然後擲出符咒。

「馭水咒！」

向前飛出的符咒，頓時變成了一張無用的紙張，飄落到地上。

范統的臉色難看無比。

「范統，這是馭火咒的符。」

月退不明白他在做什麼，剛才老師的說明，范統明明聽得很仔細。

「我不知道……」

我是說我知道。混帳！都忘了還得喊出正確的符咒名稱！我毀了，我的人生已經毀了……

「沒關係，現在知道了，再試一次吧，還有兩張。」

沒有用啦——我本來就知道是馭火咒的符了——

就這樣，范統成為符咒高手的美夢破碎了，而月退對符力的掌握似乎沒有很理想，也許是天生跟這門學問不合吧。

成為一個符咒師，擁有高強的實力，循序漸進地提升自己的實力……原本預算好的未來藍圖，現在整個化為泡影，范統從裡到外都處於一種沮喪的狀態。

如果得在這個世界一輩子當平民百姓，待在底層階級，這種日子感覺真的是亂沒希望可言的，就算他可能可以當個畫符師，但那也只能賺錢啊，好不容易可以接觸這些原本世界沒有的神奇事物，他卻通通不能用，這實在是一點意思也沒有。

所以，在走到學苑門口跟珞侍會合時，范統也照樣頂著這張慘澹的臉孔，一點也沒有強打起精神的意思。

「他這是怎麼了？」

珞侍錯愕地轉向月退詢問，月退簡單地把范統鬱悶的原因告訴了他。

「術法沒天分，符咒唸不出來……范統，你真慘。」

范統被珞侍的落井下石擊沉了。

「既然如此，就在武術上好好努力吧？武術努力練一練也是會有成果的，還是有點希望吧？」

珞侍的提議完全無法讓范統開心起來，武術本來就是他首先排除的科目了，因為他認為自己不是那塊料，現在要他撿回來當成唯一的希望，這也太悲哀了點吧。

唉，東方城沒有教落月那邊的東西，就只有術法、符咒跟武術。不然不是聽說落月那邊還有什麼魔法、邪咒的？搞不好那個他就能學了啊。至於落月的劍術，光聽就覺得必須用劍才行，還是沒什麼指望啊。

「所以，去給你挑一把適合你的武器吧，有好的武器，在武術上的出發點就比較理想了，也許武術會練得意外順手也不一定。」

不可能啦。不可能的啦。比起練武術，我覺得練習逃跑的技術說不定還比較有建設性。

前往武器店當然是珞侍帶路，行進途中，范統也稍微轉換了一下心情，聽說這個世界的武器是會說話的，那應該值得一看，就當是見見世面也好。

「珞侍，你的武器？」

說起來，以珞侍的身分，理當擁有很高級的武器才是，范統不禁好奇。

「我主要擅長的是符咒，所以我沒用武器。」

路侍說著，拿出一個長條型、刻有符文的物品來，繼續說了下去。

「真要說的話，我大概只用這個吧，不過這不是武器，這叫符印。主要是增幅型的道具，拿著這個使用符咒，可以增強效力，發動一些難度比較高的符咒，不過很消耗氣力，一般不常用。」

語畢，他便將符印收了回去。看來這真的只是個物品，不會說話的樣子，范統有點失望。但想到等一下到了武器店就有很多可以看，倒也覺得還可以接受啦。

到目前為止，他都還沒怎麼看過這個世界的特殊武器。平時會見到的同學多半還沒有自己的武器，或者不隨便亮出武器，武術實戰課又只去過兩次……

至於理當有好武器的人，路侍說了他不用，綾侍也是用符咒的，甚至強到符紙都不需要，音侍則不知道在搞笑什麼，上次只拿出水果刀來鬧，導致他到現在都沒見識過會說話的武器。

之前他好像也跟月退談過想拿什麼武器的話題，印象中月退說只要普通的武器就好，很爛也沒有關係，他還是不明白月退在想些什麼。

很快的，武器店到了，從店面的樣子看來，應該歷史頗為悠久了，在路侍帶著他們進去的時候，店裡並沒有其他的客人，在他們進去之後，老闆也掛上了休息的牌子。

「路侍大人，慢慢看，隨意看啊。」

「嗯。」

這……這就是傳說中的包場嗎？果然有身分的人跟平民就是不一樣……

武器店的老闆似乎想讓他們自由選擇，問候完就走到後面櫃檯坐著了，珞侍則從店裡拿了特製的手套戴上，並開始為他們進行說明。

「有靈性的武器大部分都擺在後面的庫房，它們會說話，也有自己的思維，每一把武器的個性都不一樣，在你碰觸到它後，它就會開始跟你交流，一方面觀察你的實力，一方面藉由講話來了解它喜不喜歡你，嗯——雖說營造出好的印象讓武器喜歡你很重要，但還是表達出真正的想法比較好，不然日後相處不好也不太妙，還是別欺騙人家認主吧。」

「認主？」

「這些武器經過認主儀式才能發揮出最大效益，還有，如果它不肯認主，老闆也不會賣你的。一個人不見得只能擁有一把武器，只要它們能好好相處，你愛帶幾把都沒問題，要是相處不來，麻煩的就是你。」

聽起來好麻煩喔。不就是個讓自己變強一點的工具嗎？為什麼還得經營人際關係，搞得好像還得討好對方一樣……

「我現在戴的手套有隔離效果，等一下我會負責拿武器到你們手上給你們試試，有那麼多武器，應該還是可以找到合適的吧，只是可能要花點時間。」

所以你要充當店員為我們服務啊？真是榮幸。

「我們到後面的庫房去吧。」

於是，范統和月退便跟著珞侍，來到了武器店後面的庫房。

庫房的燈一點亮，整個明亮起來的室內便充滿了說話的聲音。

『好亮！嚇死人了！我在睡覺耶！』

『有客人來了嗎？有客人來了嗎？我已經滯銷很久了。』

『千萬不要看上我，我還不想跟我家親愛的分離——』

好吵。

庫房內各式各樣的武器，沒有千把也有百把，大家只要各自說一句話，就足以讓裡面嘈雜不堪了，這麼吵要怎麼挑武器，實在是個很大的問題，就連月退的眉頭也皺了起來。

『喂喂，你覺得這幾個客人看起來怎麼樣？』

『用看的看不出來啦，你問長相嗎？我理想中的主人應該要是美女啊——』

『有啊，不是有個美少女嗎？』

『你沒看他戴隔離手套！他是來幫忙挑的，不是來買的啦！』

珞侍的臉也有點黑了，大概是又被錯認成美少女的關係吧，明明他都已經穿合身的衣服，看得出沒有胸部了，這些武器還真沒長眼睛。

嗯……武器的造型看起來就是沒有眼睛跟嘴巴，那它們到底用哪裡看，用哪裡說話啊？

「這地方好陰險，是哪一把武器說話都聽不出來……」

范統的低聲抱怨難得的沒被詛咒扭曲，月退則在聽到他的碎碎唸後，應了一句。

「不會啊，很好分辨的，是哪一把說的我都聽得出來。」

你果然不是人嗎……

『那個美少年在看我的時候，我覺得心跳得好快！』

美少年？月退嗎？因為珞侍是美少女……反正再怎麼樣也不會是我。

『你要有點劍的骨氣！怎麼可以被看一眼就被俘虜了！應該要好好挑剔一番才能決定自己的終生幸福啊！』

『你就是這樣才嫁不出去啦！都幾歲了！』

喂……那個，我們是來找戰鬥夥伴的，不是來相親求婚的好嗎？

「真吵，我去叫老闆來處理一下好了。」

珞侍像也被吵煩了，便出了庫房去把老闆叫來。

賣武器的人，總該對武器有點辦法吧？大家都這麼想。等到珞侍把老闆帶來後，老闆拍了拍手，清清喉嚨，便開始對武器們喊話。

「安靜！安靜！珞侍大人在這裡，不可以失禮！」

沒想到他喊完後，庫房內反而更吵了。

『誰要聽你的話啊，閃邊啦。』

『珞侍大人？是東方城五侍之一嗎？可以在我美麗無瑕的劍身上簽名嗎？這一定可以提升我的身價的！不過，是哪一個啊？』

『呱啦呱啦呱啦呱啦……』

『哇啦哇啦哇啦哇啦……』

真是個沒有威嚴的老闆。

「珞侍大人，真是抱歉，它們一向不太懂禮儀，要讓它們安靜，我可能沒有辦法，不過有武器的事情想知道的話，我還是可以幫忙推薦或介紹的……」

老闆的額頭上冒了點冷汗，惶恐地道歉，珞侍也無可奈何了。

「算了，那你就在旁邊看能幫上什麼忙吧。」

「是。」

果然是統治階層，說什麼人家就聽什麼。

「你們有比較想要的武器嗎？先隨便拿一把來看看吧。」

「那……刀好了。」

至少在原來的世界，范統還拿過菜刀。雖然拿得不是很順手，切菜會切到自己的手，導致在菜裡面加料，所以他後來就改做一些不需要菜刀也能處理的食物……但拿過的東西總是比沒拿過親切點，范統便先選刀了。

「刀嗎……那，這把先試試看好了。」

珞侍用戴著隔離手套的手從擺放刀的架子上隨便抽出了一把，交到范統手上，在范統握上握柄後，頓時產生一種奇異的感覺，這大概就是所謂的直接接觸交流了。

『呸！好弱！一點實力也沒有！我不要跟你！跟你一定沒有前途！』

看來是挑中了一把眼高於頂的刀了。而既然這把刀都已經明確說出了拒絕的話語，珞侍也不多說，就直接從范統手上把刀抽走，再放回去。

「就……就這樣？」

范統覺得有點莫名其妙，他根本什麼都還沒做啊，一句話都還沒說呢。

「下一把會更好。」

珞侍給他的回答也很神祕，不過他已經把下一把刀又遞過來了，范統便姑且接手。

又是那種通到心裡的奇異感覺，這把刀被他握住之後先「嗯」了一聲，大概正在評估他的狀況，然後珞侍就先問了他的意見。

「范統，你覺得這把刀怎麼樣？」

「不怎麼樣。」

他本來是想說不錯的，沒想到說出來就變成這樣，這麼一來，被他拿在手裡的刀立即生氣了起來。

『你還不是不怎麼樣！我也不想有個叫飯桶的主人啊！這樣大家都會說我是飯桶的刀！難聽死了！要挑剔人家也得自己有這個資格吧！』

這把刀跟他應該也是不歡而散了，珞侍無話可說地把刀放回去，然後嘆了口氣。

「我看刀搞不好不太適合，換個種類試試看吧？」

不，不是那個問題，我覺得不是不適合的問題……你真的沒看出來問題出在哪裡嗎？

在這些過程中，月退則是純粹在旁邊看熱鬧的樣子，他也不時瞥瞥架上的武器，但似乎沒有參與挑選的意思。

「這次換劍吧，來，拿去。」

珞侍又從劍架拿了把劍遞給他，他無奈地接過。

這把劍在被他握在手中後，隨即略帶傲慢地開口。

『看看我身上的紋路，再看看我的設計和光澤，你覺得我怎麼樣？』

會問出這種話應該是想得到讚美吧，范統不知道該不該老實說出自己的感想。最後他還是選擇讚美它，可是說出來卻變成這樣：

「好爛，你的紋路真粗俗，設計俗麗，光澤礙眼，我第一次看到這麼醜的劍。」

說出這種話真的不是他的本意啊。

那把劍聽了他的話之後，立刻就抓狂了。

『我不要這種嘴賤的主人！你另請高明！』

這麼巧，我也不太想要一把自戀的劍，咱們一拍兩散……

珞侍把抓狂的劍擺了回去，很無奈地盯著范統瞧。

「范統，你這張嘴真的就說不出一點好聽的話嗎？」

被問這種問題，范統自然是無比委屈。

你明明知道詛咒的事情還這樣問我——

「范統，就算那把劍真的看起來有點粗俗，設計有點俗麗，光澤也不是很好看，你也沒必要說給它聽啊，放在心裡就好了嘛……」

月退以同情那把劍的語氣說著。

原來你完全贊同我被顛倒語詞之後的批評啊。你的審美標準還挺高的嘛？

❀

「月退，你呢？你也挑一把武器吧？」

范統這邊一副阻礙重重沒什麼希望的樣子，珞侍索性轉向月退，打算替他挑選武器。

「咦？不，我不用了，沒關係……」

見珞侍將注意力轉移到自己身上，月退連忙搖手婉拒，不過珞侍已經隨便抓了一把刀，就往他的手塞過去。

「挑挑看也沒什麼關係啊，沒武器總是不方便吧？」

由於東西都遞到自己手上了，月退便下意識地握住，豈料他手中的刀下一秒馬上發出殺豬般的慘叫。

『哇！放開我！住手！殺刀啊——殺刀啊——救命啊——不要碰我！離我遠一點——』

一把刀可以叫得這麼慘烈也是前所未聞，這刺激耳膜的聲音讓珞侍嚇得趕緊把刀搶回來，胡亂放回原來的位置，那尖銳的聲音才平息下來。

『刀！你沒事吧！』

『呼……劍……我不行了，幫我跟鞭說，不要忘了我們的海誓山盟……』

『刀！刀！你不要死啊！你死了我怎麼辦！我們約好了要一起去見識月牙刃希克艾斯和四弦劍天羅炎的啊！刀！』

范統無言地聽著眼前上演的不知道該給幾分的狗血劇，類似的台詞好像常常在一些地方聽見，但由刀跟劍上演給他看，感覺還真是不舒服。

「為什麼會有這樣的情形呢？奇怪了。」

珞侍百思不得其解，顯然很難接受這樣的狀況。

我說啊，你要不要先關心一下那把刀的死活？它不出聲了耶。那邊那個在那裡站了很久的老闆，你也不來關心一下你的商品嗎？它說它不行了耶！

「剛才的刀真的死了嗎？」

月退的神情顯得很過意不去。嗯，如果換成是我，握一下就害死一把刀，那心理負擔也挺大的。

「老闆，那把刀死了嗎？」
珞侍自己大概也判斷不出來，所以詢問了一旁閒著沒事做的老闆。
「珞侍大人，您不必在意，挑選的過程中出問題，那是本店的武器品質不佳，成本一律由本店吸收，日後一定會再改進。」
老闆以敬畏的態度這麼回答。所以還是不曉得到底死了沒，而且這種說法好像是無良的人口販子似的。
「我偏不信……」
珞侍又從另一個架子抓了一把劍，塞給月退，同樣的情況再度上演。
『啊——不要——誰快來救我——放手！求你放手！不要這樣！求求你——』
聽起來好像被強……咳，沒什麼。
月退火速將劍交回珞侍手上後，珞侍的眉頭皺得更深了。
「怎麼可能……」
「珞侍，真的不用了。」
月退很努力想表示出自己不需要武器，可是珞侍還無法接受的樣子。
「我不信，再試一次，這次找一把品質好一點的。」
他話才剛說出口，整個庫房內目睹了兩把犧牲者的武器們瞬間就恐懼了起來。
『千萬別找我！我只是把爛劍！禁不起折騰的！』

『不要把我放到那個人的手上！別做這麼殘忍的事情！我一個老人家熬不過去的！』

『別過來！不要看我——對面那把弓比較好，我差它差多了，選它！』

『我們幾年的交情了你怎麼可以這樣陷害我！』

『啊啊啊啊啊啊啊——』

一群恐慌的武器同時叫喊起來，那音量跟氣勢都是很驚人的。

「珞侍，算了吧，它們怕成這樣……」

月退於心不忍地又說了一次，珞侍這才勉為其難地點了點頭，平息這場風暴。

可喜可賀，這樣月退你就不會變成武器殺手了。

雖然打消了給月退挑武器的念頭，但這個挫折還是讓珞侍心情很低落，沒弄清楚原因會覺得很不甘心，這種情況下，要負責回答問題的當然又是老闆了。

「老闆，為什麼會有這種狀況？為什麼會這個樣子……」

我覺得老闆也不會知道的，別為難人家了。

「這……這種情況我也只有在另一個人身上看過，實在不太清楚原因……」

「另一個人？是誰？」

珞侍立即追問。范統也感到很好奇。

這種奇怪到極點的狀況，居然不只一例，真是太神奇了，另一個人是何許人也，這是一定要打聽一下的。

「是音侍大人。上次音侍大人光顧本店時，也搞得雞飛狗跳……啊，是、是出了點類似的狀況……為了安撫受到驚嚇的武器，事後我們還歇業了三天……」

……音侍大人？你確定武器們嚇到的原因不是他說話太奇特？

『啊！音侍大人？不要提起那個可怕的人！』

『就是啊！我差點就壽終正寢了！現在提起他我還會顫抖！』

『可是他有答應我的要求，在我身上題字留念，我覺得他是個好人啊……』

題字留念？題了些什麼？音侍到此一遊嗎？

「音侍？」

珞侍迷惑了一下，這個名字讓他有點意外。

「那後來怎麼解決的？他什麼也沒買嗎？」

是啊是啊，他到底帶走了什麼？水果刀嗎？

「後來音侍大人詢問有沒有做壞的武器，就很滿意地從裡面挑一把刀走了……做壞的人家都是拿來退貨，音侍大人卻特別買壞掉的……有種果然是音侍大人才做得出來的事的感覺呢。

「做壞的武器？那不是沒什麼攻擊力可言嗎？他買那把刀難道想拿來當棍子毆打人用？」

珞侍完全無法理解，但這問題要叫老闆回答，也太難了點，可能還是得去問本人吧。

而且，音侍大人不是術法軒掌院嗎？買個跟法術不相關的武器做什麼？

「如果有做壞的武器，倒是可以給我一把。」

沒想到月退也不排斥壞掉的武器，還想帶一把回去，范統和珞侍看向他的目光都變得有點異樣。

這裡又有一個人想要做壞的武器了，這年頭做壞的這麼受歡迎？

「那種東西不好啦！」

「但是，我覺得這樣就可以了，這裡的武器我也不能拿啊，就買把壞掉的武器吧，刀或劍都可以。」

事情大概也只能這麼解決了，在確定結果不太可能改變之後，珞侍瞧向了范統。

珞侍，我覺得，那個，你的目光好像有點凶狠耶……

「這樣的話，范統你一定要挑到武器才行，不然我們豈不是白來了？」

有必要這麼堅持嗎？其實我覺得如果要提高生存率，買個防具還比武器來得有用吧？

「范統，加油。」

月退對他微微一笑。這個時候說加油，總覺得有點詭異，似乎不太適當，月退你東方城的語言其實也沒學好嗎？

「這裡有這麼多武器，一定會有跟你有緣的！」

我已經弄不清楚我們到底是來挑配偶、買寵物，還是選戰鬥夥伴了。你該不會打定主意沒挑到之前不走吧？我肚子餓了啊！放過我吧！

時間已經過了正常吃飯時間，范統的失敗次數也達到了一百六十八把。

珞侍明顯地感到焦躁，月退則很有耐心，完全沒表現出一絲不耐。

范統已經覺得很累了，被一百六十八把武器拒絕過，自然也等於被冷嘲熱諷了很多次，光是挑個武器就這麼艱難，要走上武道發展，恐怕前途堪憂。

在這些種類繁多的武器中，法器類是不被考慮的，因為范統無法修行術法，如果拿了把法杖回去，那根本是搞笑，今天來這裡，要挑給他的是便於進行武術攻擊的武器，雖然到目前為止一直碰壁。

「范統，你怎麼這麼難搞啊！」

珞侍現在的態度就叫做惱羞成怒。范統覺得自己很無辜。

實力被嫌棄，那是沒法子的事，嘴巴把人家氣跑，那是詛咒的問題，通通都不是他能左右的啊，他也已經很努力了……

「乾脆拖把也拿來試試看好了！」

珞侍賭氣地隨便抓了角落的拖把塞到范統手上，這實在讓范統哭笑不得。

『咦？有人看上我了？』

忽然間出現的聲音，讓大家一陣沉默。

這拖把會說話……

「拖、拖把也是靈能武器？」

珞侍吃驚得眼睛都睜大了，他以為這只是打掃店內的普通工具。

『沒禮貌……我是拂塵，才不是拖把呢……呼哈，好想睡覺。不買就把我放回去，不要打擾我的睡眠。』

這拖把，不，這拂塵看起來不怎麼想推銷自己的樣子。拂塵好像是類似雞毛撢子的東西？跟拖把的定位其實也差不多嘛？

這個時候，珞侍突然笑得有點心機，在范統還沒想通時，珞侍就開口了。

「范統，你喜歡這把『武器』嗎？」

「喜歡。」

咦？慢、慢著……

「原來你喜歡啊，那你想把它買回家嗎？」

「想。」

等、等一下，不要誘導我說反話！啊！我應該搖頭的！

『嗯？你要買我？』

沒有！你趕快拒絕！

「范統，說說你對它的想法，問它要不要跟你走啊。」

「我覺得拿這種武器看起來一定很帥，跟我的理想完全符合，一眼看到就覺得很喜歡，感覺很優秀，請不要拒絕我。」

錯錯錯！全錯了啦！每句話都錯了！

『哇，好感動，害我都清醒過來了，這麼久以來第一次有人看得出來我的價值，我終於遇到知己了嗎？雖然你只是個普通的人類，名字也有點奇怪，但看在你這麼獨具慧眼的份上，要我同意認主也不是不可以啦……』

這是個大誤會！你別自抬身價自我陶醉起來啊，我剛剛是在罵你耶！我不要拖把——就算是拂塵也一樣啦！

「真是太好了，范統，它願意耶！」

珞侍一副為他感到高興的樣子，笑著對范統這麼說。

……！珞侍你什麼意思！你明明知道我說話顛倒的，你明明知道！

「……」

月退看了看珞侍，又看了看范統，再看看他手上的「拖把」，好一陣子才找回聲音，擠出僵硬的笑容向范統道賀。

「范統，真是恭喜你了。」

我知道你內心覺得這狀況非常詭異，不用勉強自己說言不由衷的話沒關係，表情太假了，你明明也覺得這拖把不是什麼好武器，說不定還覺得認為拖把很棒的我腦袋有毛病……重點是這一點也不值得恭喜！我根本是被珞侍陷害的！

『那認主儀式快點弄一弄吧，我要繼續睡覺了。』

「……」

這拖把好像很大牌的樣子。不過就是一根拖把啊！

話說回來，拖把……要怎麼使用在戰鬥上啊……

所謂的認主儀式，其實很簡單，在武器店提供的法陣上交換名字，就算是完成儀式，范統本來以為要滴血什麼的，結果只需要口頭發誓而已，這樣到底有什麼效力，他也不太明白。

不過，這感覺就更像公證結婚了。證婚人還剛好三個，滿口恭喜恭喜的……完全無視他這一點喜氣也沒有的臉色。

「我叫范統……」

這種時候沒講出「我不是范統」，真不知道該高興還是難過。

『我叫噗哈哈哈。』

什麼？

你叫做什麼？你……你再說一次？

旁邊珞侍和月退的表情都十分古怪，不曉得是不是在強忍噗哈哈的衝動。這什麼怪名字啊！誰給你取的！什麼爛品味！武器的名字到底哪來的！

「認主儀式完成了，恭喜你，范統先生。」

別再恭喜了，而且范統先生怎麼聽怎麼彆扭，不能叫范先生嗎？

『對了，你有了我以後就不能再要別的武器了，別說我沒提醒你。』

哇靠！這算誤上賊船嗎！月退，快把你的手伸出來，把這拖把接過去讓它死啦！居然要我跟它一對一綁一輩子！

「范統，你的武器真愛你，獨占慾好強喔。」

珞侍你那什麼八卦的語氣？而且拖把根本不算武器吧，別叫它武器亂提升它的等級好不好？

「那麼，這把武器是兩百串錢。」

——！

兩百串錢！

兩百串錢？不過是根拖把！不過是根拖把——

「兩百串錢？」

珞侍應該也覺得這價錢貴了點，所以遲疑了一下，可是都認主了，也不能退貨吧。

「珞侍大人，這是照年代開的價格，這拖……拂塵也算是古物了，兩百串錢是很合理公道的。」

你騙人！你剛剛明明想說拖把的吧！你也是到今天才知道它會說話，在這之前只把它當成普通的拖把吧！這裡有奸商啊！這家店是黑店——

「這個世界的武器都這麼便宜嗎？」

范統說出這句話之後，珞侍瞥了他一眼，像是覺得他這嘴巴真的沒救了，月退則是看起來很想過來關心一下他有沒有發燒，只有「噗哈哈哈」十分讚賞這句話。

『兩百串錢的確是便宜你了，你也知道你佔了便宜啊？雖然被這麼便宜地賣掉有點不悅，但你看起來也沒什麼錢，這件事就這麼算了吧。』

……來人啊，可以把這根拖把拖出去扁一頓嗎？

「另外，這位客人需要做壞的武器嗎？既然是做壞的，那就不收錢也沒關係，我帶你去後面挑一把吧。」

「好的，謝謝你。」

不公平——！在我看來，這拖把分明也是做壞的武器吧？它分明就是做壞了才會做成拖把的造型！拖把根本不是武器該有的類型呀！就算你說道士都拿拂塵好了，這個國家有道士嗎？有嗎？這個國家有人拿這種東西走在街頭甚至是上戰場的嗎？有嗎——

范統極度懷疑這又是看長相的收費標準，那麼他是不是該高興他跟月退只相差兩百串錢？

月退跟著老闆到後面去後，取了一把長度適中的劍回來，其實做壞的武器看起來跟正常的武器外觀也沒什麼差異，只是不會說話、沒什麼光澤、瞧上去黯淡了點，還有據說很不好用罷了，由於沒有靈性，也不需要認主，范統看著看著覺得還挺羨慕的。

拿做壞的武器，不會跟他囉唆又不麻煩，更重要的是不用錢還擁有正常武器的外型……

看月退拿著這把劍的架勢，似乎是很習慣握劍了，沒有半點違和感。

……至於他要怎麼很習慣拿著拖把而沒有半分違和感，那可是個值得深思的問題。如果真的有這一天，想像起來好像挺令人不開心的。

「真的用壞掉的武器就好了嗎……」

珞侍還在耿耿於懷。明明他不是當事者卻很介意。

他拿做壞的武器讓你不滿，那你怎麼覺得我拿拖把就好啊？難道我就很適合拖把嗎？

「我覺得很好，感覺還挺順手的。」

月退將劍收入劍鞘中，也沒看他揮刀試驗，不知道他這順手是從何說起的。

『我要睡覺了，不要吵我。』

噗哈哈哈丟了這麼一句話給他，就安靜了下來，幸好沒傳出打呼聲，不然范統真不知該做何感想。

「兩位買的武器，可以隨意使用沒關係，本店庫房架上的武器都是普通的靈能武器，不必擔心會真正殺死新生居民。事實上噬魂武器也是不能賣給新生居民的，如果是珞侍大人自己要買，本店才能出售……」

除了在戰場上，新生居民是不會有管道得到噬魂武器的，原生居民則是人人配給一把，這就是東方城給原生居民的優勢。

范統只聽說過新生居民殺害原生居民是很嚴重的事，幾乎都會被處死，但要是新生居民拿噬魂武器殺了新生居民，應該要怎麼處置，他就不曉得了。

而老闆的話依然有讓范統在意的地方。拖把到底要怎麼進行攻擊？說什麼隨意攻擊，但怎麼看都很難造成傷害，還是要他把拖把轉過來用柄戳人眼睛？就只有這種很蠢的使用方法嗎？或者他得問拖把該怎麼使用它？居然還得求教於武器本身，有沒有這麼可恥的主人……

「嗯。你們用你們的武器對付新生居民不必客氣，如果他們再為難你們，就給他們一點教訓吧。」

珞侍這麼說，范統則一陣無力。他要拿什麼去給藍色流蘇階級的人教訓啊？拖把連雞皮都不能剝呢。

「今天勞煩你配合了，就這樣吧。」

「是的，珞侍大人，您慢走。」

老闆恭敬地將人送出了門口，接下來照理說是該吃晚餐了吧？范統略帶期待地看向珞侍。

珞侍出來後先做的事情是拿出符咒通訊器，輸入了符力進行通訊，在接通後，他便跟對方說起了話來。

「音侍，你現在在哪裡？噢，那我帶人回去，有事情問你。」

通訊十分簡短，內容則讓人摸不清頭緒。

「走吧，跟我回家，用個餐，順便問問音侍武器排斥的事情。」

珞侍說得輕鬆，范統跟月退的腦袋卻都經歷了好幾秒的恍神。

回家……回家？

「你、你是說，要去那個……」

「神王殿，我家。」

——這也太突然了吧！珞侍大人——饒過我的心臟啊——

范統的事後補述

能夠擁有一把神兵，不知道是多少英雄勇士甚至是平凡小人物的夢想，最好是一拿出手就能威震天下，使用起來招式的威力倍增，讓所有人看了都會嫉妒又羨慕的好武器，只要能拿到那種武器，感覺人也會跟著轉運，整個朝另一條上坡路線疾駛而去……但現在當然是完全沒這可能了。

不管是拖把還是拂塵都一樣，這種東西拿在手上，一亮出來，大家不是目瞪口呆就是捧腹大笑吧，也許還是有影響敵人的效果，但是如果靠著這種視覺效果獲得勝利，那還是怎麼想都覺得很不開心啊……

武術實戰課的那個機車老師說要我們有了武器之後再去上課，意思是有了武器，他才要依照我們選擇的武器來授課嗎？

如果是這樣的話，我拿了根拖把，他不知道要教我什麼？要是他連拖把怎麼使用在攻擊上也有研究的話，從此以後我就不叫他機車老師，改叫了不起老師。

更糟糕的是，這拖把除了名字很奇怪，還要我有了它之後就不許再有別的武器。

這樣即使日後我真的有幸成名，稱號搞不好也會跟拖把息息相關……像是「拖把大俠」、「拖把飯桶」、「拖把怪人」之類的，手持著拖把闖天下……

可以不要嗎？最根本的解決辦法就是不要拿拖把，但是要甩掉它，似乎還不太可能。

也許我該試著跟它好好相處看看，再問它能不能變身成帥一點的武器……？

✣ 章之五

朋友就是該偶爾去對方家裡玩

『結交王子就可以去王宮玩，結交外星人就可以去外星玩。』——范統

『飯桶的家在哪裡？廚房嗎？』——珞侍

要說不想去神王殿，那是騙人的，那可是東方城最為神聖的所在，也是東方城最尊貴的人住的地方，范統當然曾經把它列為「如果有機會一定要去參觀一次」的景點……可是這樣沒有一點心理準備就被抓去，一點也不符合他內心曾經有過的想像啊。

曾經有過的想像，不外乎就是取得了高強的實力與地位，可以昂首闊步地進入神王殿被召見……或者神王殿難得對外開放一次，便跟著人群入內參觀……絕對不是這樣以平民的身分，在深夜單獨進去的啦！

雖說有月退陪他，還有珞侍領路，他們應該算是以王子的朋友身分被招待的，但是感覺還是很不自在，越是接近就越頭皮發麻。

前往神王殿的路上，珞侍也稍微跟他們說明了一下噬魂武器的特性跟需要注意的事項。

「對新生居民來說，噬魂武器是最致命的東西，不要以為被碰一下沒被殺死就沒事，只要傷在噬魂武器底下，就會帶來很難復原的創傷。」

「自殺再重生也不會好？」

范統忍不住好奇問了一句。

「噬魂武器殺傷肉體的同時，也會傷害靈魂。沉月的力量是無法修復靈魂的，自殺再重生，好的也只是肉體而已，所以你們見到噬魂武器，一定要避開。」

也就是看到天敵一定要閃的意思。但是還有別的問題啊。

「靈魂受傷了就永遠不可能復原了嗎？還有，怎麼辨認噬魂武器啊？」

詛咒居然連續兩句話沒找他麻煩，真是太不可思議了，人家說物極必反，難道他等一下就要倒楣了嗎？

不，其實他已經倒楣過了啊。范統看看掛在腰間的拖把，心裡覺得很悶。

「……范統，你忽然說話這麼正常，讓人好不習慣，還是其實你說的又是錯的只是我翻譯不出來？」

珞侍用有點心情複雜的神情看著他。說對話你還嫌！有沒有這麼挑剔啊！

「什麼錯的跟翻譯？」

月退聽不懂珞侍在說什麼，因為他到現在都還沒搞清楚范統的語障確實的毛病是什麼。

「沒事。」

人家都問了你還是不肯幫我跟他說明一下就是了……

「靈魂受傷以後就不可能復原了。至少目前沒看過自行復原的例子。靈魂受傷的人會變得很奇怪，產生不同的缺陷，因人而異……范統你該不會靈魂受傷過吧？」

珞侍自己講著講著，忽然又用狐疑的眼光看過來。

「是！我早就跟你解釋不清了啊！」

我是說「不是，我早就跟你解釋清楚了」……

這麼說來，音侍大人講話那麼奇怪其實是靈魂受損過吧？是吧是吧？

「范統，你是因為靈魂受傷才會說話這麼奇怪？誰傷了你？」

月退用驚疑的眼神看向他，這下子誤會好像越來越大了。

「沒有，他才來這裡沒多久，哪有機會被噬魂武器砍？要是他已經來了五年以上，搞不好還有機會是被落月少帝砍的……」

雖然我曾經想過要死也要死得壯烈一點，最好還被個偉大的人物斬殺，死在豪華無比的絕招下，但如果可以的話我還是不想死好嗎？我一點也不想要那種機會。

「嗯？欸？」

月退沒反應過來，珞侍則又自己補充了一句。

「不過，要是真的是落月少帝砍的，那也不是靈魂損傷而已了，根本不會有活口。」

喔……五年前的戰爭，聽米重說過了，屠殺了三十萬人嘛，珞侍這種不悅的語氣，應該很討厭那個人吧？這大概是國仇家恨等級的？

「月退，你沒聽過落月少帝的事嗎？」

看了看月退的臉色還有他呆住的樣子，珞侍這麼猜測。

「不，我知道……嗯，應該是知道。」

月退在回答的時候還有點遲疑，這點范統也是可以理解的。聽過搞不好就忘了嘛，而且那次他回宿舍提起的時候，一下子說三百萬一下子說三萬的，要人家不搞混也難，硃砂甚至還問他那兩百九十七萬人哪裡去了呢……

「我覺得學苑應該再加開一堂課！對於落月那邊的事情應該讓大家多了解才是，就算是新生居民也該認識我們的敵人，尤其是恩格萊爾那統治著壞人的大壞蛋才是！可不要看到落月的居民還友善地跟他們問好啊！」

珞侍在說這些話的時候透出了幾分激動的情緒，眼神中也帶了一股厭惡。

嗯，好，我知道，第一次見面的時候你也是毫不留情把落月那邊的人轟爆嘛，我都有看到。原來你是仇西方城情結很嚴重的人啊，但是你倒不排斥西方面孔的東方城居民，進了東方城就是東方城的人，死也是東方城的鬼這樣？

「呃……」

月退一下子好像不知道該說什麼，大概想到他本來也該被分去西方城，所以立場有點尷尬吧？

「……我的表情很恐怖嗎？我只是想到那些可惡的傢伙就會變成這樣，嚇到你們了嗎？」

珞侍意識到自己好像展露了比較偏激的一面，連忙調整過來。

不會啦，美少年嘛，生氣的樣子也是好看的，而且你也還沒到面孔猙獰的地步，比起來我覺得月退安靜下來散發出的氣氛還比較可怕……

「不、不會，范統不是還問了辨認噬魂武器的辦法嗎？繼續說吧。」

月退，你明明就比較可怕，為什麼還一副被嚇到的樣子啊？

「辨認噬魂武器的方法有一個很簡單的，就是看武器上面有沒有光芒。」

喔……就是那個光？

「要讓普通武器成為噬魂武器，要點就在於必須使噬魂之力附著在上面，理論上只要能碰觸到靈魂，不需要武器也能將靈魂破壞，但是沒什麼人辦得到這一點。噬魂武器的製作原理就是讓普通人也能藉由這把武器上附著的效果直接碰觸到人的靈魂，並能同時藉由武器的破壞力加以破壞，而噬魂之力本來會發出光芒，因為是附在武器上並保持啟動狀態的，所以那把武器一定會發光，這是基礎的分辨。」

還不錯，珞侍你可以取代米重的功能了。

不過這種說法……那砍到原生居民，不就也有事了？只是新生居民可以復活，被砍到以後沒有從水池浮上來，效果比較明顯，事實上原生居民還不一樣是魂飛魄散嗎？

「匠師在製作武器時，就得選擇要將武器製作成靈能武器還是噬魂武器。因為普通的金屬無法承載兩種屬性，就算能，一般匠師也製作不出來，因此，噬魂武器多半是沒有意識，不會說話的，靈能武器才有被賦予生命，不過由於噬魂之力的強悍，噬魂武器的鋒利度與殺傷力絕不會低於靈能武器。」

既然如此，那通通做噬魂武器不是很好嗎？噢，強力的武器應該做控管是吧？

「靈能武器的好處在於沒有什麼使用年限的問題。噬魂武器上的噬魂之力，過了一段時間就會減弱、消失，然後就變成壞掉的武器，像是武器店裡擺的那些，過一段時間就得再換一把，造價又昂貴……原生居民是由於法令的關係，每人可以擁有一把，壞了就再換新，否則多半也沒有能力負擔那樣的價格。」

多貴？到底多貴？有到兩百串錢這麼貴嗎？

「東方城對原生居民真是好呢。」

月退有感而發了一句，珞侍皺了皺眉。

「可不是嗎？都是違侍那傢伙提的建議，像是新生居民工作的薪水只能領原生居民的一半，也是他搞出來的。」

什……什麼——！

新生居民根本就被搞成二等公民了吧！違侍大人果然是新生居民的敵人，如此明目張膽地壓榨自己人，比落月那邊的人還可惡啊！

「范統，扯到錢的事情你好像反應就會特別大。」

大概是他的表情太誇張了，要人不注意都難，珞侍和月退都朝他看了過來。

「你們又不是不知道我沒負債，過輕鬆日子……」

這句話比較好翻譯，珞侍心領神會地點點頭，月退則用不知道他靈魂究竟有沒有損傷、該不該同情他的眼神看著他。

「你還是慢慢努力還債吧，這種事情自己做起來比較有成就感，也比較能體會到金錢的可貴。」

我現在已經負債三百九十五串錢了。努力似乎是不夠的，我想，嗯，大概是要拚命吧。

這個時間的街道，發放公家糧食的攤位都已經收起來了，由此可知他們已經比正常的晚餐時間晚了好一陣子。夜晚的東方城只有幾區會特別熱鬧，隨著夜越深就越明顯，這幾區裡面當然沒有包含神王殿，他們等於是從熱鬧的地方慢慢走向冷清的地方，一路上行人逐漸減少，直到只剩下他們三個。

剛才跟珞侍一起走在人多的地方的時候，他們依然被街上的人投以注目，雖然現在范統已經不會那麼不自在了，但心裡仍難免不解。

看什麼看？珞侍是不能帶部下一起出現嗎？把我們當成部下有這麼難嗎？真是奇怪了。

好吧，交談的神態跟走路的模樣可能不太像，但……你們別看那麼仔細就好啊！真是的。

在接近神王殿的區域後，是沒有路人了，但那種不自在的緊張感反而更嚴重，因為剛才面對的是一般居民，接下來所要面對的可是王宮。

「珞侍，那個……真的不進去嗎？」

「什麼不進去？噢，你是說要進去？當然要進去啊，不是說了，進去用餐跟問問題嗎？音侍說到他那裡用餐，我們直接過去就可以了。」

「可是，那個那個那個……如果遇到少帝怎麼辦？」

「神王殿怎麼可能會遇到少帝？啊，你是說女王？你這張嘴真的很糟糕耶！」

呃啊，一直擔心會把女王說成少帝，結果還是發生了一次……

「我母親多半待在她的宮內，不常出來走動的，不用有壓力，如果真的遇到了，行禮問好就行了，她不會對你們感興趣的。」

珞侍這麼告訴范統，范統卻覺得可信度不太高。

是嗎……唯一的兒子難得帶回來的朋友，而且是新生居民，做母親的真的會不感興趣嗎……除非她根本不關心自己兒子吧？

「要出去總覺得很緊張耶，月退也會緊張，對不對？」

范統還在怯場中，順便拖人一起下水。至於進去講成出去，這已經不是他在意的焦點了。

「是有一點……」

月退苦笑了一下。他是隨便說說的，沒想到還真的有啊？

「緊張些什麼！音侍你們也見過了，神王殿也不過就是大了點，有侍衛，其他都跟一般場所差不多，習慣就好了。」

那是因為這是你家，你才說得這麼輕鬆啊！

都已經跟著走到這裡了才回頭，實在也有點說不過去，加上肚子確實是餓了，在王宮裡吃的飯不曉得會是什麼樣子，范統便抱著期待又緊張的心情繼續跟下去了。

神王殿前有一段階梯路要走，上去之後，就能近距離面對這座冰藍色的美麗建築物了。過去在遠處觀看時，只覺得建築材質反射了光後的模樣十分夢幻縹緲，現在近看的感覺，則更加深了這樣的印象，整個神王殿那種透明氤氳的氣氛，帶有一種難以言喻的神祕感，也讓人心中不由得升起一種膜拜的衝動。

在他們靠近神王殿正門時，兩邊輪值的守衛們立即整齊劃一地行禮，珞侍也早已習慣這樣的場面了，只手一揮表示了他有看到，便帶著人直直走進去。

「珞侍大人。」

侍衛不愧是專業的，完全忽略他們這兩個路人，連看都沒有多看一眼，當然也不會跟他們問好行禮。范統有注意了一下，神王殿的侍衛全都是藍色流蘇以上，而且通通是新生居民，真不曉得原生居民都在從事什麼工作，就算他們有兩倍的工資可以領，沒工作也沒錢賺啊。

雖說剛才的武器店老闆就是原生居民，證明原生居民還是有工作的，但范統看到原生居民的機率真的很低，說起來，僱用新生居民只需要給一半的薪水，那麼原生居民要找工作是否就更難了呢？

可能是進到王宮太緊張，他才會下意識思考起一些不相關的民生議題逃避現實吧，相較之下，月退就很有閒情逸致地到處打量，東看西看的，還真是令人羨慕。

他們筆直穿越神王殿的第一殿後，眼前是曲折多道的迴廊，走哪邊可以通往哪裡，這裡也只有珞侍知道，反正跟在他後面走就對了，應該不需要煩惱迷路的問題。

「我們直接去音侍那裡吧，下次再去我那裡好了。」

下次？耶？所以你還真當是邀朋友來聊天泡茶，隨便什麼時候來都可以？

對珞侍來說這裡只是「他家」，所以他大概也無法理解別人進來這裡的拘束感以及無法適應的問題吧，范統已經習慣他有點強硬的態度了。

珞侍帶他們走了其中一條迴廊，中間還繞過了類似水池布景的樑柱，看來等一下要離開的時候還是得靠人帶路，范統自己可記不下來。

在繞完了迴廊，又進入較為寬闊的地方時，珞侍稍微說明了一下。

「這裡是第二殿，從這裡可以通往我住的地方。」

一殿二殿的光線都稍嫌昏暗，可能白天主要是採自然光，晚上可以點燈火的地方就不多，才會這個樣子吧。

說起來，一共有幾殿啊？

在他們又通過一片水域，進到第三殿時，迎面恰好遇見了一個人，讓珞侍停下了腳步，神情也從剛才的輕鬆，轉為了比較嚴肅的模樣。

「珞侍，你帶著新生居民進來做什麼？」

對方一開口就不是友善的語氣，那樣的態度，除了帶點質問，還包含著鄙夷。

「新生居民沒有資格踏入這個地方，除非有公務。」

聽到這樣的話語，范統也可以猜出他是誰了。

東方城五侍，除了消失的暉侍，還沒見過的就只剩下一個了，也就是聽說十分苛待新生居民的違侍，跟他現在說的話相映，形象還真正確。

因為從來沒看過違侍，范統也不由得多看了兩眼。雖然這裡燈光微弱，但還勉強分辨得出違侍的頭髮是灰色的，他看起來就是一副不苟言笑的樣子，讓人不會生出想跟他親近的念頭。

違侍看起來外表大概接近三十歲，長相自然也是不錯，只是還無法跟音侍相提並論，音侍笑起來可以風靡群眾，違侍要是笑起來……范統只想像得出奸笑的感覺。

「他們是我的朋友。」

珞侍沉下了臉孔，顯然對違侍的發言感到不高興，但違侍並沒有因為察覺了他的不高興就閉上他的嘴。

「跟新生居民交朋友？珞侍，記住你的身分，你的舉止必須符合你的身分地位，別讓矽櫻陛下蒙羞，我一直以為你應該有這點認知的。」

違侍除了剛走過來時瞥了他們一眼以外，接下來完全沒有看向他們的意思，好像發現是新生居民後就連多看幾秒都嫌多餘了，這種高度的歧視他完全沒有隱藏的意思，如果他一貫都是這樣露骨地表現他對新生居民的排斥，那麼被討厭也是很正常的了。

范統也順便看了一下違侍的流蘇。是深紫色的，其實也是少見的高手了……總之，他到現在還是無法明白音侍的流蘇為何會是純黑色。

「我不需要你來教導我如何選擇朋友，你又不是我的父親！不要告訴我應該怎麼做，你憑什麼干涉我的私事？」

違侍那種以管教者自居的嘴臉讓珞侍相當反感，反彈的口吻也因而略顯激烈。

「這只是善意的提醒，畢竟你年紀還小，能力也不足，要顧全『侍』的職責可能還辦不到，在我看到你的判斷力似乎有點問題的時候，讓你知道你的錯誤是理所當然的，還是你驕縱無禮到根本不接受長輩的指教呢？」

「你……！」

被他這樣用言詞貶低，珞侍氣得幾乎說不出話來，如果這時候破口大罵好像又印證了他說的驕縱無禮，那麼他就更有藉口可以說他沒教養了，可是話都給他說去，實在令人很不甘心，偏偏他就是想不出可以反諷的台詞，只能咬咬牙忍下。

珞侍，你跟他客氣什麼？這時候直接賞他兩巴掌再踹他一下……咳，反正用暴力封住他的嘴就可以啦！不過你好像打不過他……那去跟你媽哭訴也可以啊！他對女王總得敬畏三分吧？可是又聽說女王對他言聽計從……真傷腦筋，到底該怎麼辦？

兩個侍在講話，范統跟月退這種平民當然是沒資格插嘴的，隨便插話說不定會讓珞侍的立場更為難，所以他們只好選擇保持沉默。

「嗯？人看起來好像有點多……啊，死違侍，你又在欺負小珞侍！」

這個從另一個方向傳來的話語聽起來有種莫名的熟悉感，應該說，超級容易辨認的。

在聽見這個聲音後，違侍的臉孔明顯地扭曲了一下，流露出比看新生居民時更嚴重的憎惡，這一定是過往過節太多，積怨已深，才會讓他只聽到聲音就變了一張臉。

「音侍，又是你！」

「啊，搶我的台詞。為什麼我只是出來找一下人也會遇到你，你就不能別到第三殿來嗎？」

音侍一面走過來一面說著，看似對違侍很不耐煩。他總是在很恰好的時候出現，這不知道算不算是一種天賦？

❀

從第三殿的另一頭快步走過來的音侍，一過來就擋在違侍和珞侍中間，一副是要維護珞侍的樣子。

「死違侍，你怎麼這麼沒品啊？就只會欺負小珞侍，可恥！」

這完全是指責壞人的語氣，達到了激怒違侍的效果，但他看起來還是想維持理智，努力用平靜一點的聲音說話。

「你看到什麼了？就這樣一口咬定我欺負他？我只是在做必要的教導！」

不過他大概忘了，跟音侍說話，想好好溝通是不可能的。

「看表情就知道了，小珞侍一定是被你氣的，你就只會講難聽話，生活無味、個性扭曲、欺負小孩子！」

那個啊，我覺得音侍大人您的嘴巴也沒好到哪裡去。還有，如果看表情就知道的話，那現在是不是您在欺負違侍大人，瞧他氣壞的……

「我警告你，別再隨便用一些沒有條理的話汙衊我！」

違侍也火大了起來，瞪著音侍，彷彿很有機會一言不發就動手。

「什麼調理不調理的，我又不會做菜，不要扯開話題啦。」

到底是誰在扯開話題……？

「我不跟你這聽不懂人話的傢伙做口舌之辯！」

違侍一甩手，便轉身憤而離去，音侍則對著他的背影嘟囔了一句。

「講不過就跑，小人。」

我覺得他只是發現了無法溝通的事實啦。

「小珞侍，他有沒有對你怎麼樣？」

違侍人走了，音侍便轉向珞侍，急切地詢問。

「他只是說了一些不中聽的話。」

珞侍心情還是不怎麼好，臉色不佳地回答。

事實上他也不能做什麼吧，難道還真的對女王的兒子動手不成？

「啊，真是討厭，好想把第四殿通往第三殿的迴廊轟掉，堵住了他就過不來了。」

音侍發表了十分有問題的發言。基本上，如果真的這麼做，那第四殿後面的其他人也過不來了吧？

「綾侍在第五殿，母親大人在第六殿，你忘記了？」

珞侍黑著臉問。也就是說，音侍如果這麼做，會被這兩個人聯手教訓一頓的。

「嗯？那搬到前面來好了，叫違侍去住後面。」

「……」

你說了算嗎？

「音侍，先到你那裡去吧，在這裡站著談話也不方便。」

「好。走吧。」

「……你走錯方向了。」

珞侍冷冷地說。這好像扯了點，這裡不是他住的地方嗎？住了這麼久了還搞不清楚方位，那實在是太糟糕了點，平時搞不好還會有回不了家的問題。

「嗯？啊，我不太習慣用走的。」

音侍對於自己的錯誤沒什麼自覺，能走出來卻走不回去，記性似乎不太可靠。

所以您平時是怎麼回去的？都用術法挪移嗎？

從第三殿的金色走道順著走下去，就能抵達音侍閣。現在是晚上，看不太清楚外觀，倒是一片燈火通明的室內，布置得簡單大方，柔和的暖色系色調看起來很舒服，讓人不由自主地有種放鬆的感覺。

因為音侍說飯菜準備好了，先吃飯以免涼掉，他們就直接步過客廳前往吃飯的地方，反正大家也都餓了。

在進入餐廳看見那張三層桌上滿滿的菜時，珞侍再度覺得頭痛了起來。

「你……弄這麼多食物是想做什麼？」

「嗯？我想，好幾個人吃飯，越多越好啊，太多了嗎？」

「太多了！你以為有幾個人啊！這麼多食物你是怎麼在這麼短的時間內準備好的！」

「啊，我跟他們說，一盞茶的時間內通通給我擺好，他們怎麼做到的我也不知道，我怕你們很快就到了嘛。」

「……」

跟這個人說話真的很無可奈何。不必相處過很久，也可以認知到這一點。

「真的太多了嗎？」

音侍看著那滿桌琳瑯滿目的菜色，疑惑地又問了一次。范統覺得，他可能很缺乏一些基本概念，難道他不會拿自己的飯量來算嗎？

不，可能數學也不太好。或者根本就是說錯了。上次符咒通訊器就讓人家多帶了……

「當然太多了！吃不完的！」

「那，我找小柔一起來吃？」

您會不會太隨性了點？

「我們還有事情要問你，你找綾侍過來吃還差不多。」

這麼晚了還找個女孩子過來他的房間吃飯，怎麼想都不太對勁，真的是一點自覺也沒有。

「綾侍？可是……算了算了，找過來也比較熱鬧。」

音侍說著，便拿出了符咒通訊器開始進行通訊。

「綾侍，是我，過來吃飯……你怎麼可以罵我神經病，是小珞侍提議的，你這老頭一直自閉，我好心找你湊熱鬧，你怎麼這麼冷淡？噢，小珞侍在你就肯過來了？你好過分，給我記住。」

聽起來綾侍會過來的樣子。從第五殿過來不知道要多久，不過綾侍感覺比較可靠，應該不會有迷路的問題。

「啊，你們先吃吧，不用等他了……我們是不是早上見過啊？」

音侍一面招呼他們，一面盯著范統和月退，偏了偏頭問了一句。

非常正確，我們早上才見過，所以你還是不記得我們的臉嗎？

「啊！我仔細看看才發現你長得有點像暉侍！」

您真的後知後覺到極點了，音侍大人。

「你居然到現在才發現……」

珞侍又不知道該對他說什麼了，如果到現在才發現月退長得有點像暉侍，代表他之前根本沒正眼看過人家吧？

「以前暉侍也是住在第五殿，違侍對他也嫉妒得要死……不說了，菜要冷了，吃吧吃吧。」

哦？第五殿？最接近女王的地方？待遇很不錯嘛，看來女王很喜歡他囉？

音侍大人會被「流放」到第三殿，還挺好想像的，像是太吵了太白痴了之類的原因都很有可能，但是……珞侍住在第二殿，又是什麼原因呢？

范統一邊想，一邊也跟月退一起拿起餐具開動，吃了一口之後，他頓時眼睛發光。

喔喔喔喔！

不愧是王宮做出來的飯菜！做太多吃不完的話，音侍大人，我可以打包嗎？

人就算再怎麼飢餓，要把音侍搞出來的三層桌大餐通通送進胃袋，依然是不可能的事，就在范統、月退跟珞侍都已經吃得半飽的時候，綾侍也到了，晚上的他穿著比較隨性的袍子，應該是在室內活動用的吧。

這下子是不是可以去跟米重炫耀我看過綾侍大人穿家居服的樣子了？雖然這樣好像很幼稚……

「綾侍，你怎麼這麼慢？」

音侍看到綾侍出現，第一句話就是這個。話說從剛剛到現在，音侍都在旁邊看他們吃，或者自己找東西玩，就算他晚餐吃過了也不是這樣的吧，明明自己沒概念弄了一大堆的菜來也不負責幫忙吃一點……

倒是月退嚐了不少菜之後都覺得很新鮮似的，指了不少他覺得好吃的頻頻問這是什麼，范統偶爾會回答，主要在回答的都是珞侍，畢竟這裡的菜他也比較熟。

至於音侍，他能搞清楚自己到底弄來了多少菜就不錯了，根本不指望他能回答這種問題。不過，當珞侍指出某道菜是蛇肉，某道菜是什麼什麼奇怪的東西時，他們兩個都會不由得僵直住，後來月退也就不問了，好奇心過盛有的時候真不是好事。

「路上遇到違侍，吵了一架。」

綾侍神色不悅地撥了一下肩膀上的頭髮，看得出來被違侍搞得烏煙瘴氣的。

喔……違侍大人回去第四殿，綾侍大人從第五殿過來，又剛好碰上啊？到底該說是誰倒楣呢……

「啊，你也遇到違侍？有打他嗎？」

音侍關心的焦點好像有點問題。

「我是很文明的，只有在對付敵人時才會毫不留情地動手，畢竟敵人只有剷除的價值，敵人越少對我來說越好。」

綾侍似乎跟珞侍一樣是激進派，而音侍則是比較和平，對他的想法不能認同。

「啊，那些沒有惹到你的西方城居民是無辜的吧，你幹嘛總這麼仇視人家，你不覺得違侍比他們更有被討厭的理由嗎？」

我難得覺得音侍大人的話很有道理，比起素未謀面的落月居民，還是違侍大人比較討厭一點。

而且，綾侍大人您沒聽過無能的同伴比敵人要來得可恨這句話嗎？

「只要跟西方城有關就足以讓我敵視他們了，不需要別的理由。」

「啊，死老頭，那小柔怎麼辦？我怎麼辦？你乾脆先向我動手算了。」

等一下，跟璧柔又有什麼關係啊？人家只是西方面孔的新生居民吧？

「綾侍，你也過來吃點東西吧？好多。」

珞侍盯著這看起來沒減少多少的飯菜皺眉，插入了他們的談話。

其實多一個人吃也不會有太大的幫助，拿出去請衛兵還比較有建設性一點，但是這樣我就不能打包了，請讓我打包吧。

「不了，我不吃，只是過來看看。月退和范統也來了？」

綾侍就記得他們兩個的長相跟名字，跟音侍真是天壤之別。

「綾侍大人，您好。」

月退禮貌性地做了問候，范統跟著低了低頭，不想開口。

「啊，對了對了，綾侍，他長得跟暉侍有點像耶！」

音侍很興奮地向綾侍報告他的「新」發現，當然是被綾侍白了一眼。

「上次就見過了，你現在才發現？」

腦殘的人附帶一點眼殘，也還挺合理的啦。

「啊！你上次就看到了！怎麼不跟我說！」

「我覺得有眼睛的人自己都會看見，不需要特別提出來說。」

「什麼眼睛不眼睛……啊，氣死我了，你又拐彎子罵我！」

「難得你有發覺我在罵你……」

綾侍的語氣似乎有點感嘆，這樣聽起來真是糟糕。

被小小議論了一番的月退，因為忽然成為他們的話題而有點食不知味，索性放下餐具說吃飽了，珞侍也跟進，范統只好快速將手上的食物塞入嘴巴裡，然後結束用餐，以免讓自己看起來很貪吃。

「都吃飽了？那剩下的怎麼辦呢？」

音侍呆呆地問，綾侍則理所當然地回答。

「都收掉吧，弄這麼多做什麼？如果你找我做，至少我還知道控制分量。」

哇！綾侍大人您會做菜！

不，不對，慢著，別收掉啊，你們這些蹧蹋糧食的有錢人！

「不、不能打包嗎？」

范統鼓起勇氣喊出來後，大家都瞧向了他。

怎麼覺得還挺丟臉的，可惡。

「可是，帶回去就冷掉了啊。」

音侍一臉不能理解他為什麼想打包的表情。就算那張臉很帥，聽到這種不知民間疾苦的話，還是令范統覺得很想揍他一拳。

「宿舍應該沒有可以保存的器具吧？你們應該也沒學到相關能利用的術法或符咒。」

綾侍提出的問題至少還比較實際一點，可是拿回去至少還可以放一天吧，運氣好的話，說不定第二天還是可以吃啊，這樣丟掉實在太可惜了，他們都不了解沒錢的人有多麼缺乏食物。

「范統，你真的是飯桶嗎？」

珞侍皺著眉對他說了這麼一句話，有點打擊到他。

人本來就是食衣住行育樂這樣排下來的，食是擺第一的啊！

「呃……」

月退看了看范統的表情，想了想之後，露出了含蓄的笑容。

「我也想打包，回去也許還有機會吃，可以嗎？」

「可是，冷掉的……」

音侍還在碎碎唸。

「我放個符保鮮好了。」

綾侍很爽快地提供幫助。

「……你要是想打包就包吧，隨便你。」

珞侍看向了別的地方，沒再出言反對。

雖然月退是看見他的渴望才幫他說話，但見識到這種差別待遇，范統還是覺得好想落淚。

偏心啦……真的是偏心啦……

「那我讓人進來收一收包一包，我們去別的房間玩吧。」

「……我們不是來玩的，是來問你問題的……」

「時間有點晚了，不回去硃砂會不會擔心？其實問題不問也無所謂……」

月退看了一下時間，覺得再待下去好像有點不妥，而提出了回去的建議。

「既然都來了當然要問啊！主要是為了問問題才來的，不是為了吃飯！」

「唔……」

總之，雖然身為當事者的月退對問題的答案興趣缺缺，他們還是換到了另一個房間去談事情，綾侍也就跟著一起來聽了。

❀

「你們要問我什麼問題？」

在另一間會客室坐定後，音侍便開門見山地詢問了他們的來意。難得有人來「求教」，他也覺得挺新鮮的，通常大家都是叫他不要講話，會想聽他說話的人是少之又少。

「你之前去城南的武器店買了把壞掉的刀吧？」

珞侍這麼問了以後，綾侍挑了挑眉，音侍則吃了一驚。

「小珞侍，你幹嘛把我的事情打聽得那麼清楚？」

「誰想打聽你的事情！是剛好聽說的！」

珞侍用一種十分受不了他的語氣回答，這時綾侍插了一下嘴。

「音，你買武器做什麼？」

綾侍從眼神到話語，都透著一股「你到底有多無聊」的鄙夷氣息。

「啊，好玩嘛……對了對了，告訴你，我還有買新的護甲哦，下次穿給你看，我覺得穿起來還挺不錯的，不知道小柔會覺得怎麼樣？」

「……你果然是個白痴。」

「嗯？為什麼？」

還認真追究人家為什麼會說您是白痴……這感覺就更白痴了，您到底有沒有神經啊？音侍大人？

「我們聽老闆說，被你拿起來的武器都會尖叫，好像生命遭受危機一樣，所以最後你才買了壞掉的武器離開……」

「小珞侍，你好像在審問犯人喔，先說好，那把刀我不會讓給你的，你再喜歡也沒有用喔。」

「……」

這時候，綾侍又用很冷淡的眼光瞧向了音侍。

「音，你沒事去摧殘那些武器做什麼？」

「啊，我又不知道會這樣，我只是想找個對象說話嘛，結果沒辦法達成這個願望，又忽然覺得身上帶把武器也不錯，就買了把壞掉的刀，哈哈哈。」

這個人到底把武器當成什麼了？

「所以，你知道為什麼你拿起靈能武器會有那種現象嗎？」

「啊，我想大概是因為我是……啊！好痛！老頭，你為什麼打我？」

音侍按著頭上被綾侍狠敲了一下的地方抗議著，顯得相當委屈。

「什麼話可以說，什麼話不能說，你好歹也要有點自覺，別得意忘形了，笨蛋。」

他們的對話讓人覺得其中有什麼不可告人的祕密存在，而音侍在聽了以後，「哼」了一聲就不再說話了，他本來到底想說什麼，大家自然也就無從得知了。

「不能說嗎？」

珞侍有點失望。如果不能說，他也不會硬要問出來，只是還是會覺得悶悶的罷了。

若說違侍是直接在言語上明白表示他能力不足，不能將重責大任交給他，音侍和綾侍的態度就好像是委婉地顯露出他們其實也覺得他不夠成熟，有些事情依然不能讓他知道。

「不能說。小珞侍你總有一天會知道的啦。」

音侍看起來很想說的樣子，但他還是忍住了，倒是綾侍懷疑起了別的事情。

「你們怎麼會打聽到這種事情？又怎麼會想追問原因？」

「我們去買武器……」

珞侍本來想把事情經過解釋清楚，但在注意到月退略顯不安的臉色後，他便打消了念頭。

「……恰好聽武器店老闆說起這件事，覺得很不可思議，所以才想來問問看。」

「你們去買武器啊？小珞侍，你想改修武術了嗎？想修武術的話我也可以教你哦，我……」

音侍說到一半，又被綾侍賞了一拳，中斷了話語。

「想也知道不是。是去幫他們兩個挑武器的吧？珞侍，你真有心，難得交了朋友啊。」

被綾侍這麼一說，珞侍又窘了起來。

「那是、那是因為他們被欺負，還差點被殺，我看不過去才會……」

「好意直接讓對方知道不好嗎？不必遮遮掩掩的不承認。」

綾侍補充了這一句之後，珞侍秀氣的臉便紅了。臉皮還真是薄啊……

「他們被欺負？啊！小柔會不會也被欺負？不行，我還是應該去看看她……」

音侍想站起來，卻又被綾侍按住，要他別那麼躁動。

「現在幾點了？你想做什麼？去夜襲女孩子的房間？你想成為明天最大的醜聞主角嗎？」

「可、可是，如果是我去夜襲就算了，別的男人去夜襲怎麼辦？啊啊啊！」

「沒有人會去夜襲！」

是啊，你們要關心也該關心已經被欺負的人，不是一直關心根本什麼事也沒發生的人吧？

「有買到好的武器嗎？」

綾侍隨口問了一句，三個人頓時陷入沉默，現場的氣氛也冷了下來。

一個買了壞掉的武器。

一個買了拖把。

有買到好的武器嗎……有買到好的武器嗎……有買到好的武器嗎……

「你們表情怎麼這麼複雜？買得不順利？」

別再問了。再問我要哭給您看了，真的。

沉月之鑰
©水泉
NOT FOR SALE

「啊，你腰間掛的那是什麼？看起來好有趣。」
音侍忽然像發現了什麼新奇事物一樣指向范統的腰間，一副很有興趣的樣子。
「……」
范統經過一番猶豫掙扎，才克服羞恥心與面子的問題，低聲回應。
「我的武器。」
月退別開臉，像是覺得他的表情慘不忍睹，珞侍則將手放在嘴巴前，想掩飾偷笑的事實。
綾侍盯著他以及他的「拖把」看了好幾秒，才懷疑地開口。
「你的志向是當清潔工？」
太殘忍了。這樣落井下石是對的嗎？綾侍大人——
「綾侍！這個好棒！我也想要一把！」
音侍完全無視眾人對這拖把的反應，硬是直接展露出他不同於常人的喜好，看他這麼喜歡的樣子，范統還真想跟他換，不，原價賣他兩百串錢就好了……
「它怎麼不說話？讓它說話啊。」
讓它說話？范統無法理解。事實上，他現在還跟他的拖把完全不熟。
「范統，忘了跟你說，在和自己的武器同步率變高後，就可以直接與武器進行心靈溝通了，這樣就可以不必以聲音交談，不過你現在應該還無法做到。另外，認主之後，如果沒有主人的允許，正常來說武器是無法與別人交談的，除非他們直接碰觸武器本體。」

珞侍給他補充了說明。原來是這樣啊。難怪那麼多人都配有武器，街上跟課堂上卻不會很吵……

「讓它說話嘛。」

音侍大概也曉得自己碰不得武器，所以沒有冒失地將手搭上去。因為看他似乎真的很想聽拖把說話，范統雖然搞不清楚怎麼做，還是嘗試著拍了一下拖把。

「喂，噗哈哈哈，說說話吧。」

『……嗯？別吵，我要睡覺，呼哈……』

噗哈哈哈只丟給他一句話，就安靜了。

到底誰才是主人……

「真是有個性的拖把。」

它是拂塵啦，綾侍大人。雖然我心裡還是叫它拖把，但聽到別人說它是拖把，身為它的持有者，我還是覺得不太舒服……

「噗哈哈哈是什麼？」

音侍總是注意到奇怪的地方。但這個問題就更讓人覺得難以啟齒了。

「是那根拖……拂塵的名字。」

看出了他開口的艱難，月退替他說了，但丟臉度其實沒有太大的差別。

「噗、噗哈哈哈哈哈哈！」

音侍爆出一串笑聲，還用力拍了拍旁邊的坐墊。

音侍大人，您到底是在喊拖把的名字，還是在笑？還有，麻煩您笑得有氣質一點好嗎？

「呵……」

綾侍居然也發出了低低的笑聲，真的有這麼好笑嗎？他怎麼就笑不出來？

范統有點想抱著頭縮到角落去自閉，不過實際上他當然不會這麼做，一個大男人做出這種動作，實在不太好看，而且明明又不是他的問題，那個害他被嘲笑的罪魁禍首卻安穩地在睡覺，也太沒天理了。

他非常希望大家的焦點別再集中在拖把身上了，這個時候轉移注意力是不錯的選擇，所以他決定問另一個問題。

「我沒有另一個答案想回答。」

……嗯，他深深認為，應該沒有人聽得出來他想說的是「我有另一個問題想問」。

「啊？你說什麼？」

音侍的注意力是被轉移了沒錯，但是方向好像有點錯誤。

「唉，范統，你真是……」

珞侍無奈地拿出紙筆交給他，這種時候范統就覺得他很貼心了。

於是他很流暢地在紙上寫下想問的東西，再遞給音侍。

「為什麼要用寫的啊？嗯？純粹想像？要我說明？」

難得有跟術法掌院面對面聊天的時候，關於術法的問題，不問他問誰？

「范統一直被老師說沒資質也沒領悟的可能性，所以他很在意的樣子。」

月退替他說明了一下，音侍則十分意外。

「怎麼會？純粹想像很簡單啊，不就是讓自己理解代入各種事物的能力嗎？」

「你問他沒有用的。」

「同意。」

綾侍跟珞侍在旁邊潑冷水。可是到目前為止，音侍說的跟月退說的還挺像的，搞不好請他舉例一下還是可以聽得懂啊？

「音侍，舉例給他看讓他死心吧。」

「嗯？」

「你怎麼理解小花貓？」

要音侍無中生有地說明，對他來說可能比較困難，回答問題就比較簡單了，聽到這個問題，他立即笑容滿面地開口。

「小花貓就是小花貓啊。我覺得牠應該叫做小花貓，很適合叫小花貓，那就是小花貓了。」

……這有回答跟沒回答好像差不多？

「那你怎麼理解美女？」

「嗯？我覺得美就是美女。」
「你怎麼理解肚子餓？」
「應該是一件很新鮮很有趣的事情吧！」
「對雪的感覺？」
「吃吃看？嗯，天氣一定很好。」
范統聽了這一串問答後，深深地認為音侍是外星人。
嚴格來說這裡的確是異世界，但是他好像又更加異得不知道到哪裡去了。
這跟純粹想像有關嗎？跟感同身受、理解認知之類的形容詞有關嗎？根本就是自我中心到極點的擅自認定，也不管是否完全錯誤，一點理性科學精神都沒有啊！
「看到了吧，所以，即使找他當老師，術法還是學不好，他只有自己學沒有理由地很厲害而已，完全沒有教的才能。」
「啊！小珞侍，你是在稱讚我嗎？」
……難怪珞侍符咒學得比較好。姑且不論綾侍的教學行不行，音侍這種德性，無論是誰都可以教得比他好吧。
「基本上……」
綾侍又在旁邊插了一句話。
「會需要問到純粹想像是什麼，就已經沒有學通術法的希望了。」

綾侍大人您……夠直接。

「今天謝謝招待，我想我們真的該告辭了……」

現在的時間確實已經很晚，月退這麼說之後，范統也失魂落魄地跟著點頭，不過這之前，他還有一個要求。

「我想借廁所。」

「廁所嗎？從左邊這扇門出去，右轉直走到底就是了。」

指點他怎麼走的人是綾侍，他似乎對音侍閣也很熟了。

從左邊的門出去再右轉到底？可是右邊明明也有一扇門，為什麼不能走右邊呢？走右邊不是比較快嗎？

「啊！不能走那邊……」

在范統抱持著走近路的心態走入右邊的門時，他聽見音侍驚呼了一聲，然後便是數道燦亮的金光切過他的身體。

「范統！不是叫你走左邊的門嗎！我們住的地方為了防止入侵，沒有解除禁令的通道口都是處在防護機制下的啊！」

珞侍的聲音聽起來有點氣急敗壞，這時范統也發現剛才穿透自己身體的光是真的「穿」過去了，那麼好幾道下來，當然是瞬間造成致命傷，無藥可醫。

我怎麼覺得，每次遇到音侍大人，就會發生喋血事件啊……

「范統……」

重傷的下場就是死亡，也就是一百串錢又飛了，他還沒聽完月退要說什麼，靈魂就已經脫離了身體，往水池重生去。

這下子，廁所當然也不用上了，啊哈哈……

范統的事後補述

第一次參觀神王殿，就死在裡面。

原本負債的一百九十串錢，加上欠珞侍的兩百零五串錢，然後又死了這一次，一共是四百九十五串錢……

我覺得我的未來一片黑暗。媽媽，你為什麼要把我生下來？

唔！痛！痛痛痛痛！

我正在重生中啦，這是兩百九十串錢會感受到的痛楚吧？重生時的痛覺會隨著負債增加，我現在已經不能無痛重生了，之前淹死的那兩次就體會過一百串錢跟兩百串錢的痛度，現在還了十串錢後又多了新的負債出來，的確又痛了一些，大概……就像是被球命中臉部那種痛吧？

一百串錢的時候，大概等於被用力捏臉的痛，兩百串錢的時候，差不多是被用力賞巴掌的痛。

痛的是全身，不只是頭部，只是，我只能拿經歷過的事情來舉例啊，不然你想怎樣啊？

說起來，還是死掉時的痛苦比較劇烈，但這是目前為止，要是負債越來越多，就未必了。

我本來還想說說對違侍大人以及豐盛晚餐的感想耶。現在哪還有心情……

痛！噢，快點重生完吧！可惡！

章之六　各自的日常

『吃飯、睡覺、打達侍。』——音侍

『你好像說錯了什麼吧？』——綾侍

月亮已經西偏有一段距離了，這本該是休息的時間，但某兩個人卻是在東方城的重生水池內划船，只能說交了個帶衰的朋友，自己也會跟著倒楣，所以交朋友要慎選，至於已經交了也來不及的……就自求多福了。

「我已經抓到划船的要領了，要往哪邊划應該都沒問題了。」

月退操作著划槳，這麼對珞侍說。剛才兩個人急急跑來水池準備打撈，都忘了自己沒有划船的經驗，但再出去叫人來幫忙好像又太慢了點，無奈之下只好硬著頭皮自己上。

兩個人裡面，月退無疑沒有打撈的經驗，雖說有范統這個朋友在，他以後搞不好會很習慣這種事情，成為經驗豐富的打撈手，但現在沒有經驗就是沒有經驗，一下子要他划船，確實是為難了點。

而珞侍雖然帶人來打撈的經驗不只一次，但以他的身分，既然是「帶人」來，那當然輪不到他動手，頂多是在船上發號施令罷了，可是現在只有兩個人在，他如果坐著不動只叫月退划船，好像說不過去，本著朋友應該同心協力、同甘共苦的精神，他還是放下了平時的高姿態捲起袖子幫忙了，范統居然讓身為王子的珞侍親自划船打撈，不曉得該不該說是榮幸。

兩個沒划過船的少年要合作，一開始自然是手忙腳亂，毫無默契可言，所幸在經歷旋轉飄盪與險些翻船的危機後，月退漸漸抓到要訣，在珞侍的配合下，船總算能正常前進。

因為水池的環境受到沉月的力量影響，在這裡是不能使用符咒術法那類技能的，能倚靠的只有身體本身的力量，所以他們才得乖乖划船，不然，符咒用一用，走到池上救人輕而易舉，又何必這麼麻煩。

「往底部划，靠裡面一點。」

珞侍這麼指示，月退則不太明白。

「咦？為什麼？」

「因為范統很倒楣，運氣很差，他一定會重生在那種比較裡面、要游上岸很難很遠的地方。」

聽了這種說法，月退也只能苦笑，聽起來好像還真有幾分道理——不過范統要是真的倒楣到極點，應該就會發生他們划到了裡面搜尋，范統卻在中間或前面重生，導致錯過的情況吧？

「月退。」

「嗯？」

「你是不是……知道自己不能拿靈能武器的原因？」

路侍忽然這樣問他，讓他有點措手不及，而他也知道自己等於已經回答了，這心虛而慌亂的態度就說明了一切。

「抱歉。我只是……有些事情沒有辦法跟你們說明。」

即使被看穿了，月退還是沒有解釋清楚的意思，他所能做的，只有為自己的隱瞞道歉。

「你該不會真的是暉侍吧？」

路侍大而明亮的眼睛直盯著他，語氣存疑。沒想到他居然還在懷疑這件事的可能性，月退微微一愣。

「不，我不是暉侍。」

月退否定得很乾脆，而即使他親口否認了，路侍還是不死心。

「那你為什麼長得跟暉侍很像？」

這個問題其實就有無理取鬧的成分在了，就算長得很像，人家自己也未必知道原因啊。

「那邊水面有動靜，搞不好是范統……」

月退本來困擾著不知道該如何回答，忽然間聽見水聲波動，他便先提了這件事，並很快指出了位置。

「嘖，果然重生在裡面，我們快划過去吧！」

「嗯。」

范統在這次的重生中，體會了一件事：負債的壞處，不只是重生過程中伴隨的痛苦，還會造成重生完成後的生存條件不利。

剛體驗完重生時的痛楚，人正虛脫，身體都不太聽使喚，就要開始長泳，這抽筋溺斃的機率根本超高的啊！

幸好他才浮上水面，就聽到了珞侍跟月退的聲音，對他來說，這簡直有如聽到天籟。

啊啊……太好了，有人來接我，不必自己游到岸邊了，我花了一番苦心結交朋友，不就是為了這一刻嗎？

「月退，灑網……咦？怎麼沒有網子？」

珞侍的聲音帶了點錯愕，因為船上少了打撈必備的工具。

「呃？要網子？在岸邊好像有看到，我們沒拿……」

月退不曉得來接人是用打撈的，看到岸邊的網子也沒做太多的聯想，果然沒經驗就是容易犯錯。

正在載浮載沉的范統感到一陣無言。

喂，你們怎麼那麼不專業啊？也細心一點吧？還有，你們該不會什麼都忘了帶，就連給我穿的衣服都沒準備吧！要我裸體坐你們的船上岸嗎？就算大家都是男的還是很尷尬啊！

「划近一點，拉他上來吧，沒辦法了。」

珞侍做出這個決定後，他們便將船朝范統划去，不過由於技術不夠熟練，又發生了慘劇。

「嗚啊！」

范統被小舟迎面撞上，沉入水裡嗆了很大一口水。

「月退！我是說划過去拉他上來，你怎麼划船撞他啊！」

珞侍的聲音聽起來有點大驚失色的感覺，而這時候他剛好又一槳把掙扎著浮上來的范統再度打進水裡。

「珞侍！你的槳打到他的頭了！」

月退的聲音聽起來也萬分緊張，范統是已經無語問蒼天了。

我說……你們謀殺啊？到底是來救我，還是來害我的？逼我用寫的罵人？月退你也別以為看不懂東方城的文字就沒事，就算我英文不好，英文髒話我還是懂的……

「范、范統，握住我的手……」

范統在嗆水暈眩中胡亂抓到了月退的手，正當月退試圖將他拉上船時，珞侍又驚呼出聲，顯然又出了別的狀況。

「月退！船傾斜了！這樣會翻船啊！」

這種時候你該站在相對位置用體重維持船的平衡啊！一直靠過來是真的想翻船嗎——

「唔？可是，難道要放開范統嗎？」

月退有點下不了決定，就這樣放開自己快溺水的朋友，好像有點……不，應該說，還挺殘忍的。

「噗！咳！呃咳咳！」

不！不要拋棄我！我不想死啊！別欺負我現在嗆到說不出話來——

然後是「撲通」一聲，小舟晃了晃，恢復平靜，原來是兩個人都跳船落水了。

「唉……范統，陪你游泳回去吧，撐著。」

月退撥了一下他沾水而溼掉的金髮，用無奈的口吻說著。

「跟你在一起真的會跟著倒楣耶！」

珞侍都一起下水了，自然也是全身溼透，他一面抱怨一面維持在水面上的平衡，看來兩個人的水性都很不錯。

但是……事情發展到這種地步，這次的打撈活動，可以說是大失敗了吧。

❀

「身體放鬆就可以漂在水上了。」

月退在教他怎麼適應水中環境，范統則有苦難言。

身邊有兩個人，叫全身赤裸的我怎麼放鬆！

「范統，你不自己游是要我們架著你游上岸嗎？」

珞侍瞇起了眼睛，感覺有種危險的氣息。

「你們沒有衣服給我嗎！」

范統總算找到機會對這不人道的待遇提出了抗議，月退則「啊」了一聲看向漂了一段距離的小舟，再對他搖搖頭。

「穿衣服只是在游泳的時候增加阻力而已，上岸再拿衣服穿吧。」

啊——？

「既然這麼說，那你們也穿上啊！」

不，我是說，那你們也脫掉，要光溜溜大家一起光溜溜啊！

「你是說要我們也脫掉？誰理你啊。」

珞侍理解了他要說什麼，但完全沒有照做的意思。

「在水裡不好脫衣服，特別是已經溼掉的……」

月退還解釋了一下。但這只是藉口吧！別再找藉口了！給我脫掉啊！

「快點游回去吧，還要回去睡覺呢。」

這句話也還算實在，看月退面有疲色，其實今天跑來跑去，還一路划船過來也很累吧，不過他現在剛重生精神正好，回去恐怕還會睡不著……

「你都溺死過兩次了，既然沒有一直溺死下去，應該是會游了吧？」

范統印象中應該沒告訴過珞侍溺死的事情，難道他連這個也查得出來？新生居民的死因都會有紀錄嗎？那哪天他死得很蠢，即使旁邊沒有任何人看到，其實也是會有一份資料公開出來的？這根本沒有隱私權可言嘛！

不過，珞侍還特地去查他的死因，也真是關心他啊，雖然他寧可這麼蠢的死法不要被人知道啦……這麼說來，目前為止，其實他每一次都死得很蠢啊……只要不要越死越蠢就好了，這樣應該就算是有進步了吧？

反正三個人就這麼開始了無奈的游泳上岸之行，至於那條船就先丟在那裡了，珞侍回去後自然可以叫人來處理。

「手……咕嚕，腳抽筋……」

從他重生的地點要游到岸邊，可說是一項體力與能耐的考驗，游到一半就發生狀況也不奇怪。

「是手還是腳啊？」

這真的很難判斷，不過就算知道了是手還是腳，也沒有任何幫助不是嗎……

「范統，振作一點，哪邊手腳抽筋，就放著用另一邊游……」

月退跟他說的方法，根本不是普通人能夠做到的。說不定是他自己做得到，所以才說得出口，所以他果然是常理之外的存在嗎……

「辦不到啦！是正常人都辦得到！」

「這次到底又是辦得到還是辦不到……」

珞侍又在旁邊碎碎唸了一句。

我覺得是正常人應該都會知道我說的是辦不到，我真的這麼覺得。

無論如何，腳抽筋了，我游不下去了，我要滅頂了，你們不管我就算了。

「范、范統！」

月退伸手撈住他，珞侍見狀也只好過來幫忙。

「范統，你有點求生意識好不好？好歹也是一百串錢呢。」

珞侍，你明明是原生居民，怎麼計算起人命也用錢在算了？

三個人……不，兩個人加上一個累贅，在一波三折下，好不容易終於到了岸邊，范統也趕緊披上月退從出口通道拿來給他的衣服，這才覺得自在一點。

「我們先出去吧，出去才能用符咒跟術法。」

符咒跟術法至少可以把身上烤乾，現在珞侍跟月退都全身溼，不弄乾的話可是會生病的。

「對了，你現在也開始會攜帶一些私人的東西了，有件事情要跟你說清楚，在你死的時候，靈魂固然被送回來重生了沒錯，但你的私人物品還是會留在原來的地方，如果很重要的話只能自己回去死掉的地方撿，而如果是遇到搶劫，那大概已經被殺人越貨了，錢這種東西有人路過看到也會撿走的，不用抱太大的期望。」

珞侍這番說明讓范統的臉又垮了下來。死掉就已經夠慘了，還可能因為死掉的關係變得一文不名，這是叫他不要在身上帶太多東西嗎？

這麼說來，拖把也掉在音侍那裡囉？就這麼乾脆不要管它，似乎也是個不錯的選擇？

「范統，我有幫你把拖把撿回來，不必擔心……啊！忘在船上了！」

月退才剛說完，立即臉色大變，所謂的忘在船上應該是忘在那條小舟上吧，那還真是……幹得好啊。

你把它撿回來做什麼？我又不想要它。忘在那裡就送給有緣人算了，說不定人家看到了也不要。

「沒關係，我回去之後叫人來拿再送去你們那裡吧，那種東西應該不會弄丟的。」

珞侍，你雖然是一番好意，但我覺得這是雞婆了……不管了，出門總是要帶武器的，說不定就有一次不小心死掉的時候附近都沒有人，這樣我就可以順理成章擺脫噗哈哈哈了！

怎麼好像在咒自己死掉啊……唉。

「范統，我剛才想了一下。」

珞侍的表情看起來很認真，范統不由得跟著嚴肅了起來。

「那兩百零五串錢……就不必還我了，我看你債務越背越多，這些錢對我來說沒什麼關係，所以就一筆勾銷吧。」

沒想到珞侍會突然說出這種話。范統有點意外，他一直以為他是那種「就算我們是朋友，該算的帳還是要照算」的人，沒想到會突然展現出寬容的一面，是因為看他死太多次太慘了，才產生的同情嗎？

不過身為一個頂天立地的男子漢，欠錢不還是不應該的，所以范統還是打算忍痛拒絕。

「怎麼可以！我借的錢就是應該一分不差地還給你才對啊！」

在他把話說出口後，珞侍的眼神卻冷淡了下來。

「原來你還真的不想還錢啊？」

咦？什麼？啊，剛剛那句話是對的，所以以為我在說反話嗎……

「是剛才那句話沒有變成反話啦，我是真心想還錢……」

「不用一直強調你不想還錢沒關係。」

「不是啦！」

「算了，反正我話已經說出口了，不會因為你本來就不想還就不算數的。」

誤會！這是大誤會！怎麼連續三句話都沒變成反話？這機率有多少？十分之一乘以十分之一乘以十分之一？

「范統，不想還也不要表現得太明顯……」

月退還規勸了他一句。怎麼這兩個人什麼時候連成一氣的啊？月退，你怎麼可以不幫我，你怎麼可以倒戈？

「珞侍，今天謝謝你，麻煩你半天……」

接著月退就轉向珞侍說起了客套話。范統倒是覺得朋友之間沒有必要常常把謝字掛在嘴上……應該已經是朋友了沒錯吧？

珞侍對他的態度，比硃砂對他的態度還友善。他可能還得再想想能怎麼搞好跟這個室友之間的關係，問題是跟他說明了詛咒的事情他又不信，只要他一開口就被判定為不老實，似乎難度有點高的樣子。

「不用客氣，這些都是順便的，不用道歉啦！」

珞侍嘴硬的習慣還是沒改，不過，反正他們也知道他的意思，就讓他繼續臉皮薄下去也沒什麼關係。

「還有，范統，雖然你是在音侍閣意外死亡的，但是人家都叫你走左邊的門了，你還硬要走別的地方，說起來也是你自己蠢，因此，音侍是不會幫你出這次重生的費用的。」

噢，我的心好冷啊。人就是不能自作聰明，做一些多餘的事對嗎？那可不可以打個商量，珞侍你把我欠東方城的債一筆勾銷，跟你借的錢我慢慢還你，這樣好不好？至少這樣下次死掉的時候重生不會更痛……

「然後，你們打包的菜已經派人送去宿舍了，回去的時候應該就會看到了吧。」

這點還算是貼心。其實還在音侍閣的時候他也想過，那麼多菜，包了以後不知道要怎麼帶走呢。

「我也該回去了，再見。」

「嗯，再見。」

「後會無期。」

「范統，你閉嘴。」

珞侍，你有的時候也好凶啊。

❀

跟珞侍在水池出口分別後，他們隨即趕回了宿舍，早點回去、早點睡覺，隔天才不會沒精神打瞌睡，而在他們打開宿舍房間後，一時之間，總覺得室內飄著鬼火。

「怎、怎麼了？」

范統的膽子稱不上大，這種詭異的氣氛讓他對他們的房間卻步。

「我也不知道……」

月退說是這麼說，但他還是很勇敢地走了進去，點亮房間的燈火。

有了光明的房間，感覺起來總算沒那麼陰森了，范統環顧了一下房間內的狀況，發現有不少大包小包的東西堆在室內，應該就是音侍那裡送來的食物，而散發出陰鬱氣息的，是抱著膝蓋坐在床上的硃砂。

「硃砂？」

該不會是在生氣吧？他們出去了一整天，晚上還這麼晚回來，也沒通知他一聲。

但是他有符咒通訊器啊，真的擔心的話聯絡一下不就好了？

「喔……你們回來了啊。」

硃砂稍微抬起頭來，臉色慘澹地看了他們一眼，然後又把臉埋了回去。

「硃砂……你怎麼了嗎？」

很難得看到他這麼沮喪的樣子，不關心幾句也說不過去。

「睡掉了……課被我睡掉了……」

硃砂一副遭到了不能承受的打擊的樣子。原來他是在介意這個啊，真是個好學生。

「對不起，因為你說過睡覺的時候不要打擾你，我們才沒有叫你。」

月退馬上就因為早上沒有叫醒他的事情良心不安了起來，因為早上他其實也猶豫過的，只不過後來決定尊重硃砂說過的話，沒想到他會因為錯過上學時間這麼沮喪。

「是我自己睡過頭……我沒有自發性起床……」

硃砂看起來沒有怪他們，而是在怨自己，雖然如此，沒把他叫起來好像還是有點責任。

只是一天沒去上課，有這麼嚴重嗎？好像世界末日的樣子。話說回來，到底睡到幾點啊？

「那……你今天有吃東西嗎？我們打包的食物也送來了，你要不要吃一點？」

硃砂除了堅持要上學，好像就只有堅持要正常吃三餐了，所以月退這麼問他，希望食物可以讓他打起精神。

「不要……我要懲罰自己……」

他真的很憂鬱。就連看到那麼多食物，都沒有好奇一下他們是哪弄回來的意思。

「不吃東西的話，時間也晚了，睡覺休息，明天也好上學？」

月退溫柔地提議，但硃砂還是搖頭。

「你們去睡吧……不要管我。」

當事者都說不要管他了……那他們也就姑且放著他不管了。

於是月退手腳俐落地爬上他的中鋪，范統也爬到他的上鋪去睡覺了。洗澡那種事情可以明天早上爬起來再說，況且剛才在水池也泡過了，現在比較該煩惱的是重生完精神正好睡不著的問題，而不是有沒有洗澡的問題。

❀

每個月到了月圓的時候，就是東方城的「審判之日」。

尚未定刑的罪人會在這一天依照罪行輕重排序，確定出刑罰，而判定為死刑的罪犯也會在下個月的這一天處刑。

較有爭議性或是較為重大的案子，會由女王與五侍進行審訊定奪。最終的決定權在女王手上，所以，也不乏罪人親屬試圖以各種管道求情，只不過這樣的情況，女王一向無動於衷。

會交由女王與五侍審理的案件，一個月通常不超過十個，審訊是在神王殿第一殿的露天議台進行的，受審的罪犯也會被押到此處，對他們來說可能很諷刺，這也許是他們生平唯一一次進入神王殿，卻是因為犯了重罪才被帶到這裡來。

女王與五侍都是在議台上圍坐討論的，他們交談的聲音不會傳出來，受審的犯人則在議台下等待自己的命運被宣判，只有在有需要詢問他們問題時，他們才會解開術法結界聽他們說話，但常常犯人連說話的機會都沒有，刑罰就已經決定。

「每個月最不喜歡這個日子」——音侍總是這樣嘟囔。只是他還是不得不出席，所以這天他總覺得很煩躁。

綾侍不會覺得這一天有什麼不同，頂多是這一天一定得看到違侍，會讓人心情不佳罷了，珞侍則是以審慎嚴肅的態度來面對這個日子，不過每個月的這一天，他通常也很不好受。

矽櫻在出席審訊日時，眾人是看不出她有什麼情緒波動的。她那冷艷、寒霜般的面孔，在這個日子也不會有絲毫改變，尤其這兩年來更是如此，由於暉侍的缺席，審訊的過程也比以前快速了許多。

或許該說是，決定死刑的速度。

唯一看起來喜歡這一天，甚至可說是在享受這個日子的，大概就是違侍了。

若受審的罪犯是原生居民，他的態度還有可能維持客觀，但是很遺憾的，通常審判之日，會被押到神王殿來審訊的犯人，八成都是新生居民。

違侍似乎是將新生居民的痛苦與不幸當作自己的快樂，凡是新生居民犯的案子，他都極力要求重刑，最好是死刑，在他的惡意主導下，通常女王都會採納他的意見。

也可能他只是純粹厭惡新生居民，但無論如何，這的確是其中一個眾人討厭他的理由，說違侍是新生居民最大的敵人，真是一點也沒錯。

至於矽櫻女王為什麼會採納他的意見，理由就眾說紛紜了。有人說矽櫻女王心裡頭其實也是跟違侍一樣的想法，她其實也十分厭惡新生居民，也有人說違侍十分懂得討好女王，所以女王才總順著他的意，流言的版本十分多種，而在某一次，一些將話說得太過分的人也被抓起來處刑後，就沒有人敢隨意胡說了。

「死刑。會犯一次錯的人，就會犯第二次，而且說不定比第一次還嚴重。新生居民根本是不可信任的，我認為這案子沒有再議的必要，應當直接死刑定罪，下個月的今天，東方城就可以少掉一個垃圾了。」

審理到第三個犯人時，已經有兩個人被判死刑了，違侍還是一如以往，根本是毫不講理地想一路嚴苛下去，在他發表了這番言論後，音侍也很不耐煩地出言諷刺。

「你乾脆說每個月的審判之日都沒有意義，所有人直接判死刑算了，反正在你口中每個人都該死。」

「如果你對我提議的判決有意見，就提出有力的論點來為那名犯人開脫，這種不理性的話語，在這個日子沒有任何幫助。」

違侍之所以會很享受這一天，也許也是因為在今天他可以趾高氣揚地打壓他看不順眼的人，整個審判之日可說是他一個人的舞台。

「啊，你居然有臉說我的話不理性，死違侍，你想看看什麼才叫不理性嗎？頭髮才剛長出來就又囂張起來了，明明過了這麼久流蘇也沒換個顏色，說話還這麼大聲……」

「音侍，住口。」

以不帶情感的聲音開口的人是矽櫻，她顯然不想看審訊變成鬧劇，也不想看他們兩個在議台上打起來。

「還不住口嗎？」

「櫻，妳總是這樣，只會叫我住口，不會叫死違侍閉嘴……」

被她那嚴厲的眸子一掃，音侍也不得不乖乖閉上了嘴，自己生悶氣。

「陛下，懇請您將這名犯人以死刑定罪。」

違侍轉向矽櫻恭敬地開口，同時還不忘看了一眼吃了虧的音侍，面有得色。

『綾侍！你看死違侍那欠揍的嘴臉！』

音侍激動地在桌子底下用力扯了綾侍一把，他氣得都要咬牙切齒了。

『你以為櫻會放任你們在她面前發生衝突而不管嗎？你到底學到教訓了沒？都發生過多少次了。』

綾侍雖然也看違侍不順眼，但他一點也不同情音侍。

『氣死我了！』

音侍的浮躁跟綾侍的冷靜完全是對比，綾侍也懶得安撫他，只要他別一直騷擾他就好。

「就依違侍的意思。」

矽櫻淡淡地開口，同意了違侍的判決，違侍聞言後隨即得意地往議台下比了個死刑的手勢，讓刑官記錄，並將定刑的犯人帶走。

瞧他面上的神色，就像是打了場勝仗一樣意氣風發，對這種左右人命運的事情，他似乎樂此不疲。

接著，宣官拿出了第四名犯人的資料，將案情清楚地交代了一遍，議台上便正式進入了第四名犯人的審訊。

「死刑。我認為自衛攻擊的說法不能成立，純粹是反應過度，該名原生居民根本沒有要攻擊他的意思，放任這種精神有問題的人繼續在東方城內走動，只會有更多原生居民受害。」

違侍總是搶第一個發言，而且一開口便又是死刑，這時候珞侍也忍不住開口了。

「我認為罪不致死。該名原生居民並未死亡，這件攻擊事件是誤會引發，而非蓄意，犯人也有悔意，何況可能還有一些我們不明白的背景因素，輕率地判定死刑，對犯人來說並不公平。」

聽了珞侍的意見，矽櫻皺了皺眉，不置可否，違侍則用一種覺得他太過天真的輕蔑眼神看著他，繼續堅定自己的立場。

「這是近乎縱容的寬容。新生居民是外來者，是不可信任的，比起為新生居民設想，我們該做的應該是盡可能地維護原生居民的權益，像這種隨時可能危及原生居民生命安全的人，根本沒必要給他機會。」

「違侍，你給過誰機會了？」

珞侍不由得動了氣，這樣扭曲的觀念，他實在聽不下去。

「招來新生居民，利用新生居民，卻又說他們是不可信任的外來者，這是不是太過分了點？你總是一味貶低新生居民，從來不曾試著了解他們，明明你也知道是什麼樣的靈魂才會被沉月的力量吸引來的不是嗎？許多新生居民在原本的世界都過得很痛苦，他們多數際遇悲慘，甚至有人遭到殘殺，我們迎接他們成為東方城的一員，不就應該給他們重新開始、帶有希望的人生，來撫平他們的傷痛？他們也是生命，他們也為了東方城而努力著，你不能總把原生居民當主人，而將他們當成隨時可以汰換的工具！」

在以往的審判之日中，珞侍往往也是為新生居民說話的，但說得這麼多倒是第一次，音侍和綾侍都用有點意外的眼光瞧向了他。

只是，違侍依然不為所動。

「我確實認為新生居民是隨時可以汰換的工具，而且，我覺得他們自己也該認清楚這一點，設法讓自己有被利用的價值，而非做出一些會讓主人困擾的事。談什麼生命？他們早就是死人了。至於你說他們受過傷害值得同情，那更是可笑至極，沉月之力吸引來的靈魂，其中一個條件叫做執念深重，你怎麼知道他們原來不是十惡不赦的犯人，在原來的世界也是作奸犯科才被處死？撫平他們的傷痛也不需要給他們希望或關懷，只要用操縱記憶的術法就夠了，這才是最適合他們的合理待遇。」

說到這裡，違侍以右手的指節敲了一下桌子。

「以你偏袒新生居民，罔顧原生居民權益的思想，矽櫻陛下如何能安心讓你繼承王印？原生居民才是我們的同胞、我們的同類，新生居民什麼也不是！」

被他這樣一長串說下來，珞侍像想找什麼話來反駁，卻又發不出聲音。

矽櫻沒有看向他，也沒有看向違侍，她冷淡的神色，就像根本沒有聽見這場爭論一樣。

「原來你還知道小珞侍以後會繼承王印，那你還這樣跟他作對，以後就看你怎麼死……」

音侍在自己的座位上碎碎唸著，當然是所有人都聽得見的那種碎碎唸，在矽櫻再度以不悅的目光掃向他後，他才安靜下來。

「母親，給這名犯人一次機會吧。」

珞侍向矽櫻懇求的聲音聽起來微帶虛弱，他仍是希望判決能有不同的結果。

「陛下，請為了東方城的原生居民，將這名犯人判予死刑，這才是最正確的決定。」

違侍當然還是重複提出死刑的要求。矽櫻在沉默了一會兒後，有了決定。

「依違侍的意思。」

這名犯人的命運依然沒能被改變，看著人被帶走，珞侍緊咬著唇，心裡十分不好受。

「唉……」

在審訊中，綾侍一向是沒什麼意見的，對他來說，矽櫻說什麼就是什麼，就算他有自己的想法，他也不會試圖用自己的想法來影響矽櫻，因為他覺得，自己的本分就是服從。

所以他也只能嘆氣而已，同時還要聽音侍的抱怨。

第五名犯人的案情被宣讀完畢後，違侍又搶第一個發言了。

「死……」

「死刑！都知道你會說什麼了，真的有必要聽你說完嗎？啊，好無聊，什麼時候才要結束，死違侍的聲音好難聽。」

音侍沒禮貌地打了個呵欠，像是覺得時間很難熬。

「打斷別人說話是十分不禮貌的行為，你沒受過禮儀教育嗎？」

違侍很不高興地表示了抗議，音侍則絲毫不理睬他。

「櫻，妳又要叫我閉嘴了嗎？」

矽櫻的臉色不太好看，並未立即回應。

「我覺得這案子只是小事情啊，杖責一百就算重刑了，也可以得到教訓了吧，動不動就殺人，總是殺來殺去的還殺自己人，我覺得很不喜歡。死違侍太凶殘了，妳跟著他凶殘些什麼，女孩子這樣大家都會不敢接近的，別再死刑了啦。」

矽櫻還沒回答，違侍就出聲怒斥了。

「對陛下說話，你這算什麼態度！杖責一百？這也算刑罰嗎？如此寬厚的判決，如何能達到警惕眾人的效果？這樣人人都會覺得犯罪也沒什麼，造成這種情況的話，你來負責嗎？」

「啊，綾侍，我們誤會他了，還以為他是偏頗又凶殘，結果原來是因為不敢負責才一直死刑死刑的。」

「你什麼意思！少胡說八道！」

「總是依違侍的意思、依違侍的意思，我們另外三個侍還來參加會議做什麼？還不如放我去找小柔玩。」

音侍再度忽視違侍的抗議，直接對矽櫻說話，但矽櫻抿了抿唇，似乎不太認同。

「夠了。我自有我的評斷，你不必多嘴。死刑。」

「咦——」

看到矽櫻還是偏袒違侍，音侍發出了不滿的聲音，綾侍則在他手臂上掐了一下。

『你少說點話比較好。』

『嗯？不說話？那話都給違侍說去了啊！』

『我是說你多餘的話別說太多……算了，要等你開竅，可能要下輩子。』

『什麼嘛？』

第五名犯人一樣沒能逃脫死刑的命運，這樣一場審訊下來，開心的大概只有違侍一個人。

又過了兩名犯人後，來到最後一名犯人，這時候除了違侍，大家多半都沒什麼興趣說話了，反正說了話，結果也不會改變，這根本就是多說無益的最佳範本。

「死刑。」

最後一名犯人，也在矽櫻冰冷的聲音下，被決定了命運。

所有的犯人都已審理完畢，今天的審訊也算正式告終，如同沒有興趣在這裡多待一秒一樣，矽櫻立即站了起來，解開議台的術法結界，便走了下去。

台下那最後一名被判了死刑的犯人正要被拉走，他面上錯愕的神色顯見他無法接受這樣的判決，所以在看到矽櫻從議台上走下來時，他不顧衛兵的嚇阻，就意圖掙脫拉著他雙臂的人，朝矽櫻喊叫。

「女王陛下！為什麼！我沒有做錯什麼，是他們先攻擊我的！我才是受害者，為什麼卻是我必須被處死？」

跟著下來的音侍等人也看到這樣的狀況，本來就厭惡新生居民的違侍立即出聲訓斥。

「判決已經決定，說什麼都沒有用的，你們還不讓他閉嘴？繼續讓他冒犯陛下嗎？」

聽到違侍的指示，衛兵也會意了過來，但他們畢竟沒處理過這種狀況，一時也沒有器具能將犯人的嘴堵住，而有點慌了手腳。

「這判決一點也不公正！你們憑什麼這樣就草率決定讓我去死！放開我，我不服！我不要回牢裡等死，這樣殺人，你們通通都有罪、通通都有罪——」

在衛兵還沒處理好的期間，那名犯人又亂喊亂罵了好些話，衛兵們頓時急得用手要去摀住他的嘴，不過這個時候，矽櫻向前踏了一步。

她向前抬起手的動作稱不上快，也不算緩慢，而在她纖細的手指從長長的袖子中露出時，一束致命的冰凍藍光隨即射出，貫穿了那出言不遜的犯人的額頭，在他的前額與後腦留下了可怖的血洞。

「無禮的賤民。」

本來在與犯人拉扯的衛兵，終於意識到自己扶著的已經是具屍體，而剛剛矽櫻動手時力量中夾帶的光芒，現場的人都知道那是什麼意義。

他們不需要去水池將犯人帶回來關了，因為這個人已經不可能再從水池浮上來了。

「櫻……」

目睹了這一幕的音侍看起來想說什麼，但矽櫻沒有理會他便自行離去，違侍跟在後面，珞侍盯著殘留血腥味的現場呆滯了一陣子，在衛兵帶走屍體後，他也臉色難看地走掉了。

「……櫻以前什麼事情都會跟我說的，她為什麼會變成現在這個樣子……」

音侍略感失神地說，好像有幾分感傷的味道。

「一定是死違侍這該死的小白臉害的！綾侍，可不可以晚上偷偷去把他裝起來丟掉？」

「你想拿什麼裝，又想丟去哪裡啊？」

綾侍嘆著氣，並多看了他幾眼。

「說到小白臉，你也可以當嘛，只是你不做而已。」

「啊！你說什麼！要當老白臉你自己去當，我有小柔了！」

音侍說著，揉了揉自己的額側。

「心情不好，我要去找小柔聊天，走了。」

「你真的是認真的？」

聽音侍又提起璧柔，綾侍多問了一句。

「她身上的印記是你放的吧，你就不怕她又是另一個落月的探子？」

說起這種敏感的話題，音侍就不開心了。

「什麼啦，老頭，你不是也挺喜歡她的？」

「是不討厭。我只是想確認一下你怎麼看。」

「小柔她不會的，你總是神經兮兮，一天到晚懷疑有西方城的探子，西方城最大的探子不就是我嗎？你怎麼不把我抓起來，哼。」

「你不算吧？別說這種會讓櫻不舒服的話。」

綾侍說著，也打算結束這個話題了。

「要去就去吧，櫻的裙子沾到血了，我去看看需不需要為她更衣。」

綾侍真是個盡責的內侍。於是音侍向他擺擺手，便自己離開神王殿了。

✿

學生適逢假日，是應該好好安排、規劃一下如何玩樂才對的，可惜，范統沒有辦法過這樣悠哉的生活。

月退跟硃砂可以好好計劃要怎麼度過假期，他卻得被米重拉去向分配到的打工單位報到，貢獻出他寶貴的個人時間，以便還債。

「范統，這工作還不錯，輕鬆又簡單，你為什麼苦著一張臉？」

有五成的原因是因為工作同伴又是你，另外五成的原因是你說的根本是不能聽的鬼話。城牆站崗的工作，的確是很簡單啦，因為動也不必動啊，不過輕鬆的定義是什麼？所謂的動也不必動，事實上是動也不能動耶，要站一整天，這能算是輕鬆又簡單的好工作嗎？

米重說，站完今天，他又可以抵掉十串錢的債務。那麼他的負債就會正式變成兩百八十串錢——感覺實在很無力。比沉月節的打工還難賺，真是……

「如果有賺錢的機會，我會告訴你的啦，所以，你幫我要個綾侍大人的簽名吧？」

米重一有機會就會提出這類的要求，他對綾侍的狂熱讓范統非常不能理解。

如果一定要找個高貴的女神當心靈寄託、心中的依靠，那至少也找個真正的「女」神吧？東方城真的沒有美女嗎？女王看起來也不錯啊，雖然有珞侍這麼大的孩子，年紀應該不小，但至少外表看起來不過二十幾歲，又有女王這樣的身分，為什麼就比不上綾侍呢？

對於米重的要求，因為很怕開口說不會說成好，范統一直很努力地搖頭。幫他要簽名？他可不想被綾侍投以異樣的眼光。

「你真的很不夠意思耶。不過話說回來，你認識這麼多大人物，負債這種問題怎麼還不能走後門解決掉？感覺很可疑，該不會其實都是騙人的吧？」

要說認識，范統也覺得很微妙。根本還不熟吧？珞侍勉強熟一點，音侍「號稱」是他們的朋友，綾侍看不出友善……范統覺得，會一直有接觸，一切都是陰錯陽差，完全與交情無關。

為了避免米重糾纏他糾纏得更嚴重，范統就決定不拿之前看到綾侍穿著家居服的事情來刺激他了。

「米重，好有聊，講點無聊事。」

應該是無聊所以要他講點趣事才對，又顛倒了。

「什麼無聊事啊？要我說故事，你拿什麼代價來換？」

「你想裝熟也該付出點誠意吧。」

「唔……那，范統，你想聽什麼？」

米重立即換上了一副討好的面孔，真不愧是專業的。

雖然米重要給他說故事了，但是問他想聽什麼，他還真的說不出來，目前為止，他跟這個世界還不是很熟，最熟的搞不好是重生水池……真是沒搞頭。

「你看著辦。」

「噢，不然這樣好了，上次也說到落月少帝恩格萊爾的事嘛，這次接著說點跟他有關的傳聞，你覺得怎麼樣？」

就是那個讓他很在意到底是不是三十萬的傢伙啊。范統想了想，聽聽那種傳奇人物的事情，好像也不錯，珞侍不是還說應該加開課程讓大家認識敵人嗎？那他先跟米重打聽清楚，感覺起來也不壞。

於是他點點頭。最近他記得用點頭搖頭來表示的次數變多了。

「咳嗯！上次說到他一個人屠殺了三十萬人嘛，那這次先來介紹一下他的武器好了。」

喔喔！武器！

范統眼睛一亮。雖然武術課本課已經重複聽過落月少帝與東方城女王的武器和護甲不曉得多少次了，但是除了提到名字，都只有泛泛帶過，米重應該會說一些比較不一樣的吧？

在眼睛一亮之後，看看還掛在腰間，據說又在睡覺了的拖把，范統心情又低落了下來。

在珞侍派人去水池船上拿回拖把，交給他以後，噗哈哈哈還跟他抱怨一醒來發現自己在船上，以為被他始亂終棄了……偏偏他又只能說出「沒有這回事」、「把你丟在那裡我很著急」之類的反話，想讓噗哈哈哈知道他其實不喜歡它也沒辦法，實在無奈得很。

而現在要聽四弦劍天羅炎的事情……那種神器聽了也只能感嘆，終究不會是他的，還真有點悲傷。

「恩格萊爾的武器——四弦劍天羅炎，據說是必須以術法發動的武器，就跟月牙刃希克艾斯其實是魔法刀一樣，要使用天羅炎這樣的武器，使之發揮出最強力量，就得通曉天羅炎所能運用的術法，這樣推測下來，矽櫻女王應該也懂得魔法，才能驅使希克艾斯，要擁有高級武器還要去學敵方的東西，也是很辛苦的啊——」

聽到這裡，范統有個之前就有過的疑問，不過米重剛好自己先解釋了起來。

「你一定覺得很奇怪吧，事實上，很久以前，東方城和落月似乎交換了統治者的武器，所以落月少帝拿的武器聽起來很東方，矽櫻女王拿的武器聽起來很西方。天羅炎和希克艾斯，雖說是統治者代代相傳的武器，但繼任者也要有足夠的實力被認可，武器才會認主，如果實力不足，武器就只能閒置到下一個王出現，再看看有沒有希望了。」

范統本來以為東方城跟西方城的統治者都得天獨厚，只要當上了王就可以立即擁有強大的武器和護甲，沒想到還是有條件篩選的，看來即使是統治者，也得自己努力修行。

「天羅炎的資訊，其實比希克艾斯還多，因為天羅炎確實有被恩格萊爾拿出來用過，但我們的女王可從來沒出過劍，出席重要場合也不武裝亮相的，所以，希克艾斯目前還是個謎，就連什麼樣子也不清楚，只有武術課本上很籠統的敘述。」

「你怎麼一下說刀一下說劍的，到底是刀還是劍？」

范統被搞迷糊了。

「喔……隨便啦，反正又沒看過，叫做月牙刃，可能是刀吧？搞不好是劍啊，誰知道？」

米重似乎沒什麼興趣把焦點放在希克艾斯上，大概就如他所說，資訊不足，要講也講不出什麼吧。

「天羅炎就真的是劍了，五年前的戰爭中，最讓人聞之喪膽的，其實是天羅炎的四弦。」

「哦？」

「關於那四條弦，有這樣的說法：一弦震其心，二弦奪其志，三弦破其體，四弦喪其魂。

這就是由四弦劍天羅炎所奏出的死亡樂曲，可說是範圍極廣的集體威震，在恩格萊爾用到三弦時，一掃下去就死一大片人，啊，不對，他應該用了四弦，因為那些人都沒死回來嘛，鐵定是靈魂都被破壞了。」

聽起來真是好帥氣的武器……音波攻擊嗎？

「天羅炎是噬魂武器？不需要用到四弦？」

這話被顛倒後，配上那種疑問句的語氣，又變得很奇怪了。

「這個嘛……我也不太清楚耶。可是據說撥響四弦時，天羅炎的劍身才發出光芒，搞不好可以選擇是否發動噬魂之力？」

真是太神奇了。那天羅炎會不會說話啊？

「天羅炎不會說話嗎？」

「我哪知道。以他們契合的程度，天羅炎就算說話，也只會讓恩格萊爾聽到吧。」

說到這個，范統就想到自己跟噗哈哈哈的同步率還不高，所以必須靠聲音交談這件事。跟拖把的同步率不高，到底算不算是壞事……這個問題從他買武器那天，就困擾到現在，還沒有個結論。

而且，同步率要怎麼提高呢？他知道以後到底該努力去做，還是預防提高呢？

「好啦，天羅炎講完了，滿意嗎？」

「就這樣？」

「不然你還想怎樣？附贈千幻華跟愛菲羅爾？很抱歉，千幻華一樣沒看女王穿戴過，而愛菲羅爾嘛……恩格萊爾那次從西方城內趕出來，根本就沒穿護軀，所以我說他是怪物不是人，全東方城知道五年前的事情的人應該都認同，搞不好落月那邊的人也這麼覺得。」

這樣啊。

「噢，我看到城牆下有人，好像是你朋友啊，范統。」

米重忽然這麼說，范統便跟著看下去，發現站在城牆下的人是璧柔。

「范——統——聽說你來站崗啊？還順利嗎？」

既然有「聽說」，那就代表她去過他們房間了。

「還算不順利……」

「站崗也可以不順利啊？你要認真一點呀。」

我是說還算順利啦，真是的。

「我有通知過月退跟硃砂了，順便跟你說一聲喔。」

璧柔笑咪咪地接著說下去。

「下午繼續去殺上次沒殺完的雞，就這樣，再見——」

啥！那工作怎麼辦？我下午也要站崗耶！

「真好啊，來站崗還有美女探班……」

米重一臉羨慕地說。話說你喜歡的不是綾侍大人嗎？

「米重，下午……」

「噢，你要翹掉也可以，不過連上午的錢都領不到喔。而且會有不良紀錄，下次工作會有人來盯你。」

「……」

那個……雞能不能你們去殺就好，然後幫我帶我需要的毛回來？

范統的事後補述

唉，我以為經過之前的意外，我已經夠謹慎小心了，只要沒有人故意謀殺我，我就不容易死掉了……

結果完全不是這麼一回事。東方城果然處處充滿危機嗎？音侍大人您那麼脫線，難道您自己不會觸發那個陷阱，導致重傷死亡？

可是看樣子也住很久了，可以住到現在都沒死，應該是沒發生過這種事情才對……明明看起來很有機率發生的啊。

負債又增加了一百串錢的事情，我到現在還是很介意啦，怎麼樣？

而且，原本期待有了朋友就可以有人打撈我回來，結果搞了半天還是得游泳，只是有人陪著一起游而已。

說起來，負債兩百九十串錢的疼痛就足以讓我在重生後身體虛軟，不便游泳了，那米重這個據說負債情況慘重的傢伙，豈不是……泳技超強！

不過人是很容易適應的動物，泳技超強一定也是可以磨練出來的。嗯，我要不要找個時間來訓練一下游泳呢？不知道月退肯不肯幫我特訓，可是他看起來也不太擅長教人，唔。

我現在的感覺很煩悶。為什麼要挑我正在當職還債的時候跟我說下午要去殺雞？拿到剩下的雞毛是很重要沒錯，但是這樣我一個早上就白站了啊！而且還會留下不良紀錄！我要抗議、抗議、抗議啦！

如果要跑的話，現在跑好像比較不吃虧，在這裡多站一分鐘就是多浪費一分鐘，反正也拿不到錢了……

米重，你真的沒練過分身術嗎？不能分一個分身出來裝做是我，然後幫我站崗嗎？

我知道就算你會，你也不會這麼做的，如果可以分身你一定早就用分身去賺雙份薪水了。

月退不是說要一起工作幫我還債嗎？什麼時候才要開始啊——

章之七

老闆，這裡的雞……別這樣嘛！老闆！不要逃走啊！

『小花貓、小花貓……』──音侍

『我們是來殺雞的。』──綾侍

『別再來啦！你們會不會太超過了啊！』──陸雞與其他生物

說好要殺雞，為了提升階級好領薪俸，范統最後還是翹了班回去宿舍，再跟月退、硃砂他們一起到約定的地方集合。

原本要約在宿舍門口的，後來卻改成在「城外西南邊一個隱密的角落」，原因是臨時聽說音侍要再帶他們去殺雞的綾侍，因為閒著沒事決定來湊熱鬧，並且在聽說約在宿舍門口後說了一句話。

『如果你們覺得被大家看到我跟你們碰頭一起出城也沒關係的話，我是無所謂。』

嗯──

范統一陣惡寒，極力鼓吹那幾個沒有危機意識的傢伙換到偏僻一點的地方掩人耳目，在眾人的眼中，他們已經跟珞侍、音侍扯上關係了，要是再加上一個綾侍，那可是吃不完兜著走。

而且在眾男性中擁有高人氣的綾侍，跟珞侍、音侍又不同了，他的支持者多半很狂熱，范統以前就知道狂熱起來的女人很可怕，而狂熱起來的男人會有多恐怖，他可一點也不想見識，米重那樣至少還在可以接受的範圍，如果再出現患病更嚴重的人，那可就真的受不了了。

他們來到約定的地方等候，綾侍來得很準時，倒是音侍過了約定的時間還沒有出現，只透過符咒通訊器聽到他在開啟的團訊連結處裡面說話的聲音，聽起來似乎很忙碌。

『啊！再等我一下！再等我……啊啊啊！不要在這種時候找我對決！小柔！等等我！給我兩秒的時間解決他！別再攔住我了！我很忙！不要再找我對決了……不要排隊！』

看來音侍應該是一出神王殿就被各種路人糾纏住了，而且目的主要都是對決。從符咒通訊器裡傳來的各類雜音，可以判斷出他正在用各種手段擺脫這些麻煩的傢伙。

「早叫你直接傳送過來，偏偏不聽……」

綾侍聽著那邊的狀況，嘆了一口氣。低階級向高階級提出對決要求，高階級的人是不能拒絕的，拒絕就形同戰敗，直接降一小階，所以音侍才會這麼苦惱。如果搞到要用音侍符禁令來擺脫人群就好笑了。

「唔……音侍你慢慢來，沒關係啦。」

璧柔嘴巴上溫柔地這麼說，但現場看得到她表情的人都知道，這分明就是「有關係」。

「怎麼會有這麼多人找他對決？」

硃砂有點納悶，好歹音侍也掛著純黑色流蘇，大家應該曉得避一避，不至於自己找死吧？

綾侍則稍微做了解釋。

「因為他看起來那副樣子，似乎不怎麼厲害，卻又拿著純黑色流蘇，很多人才會看了手癢，覺得他應該是因為侍的身分才打腫臉充胖子掛黑色流蘇的，而平時要找到人對決不容易，因此他公開走在東方城的街上就會一直遭到攔截。」

綾侍大人，您還少說了一項，男人看到長得比自己帥的男人就是會想打啊。不要因為您自己長得像花朵一樣美麗導致沒有男人針對您，就忽略了這一點……

「咦？不是這樣嗎？」

硃砂，你真是太失禮了，怎麼可以講出來。

「當然不是。東方城是不會不看實力亂發流蘇的，純黑色流蘇還有一個意義，你們大概沒注意吧。」

綾侍說到這裡頓了一下，看了看大家疑惑的表情，才接著說下去。

「能夠一直拿著純黑色流蘇，就代表他對決從來沒輸過。」

喔喔……有道理！所以，音侍大人是真的很強了？但上次真的看不太出來啊……璧柔妳閃閃發光起來的崇拜表情又是怎麼回事？

「真難以置信。」

硃砂又補了一句。真的太失禮了啦，在人家同事面前這樣說，還是不太好吧，就算他們表面上看起來不是很合，但說不定人家很挺他的，你就不要被背後放冷箭。

「音侍大人很少走在街上嗎？聽說他很親民又愛玩啊。」

連月退都有聽說，那應該是大家都知道的事情了。

「他是常常出現，不過也常常騎著他不受控制的魔獸，那種時候大家是不會想接近他的。」

有道理。還沒碰到人，就先敗在魔獸腳下了，這怎麼可以呢？

可是單看他騎的魔獸，難道不會覺得他不簡單，而打消對決的念頭？而且，從以前到現在，找他對決的人也不少吧，街上應該有很多看到的人，難道不會把他真的很強的消息傳開？雖然輸掉的人可能羞於啟齒，或者等別人一樣去吃虧，而路人傳開了消息，還是有人不相信的機率也是有的啦……

「那音侍大人跟女王陛下哪個強啊？」

可愛女生甲好奇地發問。會把這兩人拿來比較也是很正常的，畢竟只有他們兩個人拿的是純黑色流蘇。

「他們沒打過。」

綾侍淡淡地回答，似乎不怎麼想在這個話題上著墨。

「咦？不會有分出高下的意思嗎？」

可愛女生甲不太會察言觀色，還繼續追問。

「他不可能對櫻動手，就算是對決也不行。要是他敢，我就做掉他。」

嗯？可是綾侍大人您不是灰黑色流蘇……那應該打不過他啊？

「綾侍大人跟音侍大人哪個厲害呀？」

可愛女生甲似乎很喜歡這類的問題，范統都想為她捏把冷汗了。

「正面打是他厲害。不過，要做掉他，方法太多了。」

也就是說綾侍大人您比較陰險就是了……

『啊！剛才手滑了一下，不小心斷了人一隻手……好倒楣，今天運氣好像不太好，一定有人在詛咒我對不對？』

「……是我在詛咒你，我承認，行了吧？」

綾侍沒好氣地回答。

「是我啦！音侍大笨蛋，都不來陪我，約好了還遲到！」

璧柔忽然委屈地說了這麼一句，神態有幾分幽怨。

這年頭詛咒人這檔事還有搶著承認的啊？

『啊！妳生氣了？』

音侍的聲音聽起來似乎有點慌了，符咒通訊器傳來的別人的慘叫聲也變淒厲了，可能手又滑了一下？

「沒有，我沒有生氣。」

璧柔抿著唇不承認，沒多久又用帶點哭音的語氣說了下去。

「第一次約會是殺雞，第二次約會也是殺雞，雖然沒什麼情調，可是人家也一直很期待可以見到你的，明明說很想我，卻不把時間當一回事……我知道東方城的人跟你認識比較久啦，你把時間分給他們也是應該的，反正我又不是特別的……」

哇，真是每一句話都戳到死穴，不是很甜蜜你情我願的嗎？怎麼聽起來還是有很多問題？妳要不要乾脆再加上每次約會都有一堆電燈泡算了？說起來，這中間他都沒帶妳一個人出去過？果然遲鈍……

『啊！』

音侍驚呼了一聲，也沒聽他立即解釋或安撫璧柔，正當范統在想是不是要一言不合分手了的時候，音侍的身影瞬間就出現在他們眼前了。

「小柔！別生氣，我……」

「我要回西方城了啦！」

耶？什麼？我剛剛聽到了什麼？

「啊啊啊！別走！我會寂寞！老頭！快幫我說幾句好話啊！」

音侍慌張地向綾侍求助，綾侍則是用一種懷疑的目光瞧向他。

「你直接就過來了？對決呢？」

「嗯？小柔生氣了，誰還理他們啊，一招通通倒地就過來了。」

噢……是倒地，還是送去重生水池了？裡面有沒有原生居民啊？

這世界上最不能惹的果然是女人，女人一生氣，就會發生很恐怖的事情。

「……」

綾侍顯然對這樣的狀況感到無奈，卻也看不出要為那些犧牲者默哀的意思，他向來沒有多餘的同情可以施捨給別人，尤其是他不認識的陌生人。

「西方城？」

總算有人從剛才聽到的話中提出疑問了，發問的人是硃砂，不過不只他一個人對這個突然出現的名詞感到好奇。

「啊。」

音侍好像也發現了璧柔似乎說了不該說的話，但他看起來又不怎麼在意的樣子。

范統也很希望他不要在意。萬一他很在意……那這裡的人是不是通通都得被滅口了？自古以來，聽到別人的祕密都不會有什麼好下場的……

「我本來是西方城的人啦，是為了找音侍，才從西方城過來的。」

璧柔倒也很大方地解釋了起來，如同覺得這件事真的沒有什麼一樣，但這應該不是可以這樣公開來說的事情吧？

「為什麼要找音侍大人？」

月退跟著發問，一聽到這個問題，璧柔的雙頰又浮起紅暈，彷彿完全忘記了剛才的不愉快，整個陶醉在粉紅色的情緒氣息中。

「因為、因為，人家對音侍一見鍾情啊，他好迷人，我想靠近他一點嘛，待在西方城的話永遠是敵人，只能遠遠看著，覺得好不滿足喔，所以我就抱著一線希望來到東方城，希望他會理睬我呀。」

小姐，妳剛才不是還鬧著說要回去了嗎？現在這盡釋前嫌愛他愛到死的氣氛是怎樣？

「音侍很幼稚，所以他一定會理妳。」

綾侍下了這麼一個評語。倒也不是想潑她冷水，只是陳述一個事實。

「怎麼樣都好啦，反正只要能在一起，就覺得很幸福啊。」

而不在一起的時間都不幸福就是了。如果妳的要求是每分每秒膩在一起，那的確不太可能喔……

「小柔，對不起，妳特地來東方城找我玩，我卻沒有常常陪妳。」

音侍握住璧柔的手，真誠地看著她，像想尋求她的原諒。

「人、人家沒有生氣啦，只要看到你就開心了。」

近距離面對音侍那張臉的情況下，璧柔的臉整個紅透了，根本是一擊必殺，直接被電暈。

他們兩個的小摩擦化解起來真是容易，不過范統卻注意到月退的神情又冷淡了起來，不知道是不是他的錯覺。

「先不提這些，你那身裝扮又是怎麼回事……？」

綾侍臉上微微抽搐地提出了這個問題，這時候大家也注意到了音侍身上的「那身裝扮」。

他穿戴了像是練武的人才會穿的護甲，腰間也掛了他先前買來的「壞掉的刀」，收在鞘中，這樣猛然一看還真像是個武道派的戰士，不過，他不是術法軒的掌院嗎……？

「這個啊，我上次不是說要穿給你們看看嗎？我之前買來的玩具。」

音侍的回答讓綾侍的臉黑了一半。這麼說來，他之前的確有說過除了武器還買了護甲，哪天有機會要穿來「現」……結果是在今天付諸實行啊。

「只有觀賞的用途嗎……」

硃砂喃喃自語了一句，看樣子快要無言了。

「小柔，好看嗎？」

穿著打扮當然要徵求他在意的人的意見，在他問了以後，璧柔也猛點頭。

「嗯嗯！你穿什麼都好看！這樣看起來也好有男子氣概喔——」

妳真的沒救了。「音侍病」末期，藥石無醫了吧……

「啊，其實我還想過，去買個面具來戴效果不知道怎麼樣呢，好像也很有趣的樣子啊，鬼臉的獠牙的什麼款式都有，我上次有看過人賣。」

拜託不要，您全身上下最大的賣點就那張臉了，您卻想遮起來？拜託您有點自知之明吧。

聽了音侍興致勃勃的話後，璧柔的神色也變得有點勉強了，她似乎正努力想找些話婉轉地勸他打消這個念頭，對她來說，她那麼喜歡的俊美臉孔要是被一張可笑的面具蓋住，那見面時應該會降低不少歡樂吧……要說是增加不少不愉快也說得通。

「音侍，你這樣就很好了，面具……面具……還是不要啦，總覺得想像起來就很難受耶……」

「啊，妳不喜歡嗎？那算了，不戴了。」

念頭打消得還真快，璧柔說的話果然很有效，比起綾侍說的話還要容易讓他聽進去。

「這護甲裝束你之前就穿過了，麻煩你記性好一點。」

綾侍扶著額頭用受不了的語氣開口，音侍則不解地看向他。

「嗯？什麼時候？」

「……審判之日……還有很多，算了，我不想跟你說話了。」

聽起來好像很常穿的樣子？

范統覺得人在看帥哥的時候，臉會吸走大部分的注意力，穿著實在不是重點。

❀

「又拖延了不少時間了，走吧……」

綾侍已經懶得唸他了，既然人來了，那麼總可以出發了吧？

「啊啊，綾侍，既然你也來了，那我們可以去虛空二區了嘛，走吧。」

「我們是要去殺雞的！虛空二區哪裡有雞！你腦袋清楚一點！」

綾侍終於還是忍不住對他吼了，如果可以的話，他應該很想擰著他的耳朵教訓，只是他沒有這麼做就是了。

「雞……？嗯？我只知道要跟小柔約會啊。殺雞也可以啦，小柔想做什麼就做什麼。」

在音侍不解地發言後，大家不由得又把目光焦點挪到了璧柔身上。

所以，妳到底是怎麼約的啊？這算約會詐騙嗎？

「上次殺了七百二十三隻雞，所以這次殺四百七十七隻雞就可以了。」

綾侍的記憶很好，上次殺了多少隻雞居然都還記得，不過他特意記得這種事情，感覺就好像希望連一隻也不要多殺，多殺了就是虧了一樣，而且依照上次的邏輯，因為大家的雞皮都已經拿足，這次就只分得到雞毛，雞皮他會全部收走吧……

「是啊是啊，上次綾侍哥哥很厲害喔，在七點之前就殺了七百多隻雞，一次殺一大群，感覺也好帥呢。」

璧柔稱讚了綾侍一句，綾侍則對她露出笑容。不是范統要說，綾侍笑起來真是風華絕代，足以把任何一個女人都比下去，但璧柔的優勢是甜美可人，那又不能相提並論了。

「綾侍哥哥？」

音侍似乎是今天才第一次聽到這個稱呼，他在驚訝地重複唸了一次後，立即用無法接受的眼光看向綾侍。

「死老頭！不要亂勾引我家小柔！給人家叫哥哥，你好意思？」

「我聽得爽，她喊得甘願，你管什麼？」

綾侍涼涼地回答他，這爭風吃醋似乎吃定了的樣子。

「小柔，妳不要被他騙了，他只不過是個死老頭啊！」

音侍拿綾侍沒辦法，只好轉向璧柔勸說，璧柔則張著無辜的大眼睛，一副不知道這樣有什麼不可以的模樣。

「可是，我已經叫習慣了啊。」

男人應該都不會希望自己的情人跟別的男人太好吧，就算那個男人長得很像女人。

「你要是不滿意，可以問她願不願意叫你叫得親密一點。」

綾侍依然在說風涼話，順便亂出主意。

「像是……親愛的？音侍小親親？好哥哥？」

大家都不予置評。范統也覺得挺超過的，要是璧柔真的這樣喊，為了避免生理與心理上的不適，這殺雞拔毛團還是不要跟了比較好。

而且，綾侍大人，這些稱呼先由您喊出來，實在是很不妥吧？實在是讓人很想發抖啊……

「不要啦，音侍就是音侍啊，我也叫習慣了。」

「啊！」

璧柔先拒絕了，音侍則因為她拒絕而悶了。

音侍大人，您該不會還真的認真考慮過這些稱呼吧？您的品味都是這麼特殊的嗎？

「小柔……」

「嗯嗯。」
「死老頭殺雞殺得快，妳喜歡嗎？」
「喜歡啊，很開心啊。」
聽到璧柔的肯定，音侍大概是受到刺激了。
「啊，我也做得到啊，可惡，老頭，等一下雞我殺就好，你不要動手啦！」
「想展現男子氣概，隨便你，我無所謂。」
雞通通給音侍殺？
范統總覺得很不安，音侍總給他一種不是很可靠的感覺，如果可以的話，他還是覺得跟著綾侍比較能安心。
「可是，老頭，你不殺雞，你跟去幹嘛？」
「……是你要我不要殺的。」
可以在這麼短的時間內拿話推翻自己的話，音侍果然是個人才。
「啊，算了，我們走吧。」
「資源二區不算遠，集體行動的話，不如步行過去？」
「資源二區怎麼走啊？雞到底在哪裡？」
音侍顯然完全不熟悉路。
「好麻煩……給朕開傳送法陣，老頭。」

「……」

應該不少人心裡都有一種「你自己不會開嗎」的感覺，但這是他們兩人自己去協調的，別人也沒什麼插嘴的餘地。

在音侍的無賴要求下，綾侍為大家施展了傳送術，將他們統一帶到資源二區，本來范統還想他是不是會壞心地故意漏掉音侍，不過這種事情並沒有發生。看見他展露這一手後，范統才領悟原來綾侍的術法也是有一定水準的，仔細想想也沒錯，人不一定只能專精一項科目嘛，符咒跟術法其實感覺上也有某種共通性，這麼說來，就不曉得音侍會不會用符咒了。

要說符咒跟術法其實感覺上也有某種共通性，范統便又覺得心酸了起來。他在符咒上沒什麼問題，除了咒因為嘴巴的問題唸不正確，但在術法上就是全無可能性……這麼大的落差實在讓人很想哭，偏偏他就是一點辦法也沒有。

「啊，這裡就是資源二區啊？看起來跟虛空二區也差不多呀。」

音侍看了這個地方第一眼後，下了這樣的評語，現場唯一也去過虛空二區的綾侍則毫不猶豫地駁斥。

「完全不一樣吧！就算沒有審美觀出了問題，難道你還是色盲嗎？」

我覺得各種毛病發生在音侍大人身上都是有可能的啊。應該說，都會覺得很合理吧。

「嗯？天空都很漂亮啊。小柔，妳看，今天天氣又真好了。」

「是啊，有你在嘛。」

「……」

情侶放閃光的時候似乎都是無視其他人存在的，范統覺得，只要有音侍在，璧柔根本看什麼都覺得很美吧？

那麼，音侍在的時候，在璧柔眼中，他們這些雜魚的長相也會特別順眼嗎？這不知道該不該算是好事。

「音，我委託你帶的東西呢？發一發吧。」

綾侍忽然開口這麼說，這讓范統有了一點期待。

又有東西要送我們嗎？是什麼好料的？

「東西……」

音侍轉向他，低頭沉思了起來，好像在認真思考綾侍說的是什麼的樣子。

「符紙啊！你該不會沒帶吧？」

咦……只有符紙而已喔？

范統覺得有點失望。

「啊，符紙！就是你害的，我為了買符紙才上街，就被人圍住了，被那些人攔下要求對決，害我遲到，讓小柔不高興。」

真是複雜的前因後果啊。

「那不是重點，我以為你那裡有準備才叫你順便帶來的，沒想到你還要上街去買……過去的事情不必提了，所以你到底有沒有買到？有的話分給他們吧，好歹也應該學了一些符咒了，拿點符紙備用，如果遇到什麼緊急狀況說不定還可以應急。」

綾侍大人，您想得真是周到。不過我這個符唸不出來的人該怎麼辦呢……

「有，我有買到，那我發一下吧。」

音侍從身上不知道什麼地方拿出好幾疊顏色各異的符紙來，這畫面讓大家有點驚奇，因為他身上看起來明明沒有地方可以裝這些東西。

接著他沒怎麼分類地把符紙胡亂分給他們，最後再將手中剩下的那一疊遞給綾侍。

「……你給我符紙做什麼？你不知道我不需要符紙就可以用符咒？而且你發給他們現在根本不能用的高階符紙，遞給我低階符紙，又是什麼意思？你買符紙的時候可不可以動一動你那生鏽的腦袋？還是其實你腦袋根本就沒有長出來過？」

「啊，綾侍，你看天邊那朵雲好漂亮。」

「別再看天空了！」

是啊，您那騙女人用的台詞對綾侍大人是不管用的吧？雖然您應該不是刻意裝傻，還是讓人覺得很沒誠意啊。

最後綾侍把音侍交給他的那疊低階符紙平均發給每個人，那些高階符紙他也懶得回收了，就當作他們以後用得到，讓他們先存著。

「好，那我們來殺雞了。」

音侍看起來鬥志高昂，不過環顧了四周的生物後，他又滿臉疑惑地看向綾侍。

「綾侍，哪隻是雞？」

您上次不是殺過了嗎……就算您只殺過了一隻，也還是殺過啊！話說您該不會其實也不知道你要殺的雞全名叫陸雞吧？

「你不會把眼睛能見的生物都殺光就好了？」

綾侍的回答相當冷淡。如果要把眼睛能見的生物通通殺光，建議您們還是稍微用一下侍符玉珮把資源二區可能存在的其他人都趕走吧，不然等一下誤殺就不好看了……

「咦？可是我不喜歡無緣無故打打殺殺的……」

音侍看似不太樂意，沒想到他個性還挺愛好和平的啊。

那就不要亂騎魔獸撞死人啊，可惡。范統在心中唸著。

「你打算在一群野獸中只殺掉雞？就算你的確辦得到，但殺了以後，你讓他們怎麼靠近拔毛？旁邊的野獸不會攻擊他們嗎？還是通通殺掉比較簡單。」

綾侍真是毫無疑問會選擇最有效率的方式做事的人，而且貌似可以摒棄良心道德感之類的東西。

「啊，好吧，雖然要聽你這老頭的話令人有點不爽……」

眼見他們溝通完畢就要開始了，月退忍不住提了剛才范統也想過的問題。

「您們……有沒有考慮把這附近的人先請走呢？」

月退大概也覺得這種無差別性攻擊，對一樣在這一區活動的人來說很危險吧，而在他提了以後，音侍眨眨眼，綾侍則淡淡地回答了一句。

「侍殺人是不必負責也不會被追究的。」

……

所以……因為特權很方便，您就覺得連人一起通通殺掉也沒關係嗎……？您會不會價值觀偏差過頭了呀？

「老頭，你西方城的人亂殺，連東方城的人也不放過啊？」

音侍像也對他這不在乎人命的價值觀有點看不過去，綾侍的回答則令人哭笑不得。

「是你去殺，不是我，你叫我不要動手的。」

您的邏輯還真妙。因為是音侍大人去殺所以您無所謂，是這個意思嗎？但我覺得您要是自己動手殺，恐怕更沒顧忌……？

「你這死老頭！壞老頭！快點用腰牌把其他人趕走啦，我才不要殺人！」

「跟你說過多少次那不是腰牌了……」

無論如何，要動用侍符玉珮，讓綾侍來用還是比較安心的，音侍的話，總覺得會在禁令上出現無可避免的瑕疵，然後就會出現莫名其妙的犧牲者，例如上次的范統。

一樣的，綾侍掏出他藍黑色的玉珮，朝上方一擲，讓屬於他的禁令符印擴散到上空。

『綾侍符禁令，範圍資源二區，除了現在我看到的人，其他人必須在十分鐘內離開此區域，本禁令將在我離開後自動解除。』

還有一點范統有注意到，在禁令持續的時間內，天空中都可以隱約看見禁令符印的影子，離開後應該就會消失了，其他人大概是用這樣來判斷的吧。

不過這次禁令的規定……綾侍大人，請您千萬不要漏看了我啊，請您千萬要注意到我的存在，不要讓我在十分鐘後又變成可憐的犧牲者……

❀

「好，現在開始殺雞！」

音侍再度鬥志高昂將手指向前面，這次總算真的開始了，他沒怎麼猶豫就往前方的野獸群衝過去，范統本來還有點期待看到人被撞回來的尷尬畫面，可惜讓他失望了。

在音侍迫近野獸群後，隨即傳來連環的爆響，甚至有刺眼的光芒閃逝，不到五秒的時間，就留下一地怪物的屍體，原來純黑色流蘇真的不是拿假的……不，也不見得，處理資源二區的怪，說不定紅色流蘇的人就辦得到了。

總之范統心裡還是很不想承認音侍很強。大概是覺得實力與腦袋不成正比讓人很難以接受吧。倒是還有一點可以碎碎唸，就是那把長刀果然是裝飾品，他根本沒有拔刀出鞘。

「那群野獸裡面沒有半隻陸雞。」

硃砂指出了讓人有點不知道該說什麼的事實。

「音！你怎麼可以用魔法啊！」

綾侍的臉孔再度扭曲。在東方城居民的面前使用魔法，確實是不成體統，不過他要是沒說，還真的沒有人曉得這是魔法。

「咦？音侍為什麼會魔法？」

璧柔畢竟是西方城來的，所以她也看得出這是魔法，與東方城的術法不同。

是啊，音侍大人，您哪裡偷學的，該不會西方城的邪咒您也會吧？

「啊，音侍，不可以用魔法炸啊，這樣毛炸爛了，就拔不到了——」

然後璧柔想起這個重點，連忙對已經離很遠的音侍大喊。

「用符咒通訊器吧，這個笨蛋，只顧自己橫衝直撞的，也不照顧一下人……」

綾侍繼續搖頭嘆氣。他看得很清楚，在殺了第一群野獸後，音侍就使用了自己的加速魔法，一路飆去殺第二群，順便把路上的也宰掉了，根本沒停下來聽他們喊什麼，在殺野獸的同時，腳下根本是沒有停過的。

眼下的狀況，撿他殺的屍體都來不及了，似乎也不是聊天的好時候，是不是應該先制止他一下也讓人有點猶豫，總之大家還是先循著他殺過去的路線開始處理拔毛作業了。

范統想到自己明明買了武器，卻還是無法拿來拔毛剝皮，不由得再度沮喪。誰叫他買的是拖把呢？

而音侍殺雞的路線……不得不說，實在相當扭曲跳躍。范統不曉得他到底有沒有直線前進或順向轉彎的觀念，野獸屍體分布的軌跡令人覺得他前後左右的方向感隨時隨著他興之所至而改變，儘管他們已經加快速度在追了，一路上還是只看到野獸的屍體，完全沒有音侍的影子。

幸好毛被炸爛的只是少部分，大部分的雞毛還是可以收集的狀態，不然可就白殺了。

資源二區的生物不會就此絕種吧？范統忽然有這樣的擔憂。

「是跑到哪裡去了，不阻止他的話會不會不曉得收手啊……唔！」

綾侍自言自語到一半時，忽然注意到遠方有點不對勁，一陣如同滾滾風沙一樣的風捲正快速朝這個地方捲過來，遠看不覺得有什麼威脅性，但從綾侍變了臉色來看，肯定不是簡單的玩意兒。

「音！快回來！是青平風暴！」

青蘋瘋豹？那是什麼？動物嗎？還是可以吃的東西？

『咦？咦！啊啊啊！你們在哪裡啊？啊！幫我照顧小柔，小柔不能死啊！她是原生居民……』

聽見音侍的話後，綾侍便閃身往璧柔與另外兩個女孩子的方向，準備進行掩護，由於大家在收集散落一地的雞屍上的毛，身處的位置有點分散，他無法顧及每一個人，只得做出選擇。

耶？慢著！所以這是撞上會死的東西嗎？等一下！綾侍大人您就這樣捨棄我們了嗎！就算

新生居民不怕死，您也不要這樣子，先說好支不支付軀殼費啊——！

在那陣帶著青色的沙暴颳過來時，范統覺得自己被用力推了一把，似乎是一股力量撞擊在自己身上，然後他就被沙暴捲了進去……

『小柔！綾侍！你們在哪裡？』

『我用符咒帶她們避開了，不過另外三個人就……』

『啊！另外三個人呢？有事嗎？』

「我跟硃砂在一起……」

在聽見音侍的詢問後，月退放低了聲音用符咒通訊器回答了一聲，同時看了看跟他一起縮在樹上，看起來很不滿的硃砂，以及樹下徘徊著，似乎還沒有注意到他們的危險獸類。

「我們不知道被捲到了什麼地方，現在停留在樹上。下面有一些野獸，我想還是不要驚擾到牠們比較好……」

『你們沒事？青平風暴除了會將人捲到隨機的地點，本身還具有不弱的殺傷性啊。』

綾侍稍感疑惑，月退則輕聲回答。

「我跟硃砂都沒事。也許是運氣好吧。」

『這樣嗎？也好……』

『范統呢？都沒聽到范統的聲音，該不會死了吧？』

通訊器裡傳來璧柔微帶擔憂的聲音。

『如果大家都沒事，只有他死了，那他還真是倒楣。』

綾侍的評語依然感覺不出有夾帶同情心在裡面。

『啊，那你們別動，我們去找你們吧。』

「好的，謝謝。」

月退平靜地回應後，便沒再說話，轉而瞧向身邊靠得很近的硃砂。

「硃砂，你心情不好？」

「當然啊。他們在危險的時候不管我們耶！如果不是有你在，我搞不好就死了吧？」

硃砂沒好臉色地回答，接著說了下去。

「為什麼總是說女孩子就需要好好保護，好像女孩子很寶貴的樣子，男女不是都一樣嗎？只是不同面貌而已啊！」

他是關掉團訊功能後才說的，大概也不想直接翻臉給人家看吧。

「呃……」

月退一時也不知道該怎麼回答這個問題，因為他的遲疑，硃砂又靠近了一點繼續逼問。

「難道你不這麼認為嗎？」

因為這算是私下的談話了，月退也關掉了團訊。

「我覺得……男生可能還是要保護女生吧？要比女孩子多擔當一點東西，我想不要跟女生計較太多比較好……」

如果范統在這裡，一定會在心裡稱讚月退有見識，因為女人得罪不得，不過在這裡的是硃砂不是范統，聽了月退的話，他就顯得更不開心了。

「明明是同一個人，為什麼用女生的面貌就可以得到好處？」

「唔？什麼女生的面貌……？」

在月退露出無法理解的神情後，硃砂反而用奇怪的眼神看向他。

「第一天搬進宿舍的時候，你不是就看過了嗎？」

在他這樣提示後，月退還是想不起來，硃砂一皺眉，索性直接用「畫面」喚醒他的記憶。

就在月退的眼前，「砰」的一聲，不是很大的聲音，隨著聲音消逝，跟著聲音出現的霧氣也散了開來，原本是個少年的硃砂，赫然成為了一名少女。

「——」

月退嚇得想往後縮，可是這裡是樹上，事實上後面也沒有地方可以給他縮了，變成了少女的硃砂則絲毫不覺得不自在地靠了上來，變得嫵媚而柔美的面孔還隱約有一點少年樣貌時的影子，但抱上他手臂的柔軟肢體與壓了上來、十分「有料」的胸部，都顯示著這不是幻覺，現在靠他靠得這麼近的，真的是個女生，而且還是相當有魅力的女生。

「我是說，我的女性外表，第一天來的時候你不是就看過了嗎？」

硃砂在變化成女生後，嗓音也變得帶有女性的嬌柔，個性似乎也有一點變異。

「吶，人家也一直很想看看你變成女生是什麼樣子啊，一定很漂亮吧？要不要變變看？」

不是每個人都能變男變女的，但是硃砂顯然不知道這一點，而這時候，淋浴間目睹「女生」洗澡的記憶，與硃砂忽然變成女人的衝擊，再加上生平第一次跟女孩子這麼貼近，又被問了這種奇怪的問題，月退的理智線終於繃斷而慘叫出聲了。

「哇啊啊啊啊——！」

這個時候，遠方下落不明遭遇也不明的范統，覺得自己好像聽到了月退的慘叫聲，不過他也沒有在意這件事，只當作是幻覺罷了。

（待續）

自述——違侍

我的名字是違侍，這是在我成為東方城的侍之後才得到的新名字，也是地位與權力的象徵，這個獲賜的名字印證了我過去的努力與才華，是我畢生成就的一部分，至於我原本叫做什麼名字，自然也就不重要了。

東方城有五位侍，但對於和他們並稱五侍這件事我很不滿意。我是真的靠真才實學才取得女王陛下的賞識，擁有這光榮的頭銜，跟他們那種一個靠臉一個靠服務兩個靠親屬關係的人是不同的，因此我一向看他們不順眼，尤其是其中某個沒有絲毫自律、不識大體的野蠻人。

我畢生最大的心願就是能站在女王陛下的身邊，引導她做出睿智的決定，將東方城塑造成一個完美的理想國度——只有上等人，沒有下等人。作為一人之下，萬人之上的侍，除了該有比一般人還要有智慧的腦袋，能有符合身分的力量也是很重要的，所以即使我為了讓國家更好勞心勞力，還是不忘鍛鍊身體提升實力，無論是哪一方面我都要做得很好，讓別人找不到可以攻擊我的弱點，以證實我的高高在上名副其實。

我每天做的事情，除了思索如何讓東方城變得更好，就是進行修行，讓自己擁有可以威震那些平民的力量。然而在流蘇階級的提升方面，到了最近實在有點不順心，深紫色流蘇一直無法替換成淺黑色流蘇——但是，我不相信我已經到了極限，這也許是上天給我的耐性考驗，而我總有一天會突破的——這一點，也讓我對另外那幾個與我平起平坐的「同事」非常不悅。

音侍和綾侍，在我當上侍之前就已經在了，那個時候他們的流蘇就已經是最高的兩個階級：純黑色與灰黑色。我覺得一個沒有智慧的蠢貨和一個男身女相的人妖會有這麼高等的實力標誌，根本是我無法接受的事情。

音侍成天在玩耍，綾侍整天跟著女王陛下出入，寡廉鮮恥，他們缺乏修行的努力與心境，為什麼可以擁有黑色流蘇的榮耀！

為了維護我的理念，我找音侍單挑過一次，他只是幸運打贏了而已，還膽敢看到我就喊手下敗將喊了三個月，這簡直是無法容忍的恥辱，我是不會承認他有純黑色流蘇的實力的！那個流蘇跟他一點也不配，而且他還常常弄丟！

上天如此眷顧一個幼稚的野蠻人很讓我意外，我覺得運氣與奇蹟應該降臨在像我一樣老實努力的人身上才是正道，天道應該是完美無缺的，怎麼會出現這種不可原諒的錯誤呢？

甚至那個不男不女的人妖也被上天庇佑。如果不是上天偏心不公平，我怎麼樣也不應該會打輸的，就算綾侍沒有看到我就喊手下敗將，但他每次瞥向我時，唇邊那抹譏諷般不屑的冷笑還是讓我覺得尊嚴遭受了嚴重侮辱，對，嚴重侮辱——

偏偏尊貴、美麗、高雅的女王陛下，無論他們做得多過分，也不會對他們做出任何比較實際的處分。儘管我嘗試過很多次引導她做出正確的抉擇，不要將不適當的人留在神王殿，不要讓沒有才能的人身居高位，但女王陛下還是不為所動，我完全無法了解原因。

他們到底用了什麼手段讓女王陛下如此縱容他們？

撇開他們兩個不談，暉侍這個後來居上的小孩也讓我很不高興。

音侍和綾侍那兩個不會老的怪物還可以當成常理外的妖怪來看，可是暉侍只是個女王挑選出來收養的平民，為什麼他十幾歲就可以達到淺黑色流蘇的階級？

他只是個平民出身的普通小孩罷了，左看右看都不覺得有哪裡特別啊！

我沒有去找暉侍對決。因為，就算我看他不順眼，欺負後輩小孩還是不太正確的行為，我的自尊不容許我這麼做，至少他還是個沒有犯罪的原生居民，如果是新生居民那當然沒什麼好說，看在他應該會對女王陛下忠誠，也不像某人幼稚、或者像某人那麼寡廉鮮恥的份上，即使他常常在某些政務上跟我作對，我還是秉持著大人應該有的包容心原諒了他的無知。

可惜後來證明我看走眼了。不，我不會承認這是我的錯誤，我之所以被蒙蔽只是因為音侍和綾侍的缺點太明顯，我才會沒注意到暉侍的問題，當然這種錯誤以後不會再發生了，我的人生不允許汙點存在，至於敗在音侍跟綾侍手下，那是他們陰險加上我保留實力，絕對是這樣。

而珞侍呢，我對他的不滿意是因為他太不長進了。

身為尊貴的女王陛下的獨子，應該要承襲女王陛下的果斷、決絕、冷酷、強大以及識人的眼光才對，就這幾點來說，我都對他相當失望，長相沒有男人味也就算了，紅色流蘇雖說弱了一點，但也勉強還可以入眼，但那骨子裡的婦人之仁是怎麼回事？

婦人之仁是在上位者不應該有的重大缺點，身為流有高貴血脈的王子，思想卻跟平民差不多，這就是不可原諒中的不可原諒，我深深認為女王陛下應該在教育上多費點心思，以免東方城的下一任王變成一個不成材的昏君，在我有生之年我不想看到東方城的衰敗，當然，我一向盡我所能在阻止這種事情發生。

珞侍更糟糕的一點是不受教。我每次苦口婆心勸導，他都一副忍氣吞聲或者快要哭出來的樣子，然後音侍就會說我欺負他。

還有沒有天理啊？我是為了東方城的未來著想，我完全是一片好意，跟新生居民為伍會有什麼好前途？該斷就要斷不要藕斷絲連啊！

神王殿裡的人都沒長眼睛，不會分辨好人，只有女王陛下英明，曉得採納我精闢的意見，否則東方城說不定早就已經毀了，他們能住在這裡作威作福都是我的功勞，但是卻對我一點禮貌也沒有，還不肯支持我的理念，真是恩將仇報、忘恩負義，幸好我早就看穿這些人的真面目了，心情也不至於受到太大的影響，即使我身邊的人都如此頑劣，我還是能保持我的清高自潔，這讓我頗感安慰，也更加堅信我果然背負著沉重而神聖的使命，這不是外人能夠理解的。

我沒有朋友。沒有朋友是因為世間都是一些庸俗之人，要我紆尊降貴配合他們的水準跟他們交朋友，那也太可笑了一點，志不同道不合，實在沒有這個必要，而且把時間放在朋友身上，我覺得很浪費，時間應該用來做一些更有意義的事情，例如思考東方城的未來方向或者鍛鍊身體。

我也沒有情人。沒有情人的理由跟沒有朋友的理由差不多。可能還要加上一些額外的因素，例如沒有心動的感覺。我的心已經連同忠誠一起奉獻給女王陛下了，情人當然是沒有必要的存在，我相信有很多人仰慕我，很可惜我無法回應。不過留下跟我同脈的優秀後代倒是可以考慮，但那也得找一個不會降低後代水平的女人，目前還在尋覓中。

至於家人……

……剛才似乎想到什麼錯誤的東西，我想還有很多更值得我關注的事情。

現在東方城只剩下四位侍了，可是最討厭的那兩個沒有消失，所以我目前的生活自然稱不上愉快。

音侍總是打斷我的話，總是跟我唱反調，還用很沒禮貌的方法稱呼我，背地裡一定也說了很多我的壞話，而且他上次居然還無禮到削掉我的頭髮，不可饒恕至極！

綾侍總是陪在女王陛下身邊，跟女王陛下很親密貼近的樣子，住在距離女王陛下最近的第五殿，甚至還服侍女王陛下更衣沐浴，這不合體統，分明是褻瀆女王陛下，他就算長相再怎麼娘娘腔也是個男人！這兩個人為什麼會這麼討厭呢？

新生居民這些下等人種的事情已經讓我很困擾了，還有無能又胡鬧的同伴來亂，這莫非也是上天給我的試煉？

說到很困擾，還有另外一件事，其實也讓我很困擾。

我其實不常出門——或者該說，我不喜歡出門——可是我還是有必須出門的時候，然後，有很大的機會，會撞到麻煩。

像是走到轉角，在路邊停一下，就會聽到奇怪的聲音。

『喵——』

某些毛茸茸的小生物，總會出其不意地出現。

『我沒有食物。』

我自認我表現得很冷淡。我是出來辦事的，身上當然不會帶食物，零食也是造成人墮落的根源，那種東西當然跟我絕緣。

『喵——』

那隻小動物聽不懂人話，我都已經這麼說了，牠還是貼過來蹭著我的腳。

然後我就會蹲下來——不是為了看牠，我只是站累了腳痠——然後……

『喵喵——』

毛毛的小生物用牠的毛手毛腳搭過來，好像想跟我玩。那身毛還有大大的眼睛看起來都好……一點也不可愛，真的不可愛，我從來都沒有覺得牠們可愛，分明就不可愛，對，不可愛。

『喵嗚？』

……然後，我就把一點也不可愛的毛茸茸生物帶回神王殿。不是的，我沒有這麼做。是因為牠們自己跟著我走，我當然不想把牠們帶回家，我身上沒有食物但是家裡有食物這件事跟牠們完全沒有關係，只是牠們跟上來了，被別人看到我趕走牠們跟我的形象不合，所以我才只好

把牠們藏起來，剛好我也要回去，就順手帶了回去，只是這樣而已。

可是發生太多次了，導致我家裡有很多這些毛毛的、眼睛亮亮的、聲音依賴人的……一點也不可愛的生物。我絕對不是因為可愛才帶回來的，我已經說明過理由了，當然也不是因為同情心，我從來不覺得我心中有那種東西，而帶都帶回來了，雖然不可愛我也不能趕出去，因為感覺上趕出來還是會自己回來，不做多餘的事是我的原則，所以也只能這樣了。

牠們越來越多。反正……第四殿很大。這跟我沒有朋友沒有情人也有一點關係，因為我不想讓任何人知道我的違侍閣裡面有這麼多不可愛的生物，這樣很沒面子，我是十分重視面子與尊嚴的人，不能讓這些不可愛的生物毀了一切。

可是，牠們偶爾會有一、兩隻跑出去，在神王殿裡面閒晃。這個時候我就真的相當困擾了，首先是，不趕快找回來的話，牠們就沒有東西吃……這不是擔心，只是食物準備了不吃就是浪費，而且本來就很不可愛了，挨餓變瘦一定更不可愛，對我來說這當然不是好事。

再來是，如果找到了，要怎麼神不知鬼不覺，不被人發現地帶回去，又是一個難題。我是個肩負東方城未來的重要人物，牠們讓我這樣勞心勞力真是該死——該、該罰。可是不能罰牠們不准吃飯，因為變瘦了會更不可愛，也不能打牠們，因為受傷了或者毛掉了都有礙觀瞻……但是我還是會記恨在心裡的！如果有好的懲罰方式我還是會做的，我下次一定會想到！

有一次跑出去的毛茸茸生物居然到了音侍手上，還被他帶走了。我跟他的確是不解之仇！欺壓到我的地盤上，還帶走我家養的……一點也不可愛的生物！

對於那隻被帶走的小生物我很不能釋懷，但即使我偶爾、順便路過第三殿，也沒有看到牠的影子，音侍到底把牠怎麼樣了？

不過相較於這些情況，更糟糕的是找不到。

要是找不到，我會失眠好幾天，這是某種不可理解的現象，我也不知道為什麼會這樣，這很嚴重地影響我的工作作息，就跟某些比較短命的毛毛小生物死掉的時候一樣。

牠們為什麼要這樣一點也不可愛！為什麼要這樣擅自消失或者死亡！這樣、這樣我損失的那些糧食怎麼辦！牠們怎麼可以這個樣子！

煩惱歸煩惱，正事還是要顧的。總之，我現在每天的生活充滿了令人心煩的事，只有在面對女王陛下時能讓我感到快樂，不過無論如何，我還是會繼續將東方城的一切朝我所預想的方向推進。

希望女王陛下的眼睛能夠再更雪亮一些。

期許珞侍可以更讓人放心一點。

詛咒音侍跟綾侍遭到報應。

……被音侍拐走的，以及跑不見的毛毛小生物，快點回來。

The End

✧人物介紹（月退版）

范統：

這是我在東方城交到的第一個朋友。雖然他說話很奇怪，嘴巴有點壞，但是人還是不錯的，能跟人接觸真的讓我感到非常開心，我想多為我的朋友做點什麼，特別是他好像學習有障礙，運氣又不太好，如果我能夠幫忙，我一定會盡量做的，希望他也可以把我當成是好朋友。

珞侍：

東方城五侍之一。東方城女王的兒子。我以前就聽過不少關於他的事情了，和我所聽說的差不多，人很善良。他說他一直在等暉侍回來……關於這點，我是幫不上忙的，也許代替暉侍關心他是個選擇，只是以他的身分，究竟需不需要這些呢？

月退：

這是……目前的我。我現在是東方城的新生居民，算是一個……有點新鮮的身分。我對東方城的很多事情，其實可以算是一無所知，幸好語言沒問題，文字還在學習。聽說「我」在東方城的新生居民臨時住所裡待了一年都沒有出去，大家都這麼認為的話，我也就默認好了。

硃砂：

我跟范統在四四四號房的室友。他是個很認真的人，心直口快，我想向他的學習精神看齊。至於吃飯的精神……還是不要好了，那種精神我並不怎麼羨慕。比起范統，我跟硃砂比較不熟，不過大家都住在一起，以後應該就會熟了吧？

璧柔：

關於她的事情，我不想多提，反正她也不認得我。我承認我很訝異會在這裡看到她……總之，我真的不想多提了，抱歉。

米重：

聽說，他是帶范統認識東方城的導覽員。人怎麼樣我不是很清楚，只見過一兩次，范統好像還說他喜歡男人。不過，范統說話常常不能只看表面的意思，所以到底是怎麼樣呢？

綾侍：

東方城五侍之一，符咒軒掌院，負責處理東方城居民的記憶，佩掛灰黑色流蘇。總之是東方城女王身邊的人，長相十分美麗，人也很……果斷？我對他沒什麼特別的感想，只記得他十分仇視西方城的人。

音侍：

東方城五侍之一，術法軒掌院，佩掛純黑色流蘇。過去我也聽說過他的事情，本來以為是個很可怕的人，但接觸了以後才發現完全不是這麼一回事。我覺得他的思考很……獨特。嗯，我不太喜歡批評人，而且其實我對他有點成見，所以還是別談他好了。

違侍：

東方城五侍之一，武術軒代掌院。這個人給我的印象不太好。我覺得對待新生居民不應該是這種態度的，以前我也看過不少有類似觀念的人，那些人都讓我覺得不太舒服。只是，要扭轉一個人的觀念何其困難？能做的也只有保持距離了吧。

暉侍：

東方城五侍之一，武術軒掌院。嗯……我知道，他在東方城消失了兩年。我也知道他發生了什麼事，知道他去了哪裡……但我無法對珞侍開口說明，對於這點，我真的很難過。如果珞侍能夠早日淡忘他，或許也是一件好事情。

矽櫻：

東方城女王。佩掛純黑色流蘇。沉月節的時候，我第一次看到女王的樣子，其實沒有很深的感受，可是，我應該沒有辦法像普遍東方城居民一樣擁戴她，這也是無可奈何的事情。

恩格萊爾：

西方城少帝。這個名字我也不是很想再提起了。只不過，到底是三百萬、三十萬，還是三萬？我到現在還是很在意……

國家圖書館出版品預行編目 (CIP) 資料

沉月之鑰．第一部（愛藏版）/ 水泉作．--
初版．-- 臺北市：臺灣角川股份有限公司，
2024.01-
冊；　公分

ISBN 978-626-378-301-0(卷 1：平裝). --
ISBN 978-626-378-302-7(卷 2：平裝). --
ISBN 978-626-378-303-4(卷 3：平裝). --
ISBN 978-626-378-304-1(卷 4：平裝). --
ISBN 978-626-378-305-8(卷 5：平裝). --
ISBN 978-626-378-306-5(卷 6：平裝). --
ISBN 978-626-378-307-2(卷 7：平裝). --
ISBN 978-626-378-308-9(卷 8：平裝)

863.57　　112017496

【愛藏版】

沉月之鑰

第一部・卷一

作者　水泉
插畫　竹官

2024年1月25日 初版第1刷發行

發行人　台灣角川股份有限公司
總監　呂慧君
編輯　溫佩蓉
書衣設計　單宇
設計主編　許景舜
印務　李明修（主任）、張加恩（主任）、張凱棋

台灣角川

發行所　台灣角川股份有限公司
地址　104台北市中山區松江路223號3樓
電話　(02) 2515-3000
傳 真　(02) 2515-0033
網址　http://www.kadokawa.com.tw
劃撥帳戶　台灣角川股份有限公司
劃撥帳號　19487412
法律顧問　有澤法律事務所
製版　尚騰印刷事業有限公司
ISBN　978-626-378-301-0

※ 版權所有，未經許可，不許轉載。
※ 本書如有破損、裝訂錯誤，請持購買憑證回原購買處或連同憑證寄回出版社更換。

©水泉